Antes beso a un hobbit

CARLA CRESPO

Editado por Harlequin Ibérica.
Una división de HarperCollins Ibérica, S.A.
Núñez de Balboa, 56
28001 Madrid

© 2018 Carla Crespo Usó
© 2018 Harlequin Ibérica, una división de HarperCollins Ibérica, S.A.
Antes beso a un hobbit, n.º 168 - 1.10.18

Todos los derechos están reservados incluidos los de reproducción, total o parcial. Esta edición ha sido publicada con autorización de Harlequin Books S.A.
Esta es una obra de ficción. Nombres, caracteres, lugares, y situaciones son producto de la imaginación del autor o son utilizados ficticiamente, y cualquier parecido con personas, vivas o muertas, establecimientos de negocios (comerciales), hechos o situaciones son pura coincidencia.
® Harlequin, HQN y logotipo Harlequin son marcas registradas por Harlequin Enterprises Limited.
® y ™ son marcas registradas por Harlequin Enterprises Limited y sus filiales, utilizadas con licencia. Las marcas que lleven ® están registradas en la Oficina Española de Patentes y Marcas y en otros países.
Imagen de cubierta utilizada con permiso de Dreamstime.com.

I.S.B.N.: 978-84-9188-408-8
Depósito legal: M-25112-2018

Para mis princesas, Celia y Claudia, porque sois la luz que me ilumina cada mañana.

Es peligroso, Frodo, cruzar tu puerta. Pones tu pie en el camino y, si no cuidas tus pasos, nunca sabes a dónde te pueden llevar.

El señor de los anillos

Prólogo

−¿Quieres recorrer Nueva Zelanda conmigo o quieres acompañar a tu amiga de regreso a España?

Dudo por un instante, porque sigo sin tenerlo claro, pero al ver que él recoge los papeles del alquiler de la caravana y empieza a darse media vuelta, me envalentono. Es mi única oportunidad.

−¡Sí, quiero!

−Todavía no te he pedido matrimonio, princesa.
−Se carcajea, burlón.

Siento que me acaloro de pies a cabeza, en parte por la vergüenza y en parte por la rabia. No soy ninguna princesita que necesite que vengan a salvarla. Aunque lo parezca por la situación.

Con todo, me contengo las ganas de replicar. Este tipo es mi única esperanza de recorrer el país de la nube blanca. De hacer realidad mi sueño.

−Quiero decir que sí, que quiero visitar Nueva Zelanda −aclaro, mordiéndome la lengua.

−¿Cómo es posible que hayas venido hasta aquí

cargada con dos maletas de Samsonite y un bolso de Louis Vuitton y que ahora no tengas dinero para pagar la caravana? –inquiere, enarcando las cejas.

Suspiro, sé que a la vista puedo parecer pija, aunque no lo soy, pero cuando le responda a su pregunta sí que voy a parecerle una princesita y niña de papá... O, en este caso, de mamá.

–Mi madre me ha anulado las tarjetas de crédito.

Realmente me asombra lo que ha hecho mi madre. Es cierto que el dinero de alguna de mis cuentas proviene de planes de ahorro que ella me abrió cuando yo era solo un bebé, pero el de mi cuenta corriente lo he ganado yo. Proviene de los trabajos que hago de manera autónoma como correctora, lectora editorial y de las clases de español que doy en la academia. Puede que no sean grandes sumas de dinero, pero son fruto de mi trabajo. Lo que ha hecho es ilegal. En cualquier caso, ella y el director de mi oficina son íntimos, así que con toda seguridad habrán imitado mi firma para anularme las tarjetas.

–¡Vaya, vaya, vaya! Así que la princesita ha salido rebelde. Y, ¿qué has hecho para enfadar tanto a tu mami?

El tono condescendiente que utiliza me irrita, pero no puedo permitirme el lujo de enfadar a la única persona que se ha ofrecido a ayudarme. Estoy sola y en el otro extremo del mundo. Lo quiera o no, necesito ayuda.

–Largarme a las antípodas sin avisar a menos de tres meses vista de mi boda.

–¿Estás prometida? –Me mira con ojos curiosos.

—Sí, ¿por qué? ¿Tanto te sorprende?

—Estás resultando ser una caja de sorpresas. Me pregunto qué más ocultas tras esa fachada de niña buena.

No me gusta el rumbo que está tomando la conversación. Bastante odio ya tener que vestirme y comportarme como alguien que no soy para que Beltrán y mi madre estén contentos, como para que ahora un desconocido venga a juzgarme por mi apariencia. No me conoce y no tiene derecho a inmiscuirse en mi vida.

—Lo que yo guarde, o no, es asunto mío —zanjo—. Y ahora dime, ¿me vas a llevar en tu caravana?

—Lo haré, pero con una condición.

—¿Cuál?

—Debo asegurarme de que pagarás tu parte del alquiler del vehículo. Como habrás podido comprobar, yo no soy millonario, así que me vendrá muy bien compartir el gasto de la caravana. Por eso necesito que me dejes algo en prenda.

—¿En prenda? ¿Qué quieres decir?

—Que tienes que darme algo que pueda servirme de fianza. Cuando me pagues, te lo devolveré.

—Ya no tengo nada.

—Yo creo que sí —murmura, mirando fijamente mi mano derecha.

Me palpo inmediatamente el dedo anular.

—¿Mi anillo de pedida?

—Estoy convencido de que vale incluso más de lo que cuesta el alquiler íntegro de la caravana, así que, si no me pagas, al menos no habré perdido dinero. No querrás hacerlo gratis y a mi costa, ¿no?

El anillo de oro blanco con un pequeño diamante que Beltrán había encargado traer directamente desde una joyería de Amberes me parece un precio demasiado alto a pagar por un viaje en caravana por Nueva Zelanda.

Él, que parece leer mis pensamientos, me pregunta:

—¿Cuál es el precio de la libertad?

Sin pensarlo, me quito el anillo y se lo ofrezco. Siento como sus ásperas manos rozan las mías al cogerlo y, sin saber muy bien por qué, el vello de todo mi cuerpo se eriza.

Él se desabrocha una cadena de oro que lleva al cuello y se lo cuelga.

—Muy bien princesa, ¿lista para adentrarse en la Tierra Media?

Capítulo 1

Los tarjetones

Sostengo entre mis dedos el clásico tarjetón de boda y mantengo la vista fija en él. De color crema y elegante, me parece rancio y aburrido. Tan correcto y anticuado. ¡Mi madre estará encantada! Es su vivo reflejo.

Suspiro, resignada.

¡Con lo bien que hubieran quedado las invitaciones de Hogwarts que diseñé! Vale que lo de enviarlas con lechuzas era una idea un poco peregrina, pero me habría conformado con mandarlas por correo... ¡No era para tanto! Aunque a mamá y a Beltrán sí se lo pareció, con lo que me tocó desechar la idea y centrarme en algo más convencional.

Y este es el resultado: unos tarjetones de boda pija y de gente de bien, como diría mi madre. Los detesto.

Creí que me haría ilusión preparar la celebración, pero está resultando ser peor que organizar un funeral. Todo lo que podría ser alegre y divertido termina siendo deprimente. Aunque, no sé de qué me extraño, porque todo es igual con ella. Si se trata de mí, nunca está contenta.

No es que Beltrán sea muy diferente. Está claro que nunca estaré a su altura.

En realidad, nunca lo he estado.

Todavía no sé cómo logré que se fijase en mí. A día de hoy, aún me cuesta creerlo. Y, sin embargo, vamos a casarnos.

Por desgracia, lo que se supone que tendría que ser el día más feliz de mi vida va camino de convertirse en un espectáculo del que no parezco ser más que una mera espectadora. ¿Me he convertido en alguien que ve su vida pasar a través de los ojos de los demás en vez de vivirla?

Arrojo el tarjetón al suelo y lo pisoteo, furiosa, como si fuera una niña de dos años que sufre un berrinche. Es el único recurso que me queda. La pataleta. Pero, ¿y si no fuera así? ¿Puedo hacer algo para cambiarlo?

Las últimas semanas, llenas de preparativos han sido muy estresantes y Beltrán y yo hemos discutido hasta la saciedad por cada mínimo detalle de la boda. A lo mejor solo estoy agobiada. Odio que se enfade conmigo y el hecho de que mi madre apoye todas y cada una de sus decisiones solo hace que me sienta peor.

Llaman a la puerta y escucho la voz de Beltrán al otro lado.

—Eli, ¿puedo pasar?

Recojo el tarjetón, me siento en la cama y me recompongo un poco. Hoy no he salido de casa y mi aspecto no es el mejor. De hecho, sigo en pijama. Por suerte, llevo un sencillo y elegante conjunto en color azul pastel que me regaló mi madre por mi cumpleaños. Podría haber sido peor, pero mi pijama favorito de Gryffindor está en el cesto de la ropa sucia así que recurrí a este.

–Adelante.

Trato de peinarme con las manos mientras él abre la puerta, para parecer mínimamente presentable.

–¿Estás bien? –pregunta mientras asoma la cabeza–. Tu madre me ha dicho que habéis tenido una pequeña discusión.

Suspiro. ¿Pequeña? Podría haber sido el preludio de la Segunda Guerra Mundial, pero, como siempre, mi madre tiende a quitarle importancia a cualquiera de nuestros enfrentamientos.

–Han llegado los tarjetones –digo mostrándole el que tengo sobre el regazo.

Beltrán me lo quita de la mano y lo mira sin mucho interés.

–Es bonito.

–¿Bonito? –me escandalizo–, pero si parece del siglo pasado… ya nadie utiliza este tipo de tarjetones en el que son los padres los que invitan a la boda de sus hijos.

–Eli –protesta Beltrán–, no es que tu idea fuera mucho mejor…

Bajo la mirada y sé que nota que estoy disgustada, pero él insiste.

—Tu madre tiene razón, cariño. Es nuestra boda, no un circo. –Se acerca a mí, se sienta a mi lado y me pone una mano sobre el hombro para calmarme. Odio que se muestre condescendiente–. No paras de proponer cosas descabelladas, como lo de entrar al salón con la musiquita esa de *La Guerra de las Galaxias*. Tienes que entenderla.

—¡Es *La Marcha Imperial*, Beltrán! –le espeto, exasperada–. ¡*La Marcha Imperial*!

—Lo que sea, me da igual como se llame. No pienso ser el hazmerreír de mis colegas. –Se cruza de brazos, cabreado–. Solo quiero que sea una boda normal. ¿Tanto te pido? ¡Una jodida boda normal!

—¡Y yo solo pido tener algo de mi agrado en mi boda y no del gusto de mi madre!

—¡Tu madre solo quiere ayudar!

—Por supuesto que solo quiero ayudar.

La enérgica y seria voz de mi progenitora hace que los dos nos callemos. Me siento como una adolescente a la que su madre pilla en el cuarto con su novio y está a punto de caerle una bronca. Lo cierto es que va a caerme. La conozco. Con la pequeña diferencia de que tengo veintiocho años, estoy a punto de casarme y el único motivo por el que sigo viviendo bajo su techo ha sido su insistencia a que no me independizase antes de la boda. Aun así, ella entra en mi habitación, abriendo la puerta sin siquiera llamar, como si yo fuera una cría a la que hay que controlar.

Hasta Beltrán, a quien ella adora, es incapaz de responder. Mi madre nos pone firmes a todos y él nunca se inmiscuiría en una de nuestras peleas madre e hija. Y mucho menos cuando la realidad es que está de su parte. Prefiere mantenerse al margen y no cabrearnos a ninguna de las dos.

—Una boda no es un circo, ni una de esas convenciones a las que te gusta asistir —sentencia mi madre con ese aire de superioridad que nunca la abandona.

Suelto un pequeño bufido y me abstengo de hacer comentario alguno. Sé que tengo las de perder con ella.

Mi madre, con su esbelta figura, sus pantalones de pinzas y sus blusas de seda, su media melena rubia y su impecable maquillaje. Es la viva imagen de la perfección, pero sus labios finos y su mirada dura e impenetrable te advierten de que ella no es la clase de mujer que necesita la ayuda de los demás. Es fuerte, segura de sí misma y una empresaria de éxito. No deja que le repliquen en el trabajo y por ello no le gusta que lo haga yo en casa. ¡Faltaría más!

Mi madre es dueña de una importante franquicia de panaderías-cafeterías que heredó de mi abuelo. Bueno, en realidad mi abuelo lo que tenía era una cadena de hornos, que ella modernizó, transformándolos en lo que son a día de hoy y convirtiéndolos en un negocio de éxito. Aunque puede que tenga muchos defectos, si tiene una virtud, esa es que nunca se rinde cuando se propone algo. Trabaja de sol a sol y dirige las tiendas con mano firme. Hay quien cree que es excesivamente dura, pero nunca habría logrado el éxito que tiene de no haber sido así. Y la admiro por ello. Sin embargo, el hecho de que yo no quiera —ni haya querido nunca— entrar en el negocio, es una más de las cosas que nos separan.

Eso y que no tenemos absolutamente nada en común.

El conflicto de los tarjetones es solo uno de los muchos que vamos a tener en la organización de la boda. Quiere inmiscuirse en cada detalle y, como Beltrán no solo no le para los pies, sino que se pone de su parte, todo va de mal en peor. No puedo más.

—Bueno —continúa mi madre con un tono más suave y apaciguador—, yo solo venía a ver si os quedabais a cenar.

Lo cierto es que no tengo ningunas ganas de salir fuera. El plan era cenar tranquilamente en casa y retirarnos pronto porque sé que Beltrán se va de viaje mañana con sus amigos, pero tras la agradable conversación con mi madre lo que menos me apetece es que mi tranquila noche de viernes se transforme en una batalla campal, así que respondo con rapidez antes de que mi novio tenga la posibilidad de aceptar la amable oferta de su adorada futura suegra.

—Nos vamos a Saona, en realidad —giro la muñeca para ver la hora—, ya llegamos tarde, así que será mejor que nos demos prisa o perderemos la mesa.

—Gracias por el ofrecimiento, Elisa —murmura mientras se pone en pie y me mira con expresión de hastío. Sé que no soporta estas situaciones entre mi madre y yo, pero son inevitables. Si no huyo, terminará haciéndose lo que ella quiera.

¿Qué digo? Terminará haciéndose lo que ella diga de igual modo, pero al menos, me ahorraré otra discusión en el día de hoy.

—Como queráis.

Mi madre se da la vuelta y junta la puerta sin decir nada más. Suspiro, aliviada, porque no ha presentado batalla, hasta que la oigo gritar desde la otra punta del salón.

—Será mejor que te cambies, Eli, no pensarás salir a cenar en pijama, ¿verdad?

Como siempre, ella tiene la última palabra.

Media hora más tarde Beltrán y yo estamos sentados en el Vips de la Gran Vía. Como no teníamos reserva hemos preferido no arriesgarnos a pasarnos la noche dando vueltas buscando sitio en un restaurante y, para estas ocasiones, Vips es la solución perfecta. Unos nachos al centro, dos Coca Colas, una ensalada Louisiana y un Vips Club para compartir. Mis platos favoritos del restaurante deberían ser suficientes para mejorar mi humor, pero por desgracia no solo no lo son, sino que el de Beltrán empeora. Apenas habla y tiene el ceño fruncido. Se centra en comer y apenas me mira. Yo siento un nudo en el estómago.

¡Joder! Se suponía que si algo de bueno había en todo este lío de la boda era que por fin Beltrán y yo podríamos vivir juntos y yo podría hacer mi vida. Si me hubiera mudado con él, sin pasar antes por la vicaría, a pesar de que vivimos en el siglo XXI, les hubiera dado un infarto a mi madre y a los padres de Beltrán, así que, cuando me lo propuso, accedí ilusionada. Por fin sería realmente independiente. Por fin podría ser libre. Por fin podría ser yo misma y disfrutar en mi casa sin tener que esconderme entre las cuatro paredes de mi cuarto.

No podía estar más equivocada.

A pesar de lo mucho que quiero a Beltrán, es más parecido a mi madre de lo que siempre he querido admitir. Sé que a él no le interesan para nada los libros y películas que me gustan, pero tampoco creí que le molestasen... Por lo visto no es así y, a cada paso que avanzamos con la organización del que se suponía iba a ser nuestro gran día, menos le gusta todo lo que yo propongo y más se posiciona de parte de mi madre. Sé que él es más clásico, que está acostumbrado a otro tipo de eventos, pero yo quería que mi boda fuera mía y no de mi madre.

Otro gran error.

Por no hablar de nuestro futuro piso. Los padres de Beltrán nos han ofrecido un piso vacío que tenían en la Gran Vía. Es un piso precioso, muy amplio, con grandes ventanales, mucha luz y techos altos. Tiene un gran potencial. En mi cabeza, yo tenía claro como quería decorarlo. Me gustan los muebles de madera, las paredes empapeladas o pintadas en tonos suaves, los sillones mullidos, las velas aromáticas, las alfombras cálidas... todo lo que convierte una casa en un auténtico hogar y hace que rezume eso que los daneses llaman *hygge*, esa felicidad que está en las pequeñas cosas. Me veía a mí misma disfrutando de planes tranquilos con Beltrán: un libro o una buena película, una taza de chocolate y una tarde relajada en casa mientras afuera llueve. Lo sé, es el clásico plan de toda la vida de «sofá, peli y mantita», pero a mí me encanta. Soy muy hogareña y no soy de las que les gusta pasarse el fin de semana de compromiso en compromiso.

Hasta ahora, Beltrán y yo hemos salido bastante, pero eso solo era porque el plan contrario era pasar los sábados o viernes noche en casa de sus padres o de mi madre. Me parecía la mejor opción, mejor salir que no poder estar a solas. Y lo cierto es que él es muy extrovertido y social, sus amigos siempre están quedando y siempre tenemos algo que hacer. Así que, hasta ahora, podría decirse que mi ritmo de vida se ha adaptado bastante al suyo. Aun así, contaba con que esto cambiaría cuando tuviésemos nuestra propia casa.

Por desgracia eso terminó en el mismo momento en el que llegó la decoradora y, con ella, el estilo de líneas rectas, diseño moderno y totalmente impersonal que detesto con toda mi alma.

A veces me pregunto que dónde me he metido, pero luego recuerdo lo mucho que quiero a Beltrán y lo que me costó conquistarle y le voy quitando importancia a todas las cosas que me desagradan de la boda y del piso. Lo importante es que estaremos los dos juntos.

Levanto los ojos y lo miro. Me fijo en su piel perfectamente afeitada, en su pelo castaño claro y en ese aspecto impecable que siempre luce. Sus ojos verdes mantienen la vista fija en el plato. Quiero creer que si todo está bien entre nosotros lo demás no importa.

—¿Qué? —pregunta con brusquedad al sentir que fijo la mirada en él.

Está claro que las cosas no están muy bien.

—Nada… —murmuro cabizbaja—, es solo que…

—¿Que qué?

—Joder, Beltrán, no lo sé —replico molesta por su tono cortante. Soy yo la que tendría que estar enfadada—. ¿En serio estás de acuerdo con lo que propone mi madre? ¿Tan descabelladas y horteras te parecen todas mis ideas? —pregunto angustiada.

Beltrán alarga la mano para cogerme, al ver mi expresión, suaviza su gesto y vuelvo a percibir en sus ojos el cariño.

—Eli, ya sabes que a mí el paripé de la boda me da igual. Me hubiese ido a vivir contigo y lo sabes, pero también sabes, y no lo niegues, que si lo hubiéramos hecho a tu madre y a mis padres se les hubiera caído el mundo encima y les hubiera dado un ataque. Son demasiado tradicionales, demasiado clásicos. Especialmente tu madre. ¿Qué importa cómo sea la boda? Déjala que la organice a su gusto.

—¿Tú crees?

—Claro que lo creo. En menos de tres meses nos habremos casado, viviremos juntos y como mucho la verás algún domingo para comer si es que no quieres verla más.

Por un segundo me planteo si Beltrán tiene razón. Si es mejor dejar que nuestros padres organicen la boda como les de la gana sin importar lo que nosotros queramos, si la boda es simplemente un medio para llegar a un fin…

—Puede que tengas razón —claudico.

—Claro que la tengo —musita mientras le hace un

gesto a la camarera para que venga a cobrarnos–. Y, ahora, será mejor que te lleve a casa. No sé si te acuerdas, pero ¡mañana los chicos me llevan de despedida de soltero!

–¿Ya sabes adónde vais? –pregunto mientras saca la tarjeta de la cartera y paga la cena de ambos como suele hacer. Ya me he cansado de decirle que yo también trabajo y puedo pagar. Me he acostumbrado a que, cuando salimos juntos, paga él.

–No lo sé, pero me han pedido que meta bañadores en la maleta.

Beltrán y sus amigos se van de viaje mañana temprano. Lo único que sé es que vuelve dentro de diez días. Sabiendo lo de los bañadores y conociéndolos, irán a algún sitio como Bali, Tailandia o algo así. No es muy tranquilizador. Ya solo me falta sumarle a mis nervios el miedo a que me ponga los cuernos.

Diez días de fiesta desenfrenada en un paraíso exótico. Genial.

Y para colmo de colmos, yo ni siquiera voy a tener despedida de soltera.

No creo que nada pueda ir peor.

Capítulo 2

La más bonita

El bombardeo de la campana de mi WhatsApp sonando a todo volumen me despierta al día siguiente. Acerco la mano a la mesita de noche para coger el móvil, maldiciendo por no haberlo silenciado el día anterior. Una retahíla de mensajes de mi amiga Piluca y ninguno de Beltrán. Miro la hora. Las nueve. En estos momentos estará volando rumbo a donde quiera que le hayan organizado la despedida de soltero. Espero que al menos me escriba cuando llegue.

Suspiro y abro la conversación con Pilu.

¡¡Eliiiiiiiiii!!
¡¡Buenos días, amiga!!
Salgo ahora del aeropuerto, vengo de una línea de tres días, pero no me apetece encerrarme en casa...
¿Quedamos para desayunar?
Lo que tarde en llegar al coche e ir a tu casa.

Te dejo media hora para que te duches y te arregles.

¿Te espero en el portal y vamos a algún sitio?

¿Dónde te apetece?

Hace buen día, y necesito sol, que vengo del norte...

¿La Más Bonita? ¿O quieres quedar en uno de los locales de tu madre?

Es que me apetece oler el salitre del mar...

Tengo sueño, pero consigo responderle a Pilu que sí y, aunque lo que me apetece es seguir en la cama, supero la pereza, me levanto y voy a asearme.

Me recojo la melena rubia oscura en un moño alto y me doy una ducha rápida. Me maquillo lo justo para no tener muy mala cara y me planto unos vaqueros con deportivas y mi camiseta favorita. Con Pilu no he de fingir que soy alguien que no soy.

Paso por la cocina y el salón, buscando a mi madre, pero por lo que se ve, no está en casa. Aunque es sábado, ella estará trabajando. Con toda seguridad habrá cogido el coche para acercarse a alguna de las cafeterías que tenemos en localidades cercanas y por las que no tiene tiempo de pasarse entre semana. Le gusta ir al menos un día a la semana por cada tienda y comprobar que todo está a su gusto. Cosa harto complicada. No me gustaría ser una de sus dependientas...

Cuando en alguna ocasión he ayudado en alguna de las panaderías he podido comprobar con mis propios ojos que si conmigo, como madre, es exigente y estricta, como jefa es todo un sargento. Aunque comprendo que parte de su éxito reside ahí.

Sin embargo, a mí no me gustan los números y la contabilidad, ni sé sobrellevar la presión como ella lo hace. Lo mío son las letras, la literatura, los libros y esconderme tras ellos.

O al menos esa es la sensación que tengo a veces.

Que vivo una vida que han marcado para mí, sin disfrutarla, y que solo siento de verdad a través de las vidas de otros cuando leo. En ocasiones, me conformo con eso. Es suficiente. Soy feliz cuando leo y, si lo pienso fríamente, no puedo quejarme de mi vida. Pero, en otros momentos, siento que me he conformado con lo que me han puesto delante y que no me atrevo a cambiarlo por miedo a lo que pueda pasar. Prefiero la rutina de lo que tengo y me aterroriza tratar de cambiarlo y quedarme sin nada. Aunque eso suponga comportarme con Beltrán y mi madre como la niña bien que, en el fondo, sé que no soy.

Un WhatsApp de Pilu me saca de mis ensoñaciones y me devuelve a la realidad. Cojo la bandolera y las gafas de sol que tengo sobre el mueble del recibidor, y salgo a toda prisa cerrando de un portazo.

En el portal de mi casa, Pilu espera con las luces de emergencia encendidas y me hace gestos para que suba rápido al coche, no sea que la multen por parar en doble fila. Aunque no es que ella sea de pagar las multas…

Le doy dos besos rápidos mientras arranca y ponemos rumbo a la playa de La Patacona.

—Bueno, ¿el señorito ya está de despedida de soltero? —me espeta.

—Hola, Eli, ¿qué tal? ¿Cómo va todo? —le respondo con tono de reprimenda–. ¿Qué tal si me saludas antes de empezar a criticar a Beltrán?

–Bah. –Sujeta el volante con una mano mientras con la otra gesticula quitándole importancia–. No creo que a él le preocupe mucho lo que yo piense y, que quieres que te diga, no me parece muy justo que tú no tengas despedida de soltera y que él se largue diez días, vete tú a saber dónde, y encima te ponga pegas con el destino del viaje de novios.

Suspiro. No quiero darle la razón a Pilu, pero la tiene.

Yo quería ir de viaje a Nueva Zelanda y hacer un recorrido en caravana por el país, pero Beltrán se negó. A él le van los hoteles de lujo y los destinos paradisiacos y le parecía que, por las fechas de nuestra boda, el clima allí sería demasiado invernal. Por no hablar de que alojarse de camping en camping no era lo que tenía pensando para nuestra luna de miel. Lo curioso es que vamos a pasar justo al lado de mi destino idílico. Y es que, tras mucho discutir, nos decidimos por hacer un combinado de Australia y Polinesia para visitar Melbourne, Sidney, Cairns y luego Tahití y Bora Bora. No es que no me haga ilusión visitar la barrera de coral o las Montañas Azules, pero no era lo que yo quería.

Beltrán accedió a parar una noche o dos en Auckland al ver mi desilusión, pero ¿me valía la pena estar tan poco tiempo en Nueva Zelanda y quedarme con las ganas de recorrer las dos islas? Preferí no hacerlo y dejar el viaje para más adelante. Solo espero que «más adelante» no signifique «nunca». Viajar al país de la nube blanca siempre ha sido mi ilusión, tengo decenas de guías del país y muero por ver los decorados de *Hobbiton*.

Eso tendrá que esperar. Igual que mi entrada al salón al ritmo de la banda sonora de *La Guerra de las Galaxias*.

—Ya sabes que las despedidas de soltera al uso no me van —respondo, sin querer darle más vueltas al tema.

Pilu se gira hacia mí y sacude su melena castaño oscuro rizada. Trabaja como azafata de vuelo —o tripulante de cabina de pasajeros, como se hacen llamar ahora—, y aunque cuando vuela tiene que llevar el pelo recogido en una coleta o moño, ella se suelta la melena, en estilo figurado y literal, en cuanto toma tierra.

Se ha quitado también el pañuelo corporativo y solo lleva la camisa blanca y la falda azul marino. Frunce el ceño y vuelve a poner la vista en la calzada.

—Joder, Eli, ¿en serio crees que me trago esta cantinela tuya? —Sonríe maliciosa—. ¿Es que crees que yo te hubiera preparado una despedida de soltera al uso?

—Lo que espero es que no hayas preparado una despedida de soltera de ninguna clase.

Sus ojos brillan divertidos y no responde.

—Piluuuu...

Qué miedo me da. Si yo soy lo contrario al riesgo, Pilu es la antítesis de la monotonía y es de todo menos previsible.

Mantiene la sonrisa en la cara y aprieta los labios para que no se le escape lo que está deseando decirme.

—¡Pilu! —Está empezando a asustarme de verdad.

—Eli —dice con toda la calma que le es posible y tratando de parecer seria—, si crees que iba a permitir que el estirado de tu novio tuviera una despedida de soltero por todo lo alto y tú no, es que no me conoces.

—Beltrán no es ningún estirado —replico.

—¡Ja! —se carcajea irónica—. Y ahora me dirás que tu madre tampoco...

Me callo, porque no se puede replicar a eso y, ahora mismo, estoy demasiado asustada.

Mejor dicho, estoy acojonada. Viniendo de Pilu, me puedo esperar cualquier cosa.

Aparca el coche y, caminando tranquilamente por el paseo marítimo, nos dirigimos a La Más Bonita. Me encanta este local. Con ese aire de casa típica de Formentera y pintado de blanco y azul turquesa. Por no hablar de su comida y de las tartas que sirven.

Nos sentamos en la pequeña terraza que da al mar y en la que, por suerte, hay una mesita libre.

Pilu viene desmayada, es lo que le pasa cuando madruga en el trabajo, es capaz de desayunar dos veces y seguir con hambre, así que se pide el menú Patacona Beach sin remordimientos.

Pienso en las tortitas con sirope de arce, y los huevos fritos con bacón y me planteo pedir lo mismo que ella. Luego mi madre y el traje de novia me vienen a la mente. Soy menudita y más bien delgada, pero solo de pensar en ir a una prueba del vestido con ella, y que me digan que he engordado, se me quita el apetito de golpe, así que me decido por la tostada con jamón de pavo, queso fresco y tomate y el yogurt natural con granola casera. Todo muy *light*.

Pedimos también un café con leche para Pilu y un Cola Cao para mí y dos zumos de naranja.

—Pilu —empiezo mientras abro el sobre de cacao y lo vierto en la leche—. ¿Me puedes decir lo que estás tramando? ¿No pensarás llevarme a pasar un fin de semana a Benidorm y llevarme a un local de estriptís?

Me observa sin responder y estoy empezando a ponerme nerviosa, porque no me seduce en absoluto la idea de tener a un *boy* quitándose la ropa y bailando y meneando sus partes a dos centímetros de mí.

Me tapo la cara con las manos horrorizada.

—Por favor, dime que no —suplico.

No es para nada mi estilo y, aunque sé que Pilu me conoce más que nadie en el mundo, también es capaz de hacer cualquier locura solo por sacarme de mi zona de confort.

—Tranquila.

Me destapo poco a poco la cara y la miro esperanzada. ¿Qué habrá preparado? ¿Quizás un fin de semana en Londres para visitar los estudios de Harry Potter? Cuando Piluca entró a trabajar en la compañía aérea me puso como beneficiaria de sus billetes de vuelo de empleada y, aunque no hemos tenido la oportunidad de hacer grandes viajes juntas, sí que hemos pasado algunos fines de semana las dos por Europa y cinco días en Nueva York el año pasado.

—Casualmente tengo unos cuantos días libres, veinte para ser exactos. Vacaciones que me han asignado y algunos libres que me debían —explica.

—¿Qué me quieres decir con eso?

—Pues que no nos vamos a ir de fin de semana —

comenta misteriosa–. ¡Nos vamos de viaje! –exclama abriendo los brazos al cielo y con una gran sonrisa en su cara.

–¿Qué?

–Lo que oyes, Eli. Que, si tu querido Beltrán no es capaz de hacer realidad tus sueños, yo sí lo soy: nos vamos a Nueva Zelanda.

Me suelta esta bomba mientras da un sorbo a su café con leche, un bocado a las tortitas y se recuesta sobre su silla, quedándose tan tranquila. Como si lo que hubiera dicho fuera cualquier cosa.

–Pero, ¿tú te has vuelto loca? –La miro asombrada. No puede estar hablando en serio.

–Eli, yo ya estoy loca. Parece mentira que no me conozcas. ¿Es que no te apetece?

Me observa con carita de cachorro lastimero.

–¿Cómo no va a apetecerme? Llevo toda la vida queriendo hacer ese viaje, pero, ¿cuándo quieres que nos vayamos?

–No es cuándo quiero que nos vayamos. Es cuándo nos vamos. Y, para tu información, nos vamos el lunes.

–¿¿El lunes??

–No te estreses, Eli, lo tengo todo mirado. Esto no se me ha ocurrido hace cuatro días, llevo tiempo madurando la idea.

La miro atónita. Joder, si llevaba tiempo planeándolo podía habérmelo comentado antes... ¿Cómo voy a irme el lunes a Nueva Zelanda durante veinte días? A mi madre le puede dar un síncope. Y, ¿cómo voy a organizarme el trabajo que tengo pendiente?

Tengo varias correcciones por entregar y algún que otro informe de lectura que enviarle a HarperCollins, la editorial con la que trabajo de manera autónoma. Y alguien tendría que sustituirme en la academia.

Por no hablar del dinero.

—Pilu...

—Ni Pilu, ni nada. No me vengas con rollos. Ahora cuando terminemos de desayunar te vas a ir a casa, llamas a tu amiga María y le pasas los trabajos que tengas pendientes para estos días. También puede dar las clases de español por ti.

Abro la boca, pero no soy capaz de responderle. Lo tiene todo planeado.

—Luego te preparas la maleta y te vas estudiando esa pila de guías de Nueva Zelanda que tienes porque, amiga mía, el lunes a las siete y media de la mañana sale nuestro vuelo a Madrid y te quiero en el aeropuerto a las seis, puntual como un clavo. Ni se te ocurra acobardarte y dejarme tirada.

Sé que es inútil discutir con ella, cuando algo se le mete en la cabeza no hay quien se lo saque. Pero solo de pensar en decirle a mi madre que a menos de tres meses de la boda y, con todo lo que tenemos pendiente por organizar, me voy a largar veinte días a las antípodas se me revuelve el estómago.

—¿Estás hablando en serio?

—¿Acaso lo dudas?

Solo la emoción de imaginarme haciendo una foto en la puerta de Bolsón Cerrado se me cierra el estómago.

—Tengo los billetes y, al ser de empleada, nos han

salido a precio de ganga. He mirado las plazas y no creo que tengamos problemas para subir a bordo. Recuerda que son sujetos a espacio.

Estoy atónita. No es ninguna broma. Es cierto que nos vamos a Nueva Zelanda.

—También he reservado la caravana. Una Jucy, me ha salido mucho más barata que las marcas más habituales como Maui y Britz y, aunque sé que para ti el dinero no es problema, tampoco quería arruinarme ni que tuvieras que pedirle a tu madre.

No puedo hablar.

—Bueno, ¿qué opinas? Di algo, ¿no?

—Joder, Pilu, es que no puedo creerlo. ¿Cómo puedes hacer que parezca tan sencillo algo que me parecía tan imposible?

Mi amiga sacude la cabeza y se carcajea.

—Lo único que hacía que ese viaje fuera algo tan complicado e inalcanzable es tu miedo, Eli. Tu miedo a ser la persona que en realidad quieres ser y tu miedo a lanzarte a cumplir tus sueños. Vives en esta rutina que te has creado y que no te hace feliz y eres incapaz de hacer cualquier cosa que se salga de los esquemas de tu madre y Beltrán —cruza los brazos y frunce el ceño—, pero eso se acabo. Tenemos a tu prometido en la otra punta del mundo y en algún momento debes plantarle cara a tu madre, así que el lunes vas a salir de tu zona de confort lo quieras o no.

Trago saliva y asiento.

Pilu levanta el vaso con el zumo de naranja como si fuera una copa.

—¿Chin chin? —pegunta enarcando una ceja.

Su alegría es contagiosa y, por un momento, me dejo llevar y levanto mi vaso también.

—Chin chin.

Una hora después, Pilu me ha dejado de vuelta en casa. Me planto frente al armario tras abrirlo de par en par y empiezo a vaciarlo, sacando ropa, para preparar el equipaje.

Uf, esto va a ser complicado.

Salgo al pasillo a por mis maletas Samsonite. Saco una grande, donde pondré la mayor parte del equipaje y una de mano.

Regreso al dormitorio y me enfrento al caos que he creado. A ver, Eli, céntrate. Estamos a final de marzo en Valencia, por lo que el clima en Nueva Zelanda será otoñal. Un poco más cálido en la Isla Norte y más fresco en la sur. Pero tengo que llevarme también ropa abrigada… no creo que las temperaturas de otoño de Nueva Zelanda se parezcan a las de la *terreta*.

Ay madre, en cuanto la tenga medio lista creo que voy a tener que irme de compras con urgencia. Entre otras cosas necesito algo de ropa de montaña y unas botas de senderismo. Las excursiones campestres no son algo que solamos hacer Beltrán y yo, así que no estamos equipados.

Por otra parte, doy gracias al cielo que el documento ESTA para poder entrar en Estados Unidos lo tengo activo de nuestro viaje a Nueva York, de lo contrario la escala en Los Ángeles para llegar a Auckland sería inviable.

Pilu ha dicho que lo tenía todo organizado, pero vamos, que menos mal que se me da bien hacer maletas y que soy una persona organizada, porque gestionar esto en tan poco tiempo es un estrés.

Cuando viajamos a la gran manzana me saqué el carnet de conducir internacional por si íbamos en coche por nuestra cuenta a los *outlets* (cosa que al final no hicimos, porque contratamos una excursión), pero, vamos, que no sé cómo pensaba mi amiga que me iban a dejar conducir la caravana en Nueva Zelanda o cómo iba yo a obtenerlo en dos días teniendo en cuenta que estamos en fin de semana.

¡Ay, Pilu! Cabecita loca... Por suerte, todo está saliendo rodado.

Paso el resto del día ocupada de tiendas y con una sonrisa boba en la cara. No es hasta que me voy a la cama que me doy cuenta de que:

a) No he recibido un solo mensaje de Beltrán en todo el día y me mosquea un poco.

b) No he visto a mi madre, que todavía no ha vuelto a casa, y, en consecuencia, tengo pendiente contarle que voy a estar ausente unos cuantos días. Del destino mejor ni hablamos.

Me meto en la cama y le escribo a Beltrán. Imagino que no ha podido conectarse a una red wifi, aunque me extraña. Le cuento que el lunes salgo de viaje con Piluca, pero no le digo donde. Mientras él no se digne a dar señales de vida yo no le debo ninguna explicación.

Apoyo la cabeza sobre la almohada y la sombra de la reacción de mi madre planea sobre mí, aunque al final, la emoción y el cansancio vencen y caigo rendida.

Capítulo 3

EMBARCANDO

Son las seis de la mañana del lunes y apenas he dormido en toda la noche. Estoy nerviosa, emocionada y, para que negarlo, agotada. Preparar un viaje a Nueva Zelanda en dos días no es cualquier cosa y, para rematarme, la discusión de anoche con mi madre. Eso sí que me chupa la energía.

La aparto de mis pensamientos por un momento. Me van a sobrar horas en el avión para pensar en ello. Y para comentarlo con Pilu.

Giro la muñeca y miro el reloj. Cogemos el vuelo que sale a las siete y media para Madrid y tenemos que facturar equipaje, pero no hay ni rastro de mi amiga. Miro nerviosa a mi alrededor. Como se nota que trabaja en una compañía aérea y no viene con mis agobios. Yo, que entre la excitación y que tenía miedo de dormirme y no escuchar la alarma, no he pegado ojo.

La terminal del aeropuerto de Manises está llena, pero Pilu no aparece y yo empiezo a ponerme nerviosa, así que me coloco en la fila delante del mostrador y trato de relajarme. La cola es bastante larga, aunque van facturando a buen ritmo.

De pronto siento que alguien se abalanza sobre mí y sonrío, relajada. ¡Al fin!

—¡Joder, Pilu! Ya te vale, me tenías en un sinvivir.

—Mujer, relájate, tenemos tiempo de sobra.

Como siempre, mi querida amiga está estupenda, incluso a estas horas de la mañana.

Entrecierro los ojos y la observo con detenimiento.

—Pero, ¿tú te has maquillado?

—Pues claro que me he maquillado, siempre lo hago cuando vengo a trabajar, no tenía ganas de que hoy me vieran con cara de muerta. ¡Imagínate! Una nunca sabe a quién puede encontrarse por estos lares...

Entorno los ojos mirando al cielo. Yo solo puedo pensar en dormir y ella se ha despertado pensando en ligar. ¡Hay que joderse!

—¡Como ese, por ejemplo! —exclama mientras señala a un tipo que hay un poco más adelante en la cola—. ¡Es Roberto culo prieto!

No puedo evitar soltar una carcajada ante el apelativo.

—¿Perdona? —murmuro mientras avanzamos un poco más hacia el mostrador.

—Roberto culo prieto. Es un ingeniero que trabaja en mi compañía aérea, está buenísimo. En realidad, se llama Roberto Prieto, pero si te fijas con detenimiento en su trasero entenderás que se ha ganado el mote a pulso. ¡¡Qué culazo!!

Me pongo de puntillas para poder ver bien y me fijo en la retaguardia del susodicho. La verdad es que Pilu no mentía. Es un tipo alto y corpulento, tiene el cabello castaño y lo lleva largo a la altura de la barbilla. Me gustaría verle la cara para saber si le hace justicia al resto de su cuerpo. Bajo de nuevo la mirada a su culo y, cuando la levanto, quiero que se me trague la tierra.

Un par de preciosos ojos azules me observan divertidos. Mierda. ¡Qué vergüenza! Menuda pillada me ha metido mirándole el culo.

Me giro hacia Pilu como si no hubiera pasado nada, pero, en realidad quiero desaparecer y, aunque no me veo, sé que estoy roja como un tomate.

Pilu se echa a reír incapaz de contenerse.

—¡Vaya! Cualquiera diría que es la primera vez que miras a un tío que no sea tu novio.

Me gustaría responderle que no, pero es la pura realidad. Desde que empecé a salir con Beltrán no me he fijado en otros hombres. Tampoco le hubiera prestado atención a este si no me lo hubiera dicho ella... aunque hay que reconocer que tenía razón y que las vistas merecían la pena.

—Es que no tengo necesidad de ir por ahí mirando a nadie cuando ya estoy satisfecha con lo que tengo. —replico.

—Ninguna, ninguna. Estás más que servida con Beltrán... —me contesta con tono irónico.

—¡Beltrán es el amor de mi vida! —le replico molesta–. ¿Puedes dejar de criticar nuestra relación por un momento?

No puede responderme con otra de sus impertinencias porque nos llega el turno de facturar. Nos dan las tarjetas de embarque con plaza para el vuelo a Madrid y las del Madrid-Los Ángeles en lista de espera, aunque nuestro equipaje lo facturan hasta allí. En principio va bien de plazas, nos las confirmaran en Barajas. El largo periplo para llegar a Nueva Zelanda, sigue con un último vuelo hacia Auckland, así que tenemos horas de sobra para discutir sobre mi vida sexual, o sobre la suya, que en realidad hay mucho más que comentar. En Los Ángeles tendremos que recoger el equipaje de nuevo y cruzar los dedos para que no vaya lleno, aunque las previsiones son buenas.

Nos olvidamos del tema y nos sentamos en La Pausa a tomar algo mientras esperamos a que empiece el embarque. Otra cosa no, pero hincharnos a desayunar, eso es lo nuestro. Y aunque los precios de las cafeterías de los aeropuertos son bastante elevados, Pilu tiene un pequeño descuento por ser empleada del que hacemos uso.

Un capuchino para ella y, cómo no, un Cola Cao para mí, unos zumitos de naranja y un par de cruasanes para llenar la barriga y que nos olvidemos de la incómoda conversación de antes y de las insinuaciones sobre lo que hago en la cama con Beltrán. Porque, aunque no lo haya especificado, sé que Pilu se refería justo a eso.

Y, si hay algo de lo que no me apetece hablar con ella, ni con nadie, es de lo que hacemos o dejamos de hacer en la cama. Tampoco es que haya tanto que contar, ¿no? No es que vea fuegos artificiales cuando estoy con él, pero es que eso solo pasa en las novelas románticas. No sé que es lo que mi amiga espera que le explique.

Estoy absorta bebiéndome mi leche chocolateada mientras Pilu revisa su móvil cuando me doy cuenta de que tengo a alguien plantado justo detrás de mí. La enorme sombra que proyecta sobre Pilu me lo confirma. Eso y la sensación de tener dos ojos clavados en mi nuca.

Me giro despacio para encontrarme con ese mismo par que antes me ha descubierto admirando su trasero.

Casi tengo que taparme la boca para no exclamar, ¡Roberto culo prieto! En vez de eso, le pego con el pie por debajo de la mesa a mi amiga para que diga ella algo. Y lo hace, solo que no lo que yo espero.

—¡Joder, Eli! ¿Se puede saber por qué me das una patada?

Lo de las sutilezas nunca ha sido su punto fuerte. Aunque no puedo verle la cara, me imagino que el tal Roberto se está divirtiendo de lo lindo, porque acabo de quedar como el culo.

Le hago a Piluca un imperceptible gesto con la cabeza para que vea a quién tengo detrás.

Entonces lo mira y, al darse cuenta de quién es, una sonrisa ilumina su cara.

—¡Roberto! Qué casualidad —exclama como si no lo hubiera visto en la cola del mostrador—. ¿Tú también a Madrid? ¿Trabajo o vacaciones?

—Vacaciones —responde al tiempo que arrastra una silla y se sienta en nuestra mesa. Deja un café solo sobre la mesa y da un largo trago—. Me voy a Nueva Zelanda.

Pilu ahoga un grito.

—¿Estás de coña? ¡Nosotras nos vamos a Nueva Zelanda también!

Me fijo en la expresión embobada de mi amiga mientras habla con él e intuyo que sabe más de ese culo prieto de lo que dice. Me apostaría lo que fuera a que lo ha catado y ¡que quiere repetir! Esos ojitos que le está haciendo lo dicen todo.

Como no quiero entrometerme y, además, no sé por qué, pero la presencia de Roberto me incomoda, me disculpo diciendo que he de ir al baño.

Cuando salgo, el vuelo está empezando a embarcar, así que cogemos las maletas y nos ponemos en la fila. En menos de quince minutos estamos sentadas en el avión. Roberto va unas filas más adelante y me olvido de él y me centro en la maravillosa experiencia que vamos a vivir.

Pilu aprovecha para dar una cabezadita en la media hora que dura el vuelo y yo para revisar todas mis guías y releer el itinerario que he planificado. Sé que me van a sobrar horas, pero me puede el ansia. ¡Hay tanto por ver que nos van a faltar días!

Cuando aterrizamos en Madrid, noto que Pilu busca al tal Roberto con la mirada. Para su desgracia estaba sentado unas cuantas filas más adelante, así que probablemente esté ya dentro de la terminal.

Me molesta un poco. Se supone que es un viaje de chicas. Mi viaje soñado. Si ahora Pilu pretende que vayamos todo el viaje persiguiendo a este tipo… ¡yo me niego! Lo ha tenido en Valencia todo este tiempo, si quiere tirárselo que espere a que volvamos. Esto es una despedida de soltera y los hombres sobran.

En cualquier caso, me callo y no digo nada, al fin y al cabo, Pilu me ha preparado la mayor sorpresa que nadie me podría haber organizado. Lo ha hecho todo por mí y no debería ponerme celosa como una niña a la que su hermanito pequeño le ha quitado el trono. Después de todo, este chico nos ha dicho que viaja solo, probablemente coincidamos con él un par de veces más a lo largo de los vuelos, cuando aterricemos y ya no nos volvamos a ver.

Estoy pensando esto mientras subimos las escaleras de la T4 cuando veo a Pilu sacudir su mano en un saludo y gritar emocionada:

—¡Robertooooo!

El aludido se gira y detiene la marcha, parándose a esperarnos.

Nos acercamos a él, Piluca dando pequeños saltitos, emocionada como una cría a punto de encontrarse con Santa Claus. Un Santa Claus buenorro en este caso.

—Tenemos que ir a la T4 satélite, ¿verdad? —pregunta con tono inocente.

Y yo, no puedo evitar que se me escape una risa, porque, vamos a ver, Pilu es tripulante de cabina de pasajeros, pasa media vida en Barajas, ¿en serio le está preguntando a qué terminal hay que ir? Es de coña.

Pero la cuestión, aunque obvia, surte efecto y nos colocamos junto a Roberto para dirigirnos, los tres juntos, hasta el trenecito que nos cambiará de instalaciones. Me cuesta un poco seguirles el ritmo. Aquí, el amigo Roberto, da unas zancadas tremendas y yo, que soy más bien menuda, tengo que dar varios pasos por cada uno que da él. No puedo evitar fijarme en sus pies, que son enormes. Y me río yo sola pensando que tiene pies de hobbit.

Al escucharme, Pilu y él, que van unos cuantos pasos por delante, se giran a mirarme, sorprendidos por mis carcajadas.

—Perdona, Eli —exclama mi amiga al darse cuenta de que iban muy deprisa para mí—. Ya bajamos la velocidad.

Pilu es bastante más alta que yo y, con sus largas piernas, no le cuesta seguir el ritmo de Roberto, pero yo, a pesar de que camina más despacio que antes, tengo que andar como si estuviera haciendo marcha para no quedarme atrás y me falta la respiración. ¡Uf, se nota que no estoy nada en forma!

Al final llegamos al tren, que pasa a los pocos minutos. Como todavía quedan unas tres horas para que salga nuestro vuelo y volvemos a tener hambre (es lo que tiene madrugar), nos sentamos en el MasQMenos, pedimos unos bocadillos y unos refrescos y nos sentamos a pasar el tiempo.

Tengo ganas de hablar a solas con Piluca, pero me parece que hasta que no estemos a bordo (y eso si tengo suerte y nos sientan juntas) eso no va a suceder.

Me parto medio bocata de jamón ibérico y un pincho de tortilla con Pilu, mientras que Roberto se pide una cerveza y se come lo mismo que nosotras dos él solo. Lo observo de arriba abajo y la verdad es que no me extraña, tiene mucho cuerpo que llenar. ¡Es enorme! Hasta sentado se nota lo alto que es, por no hablar de su espalda ancha. No he podido evitar fijarme mientras esperaba en la cola detrás de él.

—Por cierto, Rober —dice Piluca diez minutos más tarde—, ¡no te he presentado a mi amiga! ¡Qué vergüenza! Perdona. —Se tapa la cara con las manos como si realmente estuviera avergonzada, pero yo sé que si de algo carece Pilu es de vergüenza.

—Soy Elisa —murmuro tendiéndole la mano a modo de saludo.

—Encantado —me responde cogiéndomela y acercándome a él para darme dos besos, que es justo lo que yo trataba de evitar. No sé por qué, pero desde que se ha girado y me ha pillado mirándole el culo en la cola, hay algo en él que me incomoda y me pone nerviosa. ¿Por qué será?

Antes de que pueda evitarlo sus labios ya se han posado en mi mejilla y siento el roce de su barba de dos días sobre mi piel. Un escalofrío me recorre el cuerpo, pero me digo que es porque estoy destemplada por el madrugón y, por si las moscas, me separo con rapidez de él y me concentro en dar un mordisco a mi bocadillo.

Al cabo de una hora, yo estoy ensimismada con mis guías de viaje mientras ellos hablan de trabajo, al fin y al cabo, son compañeros. Me paso el pelo por detrás de la oreja izquierda y noto que alguien me observa. Levanto la mirada con sutileza y me percato de que es ese par de increíbles ojos azules. Agacho la mirada y sigo con la lectura cuando lo escucho decir como quien no quiere la cosa:

—Tienes orejas de elfo.

Siento que me pongo colorada de nuevo. Desde los pies hasta la punta de mis pequeñas orejas puntiagudas con, sí, lo admito, forma élfica.

Pilu se echa a reír.

—Eli es una especie de Galadriel y se muere por ver hobbits, por eso vamos a Nueva Zelanda. ¿No te lo había dicho?

Para mi fortuna, ya va quedando menos para el embarque, así que dejamos la conversación para buscar la puerta de nuestro vuelo. Una vez encontrada, nos acercamos al mostrador en el que ya hay una agente de pasaje que nos confirma que el vuelo va muy bien de plazas y nos cambia nuestras tarjetas de embarque en lista de espera por otras con plaza confirmada.

Pilu y yo nos sentamos juntas y suspiro aliviada al ver que a Roberto le asignan un asiento unas cuantas filas más atrás.

Cuando al fin embarcamos, me relajo y me olvido de Roberto. Esto es real. Estoy en un avión con destino a Los Ángeles y luego continuaremos hacia Auckland. ¡Voy a ver Hobbiton!

Me giro hacia mi amiga y le doy un abrazo sincero.

—¡Gracias, Pilu! Esta va a ser la mejor despedida del mundo.

Ya nada puede empañar mi alegría, siento que voy a explotar de la emoción y me olvido de la discusión que tuve anoche con mi madre, de que sigo sin saber nada de Beltrán y de la presencia del ingeniero aeronáutico y aprovecho para descansar unas horas.

Tras un muy, muy largo vuelo, llegamos hasta Los Ángeles y allí, escoltadas de nuevo por Roberto para alegría de mi amiga e incomodidad mía, volvemos a facturar el equipaje, esta vez con Air New Zealand para el último salto que nos llevará a nuestro destino.

Solo unas horas nos separan del viaje de mi vida y de la mayor aventura que he vivido hasta el momento. Siento que no quepo en mí de felicidad y que nada puede salir mal.

Todo es sencillamente perfecto.

¿Sencillamente perfecto? ¿Cómo he podido pensar que este viaje era una buena idea? Me quiero morir.

Piluca y yo estamos sentadas en una mesa mientras uno de los inspectores del control de bioseguridad revisa todas y cada una de nuestras pertenencias. Hemos entregado nuestros formularios, pero tras pasar nuestras maletas por el control de rayos x, nos han hecho sacar las botas de montaña para comprobar que no contenían restos de ninguna planta. Las mías estaban a estrenar, ya que las compré en Decathlon el sábado por la tarde junto con una pila de forros polares de Quechua y algo de ropa de montaña, pues no tenía nada de este estilo. Sin embargo, las de Pilu, que sí que sale de excursión alguna que otra vez, tenían restos de tierra y hierba y no había indicado nada en el formulario.

Se han llevado su calzado a una sala y nos lo han

devuelto impoluto, pero, desde ese momento, la amabilidad de los policías ya no ha sido la misma y se han vuelto muy inquisidores. Nos han llevado a un despacho donde nos han explicado que iban a proceder a vaciar nuestro equipaje y a revisarlo para comprobar que no llevábamos bienes no declarados o ilegales.

Estoy acojonada.

Sé que yo no llevo nada que pueda considerarse ilegal, pero Pilu me da pánico y no me fío un pelo.

—Joder, dime que no llevas nada raro ahí dentro —suplico asustada.

—Pues no sé... esta gente es de lo más extraña, ¡qué problema puede haber por un poco de tierra en unas botas! —me responde asombrada—. ¿Cómo iba a saberlo?

—Deberías —replico enfadada en un susurro para que no nos escuche el policía—. Tú organizaste el viaje. Yo solo he tenido día y medio para prepararme y ese tiempo ha sido más que suficiente para enterarme de que los neozelandeses son muy escrupulosos con todo lo relacionado a las plantas, animales o comida que entra en su país. Por no hablar de otro tipo de sustancias que no me atrevo siquiera a mencionar —siseo—. Joder, Pilu, ¿es que no has visto el capítulo de los Simpson de *Bart contra Australia*? Esto es lo mismo.

—Te prometo que no llevo nada.

—Más te vale.

—No llevo nada —repite, como queriéndose convencer a sí misma.

Levanto los ojos al cielo y, aunque no soy especialmente creyente, rezo, pidiendo que así sea.

Capítulo 4

EL PAÍS DE LA NUBE BLANCA

No puedo creer lo que acaba de pasar. No puedo creerlo.

Me llevo las manos a la cabeza.

Estoy sola.

SOLA.

Y acojonada.

¿Qué voy a hacer yo sola en Nueva Zelanda? Me siento como Dorothy cuando llega a Oz, totalmente abrumada y desorientada. Y aquí no hay *munchkins*. Y los neozelandeses tampoco parecen muy dispuestos a ayudarme.

Quiero volver a Kansas.

Pero ni mi casa está en Kansas ni tengo zapatitos de rubíes. Como mucho tengo un billete de regreso que, si quisiera podría usar, pero ¿es eso lo que quiero?

Las palabras de Pilu chillándome cuando se la han

llevado los policías mientras que a mí me permitían la entrada en el país resuenan en mi cabeza. Que siguiera con el viaje, pero, ¿cómo voy a seguir sin ella? ¿Soy capaz de hacerlo sola? Se supone que íbamos a hacer el viaje juntas. Era mi despedida de soltera.

No sé qué hacer.

Sin mucha convicción, me acerco al mostrador para formalizar el alquiler de la caravana. Tampoco quiero decepcionarla. Sé que, pese a su irresponsabilidad, todo esto lo ha organizado por mí. Si ahora me acobardo y vuelvo a buscarla no me lo perdonará en la vida.

Y, probablemente, yo tampoco me lo perdone. He llegado hasta aquí y tengo que seguir adelante.

Así que, espero en la cola, cargada con mi bolso, mi maleta y mi maleta de mano mientras se forma un nudo en mi estómago.

Cuando por fin me atienden, doy los datos de la reserva que me dio Pilu y relleno unos papeles mientras saco mi cartera del bolso para hacer el pago.

Espero que saquen el datafono y les entrego la Visa. Aunque la caravana le salió bien de precio a Pilu, no es lo mismo pagarla a medias que hacer frente al gasto yo sola. Me va a costar un riñón. Aun así, es mi sueño y, si quiero vivirlo, tendré que pagarlo. Al fin y al cabo, los billetes de avión han salido tirados de precio gracias a ella.

Veo que la chica que me ha atendido pasa la tarjeta de nuevo y pone una expresión rara. Espero que no me dupliquen el cobro porque no les funcione el cacharro o se me quedará la cuenta en negativo.

Al cabo de unos minutos me explica muy educadamente que no acepta la tarjeta. No lo entiendo. Sé que había dinero de sobra en la cuenta. Qué extraño.

Murmuro una disculpa mientras rebusco en la cartera y saco la de crédito. ¿Habré tenido algún gasto que no recuerdo y no habría suficiente dinero en la cuenta?

La chica la pasa mientras yo me revuelvo nerviosa y balanceo mi peso de un pie al otro.

Veo que sacude la cabeza y ahora sí que me acojono. No tengo más tarjetas y no tengo suficiente efectivo. ¿Estoy en las antípodas del mundo sola y sin dinero?

No puede ser verdad.

Me giro y veo que se ha formado una cola de gente detrás de mí y que empiezan a impacientarse, así que me disculpo y me escabullo hasta unas sillas que hay en el pasillo para decidir qué hacer.

Me siento y saco mi móvil para conectarme al wifi del aeropuerto. Necesito entrar en las cuentas del banco y ver qué pasa.

Pongo mis claves y compruebo que sí, que tengo dinero en mi cuenta, sin embargo, al entrar a ver las tarjetas, veo que ambas han sido anuladas. ¡Hoy mismo! ¿Por qué? Sin las tarjetas no puedo disponer de mi dinero, ¿qué voy a hacer? ¿Cómo ha podido ocurrir?

Un pensamiento pasa, fugaz, por mi mente y es tan horrible que lo quiero desechar, pero no se me ocurre otro motivo que no sea ese: mi madre.

¡Mi madre!

Imagino a mi madre llamando al director de mi oficina del banco y me entra una arcada. Me tapo la boca con las manos y respiro hondo para aguantar la angustia.

Lo que no puedo contener son las lágrimas.

De pronto el cansancio, el miedo y el nerviosismo que llevo reprimiendo desde que me he visto sola salen a la superficie en forma de llanto incontrolable que no puedo frenar.

Hasta que noto que una mano firme y fuerte se posa sobre mi hombro.

Levanto la cabeza y, con la mirada borrosa por las lágrimas, trato de distinguir la cara de la persona que se ha acercado hasta mí.

Lo primero que reconozco son esos ojos azules que parecen perseguirme desde que salimos de Valencia.

—Elisa, ¿estás bien? ¿Qué ocurre? ¿Dónde está Piluca?

Me seco las lágrimas a toda prisa. No quiero que me vea llorar. Y respecto a su pregunta... ¿dónde está? ¿Todavía con los policías? ¿Subida ya a un avión rumbo a casa?

—No lo sé.

—¿Cómo que no lo sabes?

—No sé dónde está exactamente, pero sí sé que no va a hacer el viaje conmigo. La han repatriado.

—¿Repatriado? ¿Estás de broma?

Niego con la cabeza. Ya me gustaría a mí.

—Ha sido por el control de biodiversidad. Resulta que llevaba una china de maría —explico.

—¿Así que han repatriado a Pilu de vuelta a casa? Joder. —Está flipando—. Siempre supe que estaba muy loca, pero ¿traer maría cuando sabes que tienes que pasar por la aduana? ¿En qué cojones estaba pensando?

Lo más probable es que no estuviese pensando.

—Dice que no se acordaba que la llevaba en la cartera.

Vete tú a saber lo que estuvo haciendo el sábado y el domingo mientras yo me dedicaba en cuerpo y alma a preparar el equipaje y el itinerario.

—La culpa ha sido de las botas de montaña. Yo no suelo hacer senderismo, así que las mías estaban a estrenar, pero a ella sí le gusta y no las traía muy limpias que digamos. Ya sabes lo tiquismiquis que son aquí con la entrada de plantas y especies que no sean autóctonas. Han empezado a revisarlas y a partir de ahí han abierto toooodo nuestro equipaje, nos han cacheado de arriba abajo y, ¡hasta han traído a los perros!

Roberto me escucha alucinado y no puede evitar echarse a reír. Yo no le veo la gracia por ningún sitio, pero él lo encuentra la mar de divertido.

—¡No sé dónde está el chiste! —resoplo—. Desconozco a cuánto asciende la multa que le han puesto, pero ya puede dar gracias de que no haya sido algo peor.

Me niego a pronunciar la palabra «cárcel».

—Y, bien, ahora que te has quedado sin compañera de viaje, ¿piensas volver a casa con ella o vas a recorrerte tú solita el país?

Ahora es cuando quiero desaparecer. Me niego a tener que explicarle a este hombre que, hacer el viaje yo sola, era precisamente mi intención. Pese al miedo que me daba conducir la autocaravana. No quería sentirme una fracasada que, después de haberse enfrentado a su madre por una vez en la vida, tiene que volver a casa con el rabo entre las piernas. No. Pensaba afrontar mis miedos para cumplir mi sueño. Porque dicen que el miedo se vuelve cobarde cuando te enfrentas a él.

Pues bien, el mío lo que se ha vuelto es pobre. Pobre como las ratas.

No sé qué habrá hecho mi progenitora, pero estoy segura de que esta repentina anulación de mis tarjetas de crédito es cosa suya.

Ahora estoy en las antípodas y llevo unos pocos dólares en el bolsillo que me ha dado Piluca, porque yo no tuve tiempo de ir al banco a pedir cambio de moneda al pillarme todo este lío en fin de semana. Lo que tengo es calderilla, no es que no pueda pagar la autocaravana, es que no creo que con esto pueda subsistir más de dos días.

Agacho la cabeza. ¡Qué bajón!

—Me hubiera encantado hacer el viaje —me lamento—, incluso sola. Y eso que yo nunca he viajado sin nadie más. Pero todo me está saliendo mal. No tengo dinero para pagar la caravana, así que supongo que tendré que ir a ver en qué próximo vuelo hay plazas y volver a Valencia.

Roberto abre los ojos y me observa sorprendido.

—¿Qué dices? ¿Cómo no vas a tener dinero?

—Pues eso, —saco de mi cartera los pocos dólares que tengo y se los muestro—, que no tengo. Es una larga historia.

Roberto se queda ahí, plantado, sin decir nada, mirándome con detenimiento. La verdad es que no me extraña que Pilu tuviese un lío con él. Hay algo en su persona que es como un imán, algo que te atrae. No sabría decir si son sus ojos, su ancha espalda o, sencillamente, ese aire de independencia y arrogancia que tiene al hablar, como si nada ni nadie le importase. Es como una especie de Han Solo.

—¿Quieres venir conmigo? —pregunta de pronto.

Estoy tan absorta en mis pensamientos que la pregunta me pilla desprevenida. No me lo esperaba.

—¿Cómo dices?

—Te digo que si quieres hacer el viaje conmigo. Tengo una autocaravana con capacidad de sobra para dos personas y, aunque no estoy acostumbrado a viajar acompañado, creo que podré hacer una excepción. A Pilu no le hubiera gustado que te dejase tirada en el otro extremo del mundo.

Así que solo lo hace por Pilu, ¿no?

Joder, no sé qué hacer. Mi madre debe estar furiosa conmigo para hacer lo que ha hecho, Pilu está a punto de volver a España y Beltrán... del maldito Beltrán no sé nada desde que se largó con sus amigotes de despedida de soltero. No quiero ni pensar en lo que puede estar haciéndome. La palabra «cuernos» resuena en mi cabeza.

Sigo pensándolo mientras él se acerca al mostrador y empieza a gestionar el alquiler de su caravana.

¿Qué hago? Sé que Piluca no se lo pensaría ni por un instante, pero yo no soy ella. Ella correría el riesgo, pero ¿y yo?

Hacer un viaje con un desconocido, aunque sea un desconocido tan atractivo como este, no es algo propio de mí. Aunque, pensándolo bien, ¿qué es propio de mí?

Últimamente todo lo que hago en mi vida es más propio de mi madre o de Beltrán que de mí, así que, ¿por qué no?

Veo que la chica del mostrador le está sellando unos papeles, dándole unas llaves e indicándole a dónde tiene que ir para recoger el vehículo.

Roberto se gira hacia mí y me pregunta muy serio:

—¿Quieres recorrer Nueva Zelanda conmigo o quieres acompañar a tu amiga de regreso a España?

Dudo por un instante, porque sigo sin tenerlo claro, pero a la vez que él recoge los papeles del alquiler de la caravana y empieza a darse media vuelta, me envalentono. Es mi única oportunidad.

—¡Sí, quiero!

—Todavía no te he pedido matrimonio, princesa. —Se carcajea, burlón.

Siento que me acaloro de pies a cabeza, en parte por la vergüenza y en parte por la rabia. No soy ninguna princesita que necesite que vengan a salvarla. Aunque lo parezca por la situación.

Con todo, me contengo las ganas de replicar. Este tipo es mi única esperanza de recorrer el país de la nube blanca. De hacer realidad mi sueño.

—Quiero decir que sí, que quiero visitar Nueva Zelanda —aclaro, mordiéndome la lengua.

—¿Cómo es posible que hayas venido hasta aquí cargada con dos maletas de Samsonite y un bolso de Louis Vuitton y que ahora no tengas dinero para pagar la caravana? —inquiere, enarcando las cejas.

Suspiro, sé que a la vista puedo parecer pija, aunque no lo soy, pero cuando le responda a su pregunta sí que voy a parecerle una princesita y niña de papá... O, en este caso, de mamá.

—Mi madre me ha anulado las tarjetas de crédito.

Realmente me asombra lo que ha hecho mi madre. Es cierto que el dinero de alguna de mis cuentas proviene de planes de ahorro que ella me abrió cuando yo era solo un bebé, pero el de mi cuenta corriente lo he ganado yo. Proviene de los trabajos que hago de manera autónoma como correctora, lectora editorial y de las clases de español que doy en la academia. Puede que no sean grandes sumas de dinero, pero son fruto de mi trabajo. Lo que ha hecho es ilegal. En cualquier caso, ella y el director de mi oficina son íntimos, así que con toda seguridad habrán imitado mi firma para anularme las tarjetas.

—¡Vaya, vaya, vaya! Así que la princesita ha salido rebelde. Y, ¿qué has hecho para enfadar tanto a tu mami?

El tono condescendiente que utiliza me irrita, pero no puedo permitirme el lujo de enfadar a la única persona que se ha ofrecido a ayudarme. Estoy sola y en el otro extremo del mundo. Lo quiera o no, necesito ayuda.

—Largarme a las antípodas sin avisar a menos de tres meses vista de mi boda.

—¿Estás prometida? —Me mira con ojos curiosos.

—Sí, ¿por qué? ¿Tanto te sorprende?

—Estás resultando ser una caja de sorpresas. Me pregunto qué más ocultas tras esa fachada de niña buena.

No me gusta el rumbo que está tomando la conversación. Bastante odio ya tener que vestirme y comportarme como alguien que no soy para que Beltrán y mi madre estén contentos, como para que ahora un desconocido venga a juzgarme por mi apariencia. No me conoce y no tiene derecho a inmiscuirse en mi vida.

—Lo que yo guarde, o no, es asunto mío —zanjo—. Y ahora dime, ¿me vas a llevar en tu caravana?

—Lo haré, pero con una condición.

—¿Cuál?

—Debo asegurarme de que pagarás tu parte del alquiler del vehículo, como habrás podido comprobar, yo no soy millonario, así que me vendrá muy bien compartir el gasto de la caravana. Por eso necesito que me dejes algo en prenda.

—¿En prenda? ¿Qué quieres decir?

—Que tienes que darme algo que pueda servirme de fianza. Cuando me pagues, te lo devolveré.

—Ya no tengo nada.

—Yo creo que sí —murmura mirando fijamente a mi mano derecha.

Me palpo inmediatamente el dedo anular.

—¿Mi anillo de pedida?

—Estoy convencido de que vale incluso más de lo que cuesta el alquiler íntegro de la caravana, así que, si no me pagas, al menos no habré perdido dinero. No querrás hacerlo gratis y a mi costa, ¿no?

El anillo de oro blanco con un pequeño diamante que Beltrán había encargado traer directamente desde una joyería de Amberes me parece un precio demasiado alto a pagar por un viaje en caravana por Nueva Zelanda.

Él, que parece leer mis pensamientos, me pregunta:

—¿Cuál es el precio de la libertad?

Sin pensarlo, me quito el anillo y se lo ofrezco. Siento como sus ásperas manos rozan las mías al cogerlo y, sin saber muy bien por qué, el vello de todo mi cuerpo se eriza.

Él se desabrocha una cadena de oro que lleva al cuello y se lo cuelga.

—Muy bien princesa, ¿lista para adentrarse en la Tierra Media?

Capítulo 5

AUCKLAND–PAIHIA

Salimos de la terminal para dirigirnos hacia el aparcamiento de vehículos de alquiler. Roberto, al contrario que nosotras, que alquilamos un vehículo con capacidad para más personas de las que éramos para tener más espacio, ha alquilado una Maui Odyssey para dos personas y yo solo puedo pensar en una cosa.

La cama.

La caravana solo tiene una cama.

Aunque reconozco que, con seguridad, esta autocaravana será mucho más sencilla de conducir que la que había alquilado Piluca, tiene mucho menos espacio.

Mucho menos.

Y solo tiene una cama.

Una maldita cama.

Una cama en la que yo se supone que he de dormir con un hombre al que acabo de conocer.

Me quiero morir.

¿Cómo voy a explicarle esto a Beltrán? ¡Pero si ya me parecía complicado decirle que Piluca y yo nos habíamos venido de viaje a Nueva Zelanda! Como para explicarle ahora que voy a hacer el viaje con un desconocido y que voy a dormir en la misma cama que él.

¡Joder, Eli, la has liado!

¡¡La has liado, pero bien!!

Trato de relajarme y, mientras Roberto estudia el funcionamiento de la caravana yo me dedico a cotillearla. Tiene un diminuto baño que hace las veces de ducha y de váter, una pequeña cocina rodeada de armarios. Pese al tamaño del vehículo, tiene mucho espacio de almacenaje. Y, por último, la zona que por el día hace las veces de comedor y por las noches es la cama.

«La puñetera cama», pienso mientras me entran sudores fríos.

—Princesa.

Me giro al escuchar la voz de Roberto, que está frente a mí.

—¿Lista para emprender la marcha?

—No me gusta que me llames así —le espeto molesta. Yo no soy ninguna princesa.

Se acerca a mí y, antes de que yo pueda reaccionar y apartarme, pasa las manos por mi cabello rubio oscuro y me lo coloca por detrás de las orejas. Esboza una media sonrisa y yo siento que un escalofrío recorre mi cuerpo. Debo de seguir destemplada, apenas he dormido en los vuelos.

—Tienes razón. Eres más una dama élfica.

No me gusta cómo me mira. No sé si es por su tamaño, pero me siento intimidada y siento la urgente necesidad de cortar este pequeño momento intimidad que acaba de crear. Sus manos siguen pegadas a mi cabello y necesito que las separe.

Doy un paso atrás.

—Estoy lista. ¿Cuál es el plan?

—Puedes relajarte. Mi intención era pasar el día de hoy en Auckland y dormir en un hotel. Reservé para la primera noche pensando que después de tantas horas de vuelo querría un baño y una cama decentes para recobrar fuerzas antes de emprender el camino.

—Y, ¿por qué he de relajarme? —No le entiendo.

—Porque podemos pedir camas separadas. —Me guiña un ojo, el muy canalla—. ¿O me vas a negar que has estado sufriendo por ese pequeño e insignificante detalle desde que has visto el tamaño de la caravana?

—Yo... —No sé cómo seguir. ¿Tan transparente soy para él?

—Por desgracia, eso solo pasará esta noche. Me temo que, a partir de mañana, vas a tener que dormir conmigo. Aunque no creo que eso sea ningún castigo —se jacta—, al menos, Piluca no lo habría pensado.

Y el muy cabrón lo dice con una sonrisa de oreja a oreja en la cara. Lo mataría.

—Pero, ¿tú quién te has creído que eres para hablar así de mi amiga?

—¿Cómo he hablado? Solo he dicho la verdad y esa es que Pilu se metería gustosa en la cama conmigo. Ni que fuera la primera vez —se cachondea—.

Para mi desgracia, es a ella a quien han repatriado y contigo con quien tengo que cargar.

Yo a este lo mato. ¡Será presuntuoso, el tío!

—No pongas esa cara, mujer. No soy tan malo. Solo un poco sinvergüenza.

¡Lo que me faltaba por oír! ¿Dónde me he metido?

—Bueno, pero dejemos de hablar de mí o se nos hará tarde. Será mejor que emprendamos la marcha.

Asiento con la cabeza. Me tiene tan alucinada con sus comentarios que ya no sé qué decir.

—Hoy voy a conducir yo. Ya has sufrido demasiados shocks por un día, pero espero que a partir de mañana nos turnemos al volante. ¡Alguna ventaja tiene que tener viajar acompañado!

Me siento en el asiento del copiloto junto a él mientras arranca y pone la dirección del hotel en el navegador que muy amablemente nos ha facilitado la empresa de las autocaravanas.

Se me hace raro ir a la derecha sin conducir, pero más raro se me va a hacer cuando tenga que ir por la izquierda conduciendo yo. ¡Me da un cague! También me hubiera tocado conducir con Pilu, pero desde luego habría sentido menos presión. Roberto tiene toda la pinta de ser el típico que cree que las mujeres conducen fatal y me apuesto lo que quieras a que cuando coja yo el volante no va a parar de darme indicaciones y de tocarme las narices.

Durante el trayecto, estoy ausente y apenas me fijo en el paisaje. Estoy agotada, física y mentalmente y lo único que quiero es llegar al hotel y descansar un rato. Han sido demasiadas emociones.

Al fin, llegamos y dejamos la caravana en el aparcamiento. Afortunadamente Roberto ya les había consultado previamente si podía proceder así y no le pusieron problemas, por lo que mañana podremos emprender la marcha directamente desde el hotel hacia nuestro siguiente destino que es… ¿Cuál es nuestro próximo destino? Yo tenía un itinerario de viaje muy preparado, pero no tengo ni idea de cuáles son las intenciones de Roberto. Tendré que averiguarlo.

El hotel es el Grand Mercure Auckland. Está ubicado en el corazón del barrio marítimo y tiene vistas al espectacular puerto y a la vibrante ciudad. Me parece un hotel de demasiada categoría para alguien como Roberto que, aunque sé que tiene un buen trabajo, no es un potentado.

Él parece leerme la mente porque inmediatamente se dirige hacia mí.

—Los empleados de líneas aéreas tenemos buenos descuentos en los hoteles.

Debí haberlo supuesto, Pilu siempre está fanfarroneando de hoteles de cinco estrellas a los que ha ido por cuatro duros.

Tras realizar los trámites pertinentes, subimos a la habitación y suspiro aliviada al comprobar que, al menos por una noche, no voy a tener que preocuparme. Hay dos camas individuales.

Dos bonitas camas de noventa.

El dormitorio es precioso: moderno y acogedor, con una impoluta moqueta gris que hace que desee descalzarme inmediatamente y un precioso cabecero a rayas blanco y negro que llega hasta el techo. Los muebles son de líneas rectas y las vistas a la ciudad ¡impresionantes! El baño es fabuloso y la ducha, que es con lo que hace horas que sueño, también. Hay un set de albornoces y zapatillas y unos productos de tocador con una pinta excelente. Además, la habitación tiene televisión, minibar, cafetera... vamos, todas las comodidades.

—Disfruta esta noche, princesa —interviene Roberto sacándome de mi ensoñación—, mañana abandonaremos nuestro precioso y cómodo agujero de hobbit para adentrarnos de lleno en la Tierra Media.

Frunzo el entrecejo. ¿Le gusta *El señor de los anillos*? Ya es la segunda vez que le oigo nombrar a la Tierra Media. Por no hablar de sus alusiones a mis orejas de elfo.

—Sí, sí, princesa —está claro que este hombre puede leerme la mente—. A mí también me gusta Tolkien. No es tan extraño, ¿no? Y menos tratándose de alguien que está de viaje en Nueva Zelanda. —Se queda mirándome fijamente—. Creo que me sorprendió más a mí que te gustase a ti cuando lo dijo Pilu en Barajas.

Sonrío. «Espera a ver todo lo que hay dentro de mi maleta, chaval. Entonces sí que te vas a sorprender», me digo a mí misma pensando en la colección de camisetas y sudaderas frikis que he traído.

—Bueno, como bien me dijiste, soy toda una caja de sorpresas.

Me siento sobre una de las camas, esperando a que sea él quien diga qué es lo que vamos a hacer a continuación.

—Necesito darme una ducha —murmura—, imagino que tú también. Después de tantas horas de viaje estoy hecho polvo. ¿Te importa que pase yo primero? Estoy convencido de que seré más rápido.

Asiento con la cabeza.

No es que yo sea muy tardona, pero él tiene pinta de ser de los que no tardan más de diez minutos.

Abre su maleta, lo veo sacar un par de *boxers* y un neceser, y se mete en el baño.

No sé por dónde empezar. Así que pongo a cargar el móvil, me conecto al wifi del hotel y me dedico a enviarles mensajes a Pilu, a mi madre y a Beltrán.

A la primera para ver cómo se encuentra y para que sepa que no estoy sola. No quiero que sufra por mí, bastante estoy sufriendo yo ya por ella y por su regreso a España.

A la segunda para decirle que no puedo creerme que haya sido capaz de dejarme sin dinero en la otra punta del mundo. Que si cree que así abandonaré el viaje y volveré a casa, que lo lleva claro, que por una vez en la vida voy a salir de mi zona de confort y voy a vivir una aventura.

Al tercero para manifestarle que estoy cabreadísima con él, que no puedo creer que no haya sido capaz de dar señales de vida desde que se marchó y para informarle de que el viaje que me ha preparado Piluca no es cualquier cosa, que estoy en Nueva Zelanda y que voy a recorrer el país en caravana y a cumplir mi sueño.

Estoy terminando de escribir el último mensaje cuando se abre la puerta del baño y veo salir a Roberto.

No es que lo vea salir, es que no puedo dejar de mirarlo.

El muy golfo sale a la habitación sin otra cosa puesta que los calzoncillos. Su media melena húmeda le gotea sobre los hombros. Sigue llevando esa barba de varios días y no puedo evitar que los ojos se me vayan hacia sus pectorales. ¡Joder! Ahora empiezo a entender a Piluca... Tiene los hombros anchos y el pecho y los abdominales marcados, puedo notarlo incluso a través del vello que los cubre. Está claro que no es lo que se dice un metrosexual y lo de depilarse no es algo que se haya planteado, pero, al contrario de lo que pudiera pensarse, lo hace parecer todavía más varonil.

Avanza por la habitación hasta llegar a su maleta sin decir ni una palabra y sé, por su expresión, que el muy descarado sabe el efecto que causa. De hecho, se nota que le gusta provocar.

Me llevo la mano a la frente, ¿me están entrando calores? A mí no me había pasado esto en la vida. Ni siquiera con Beltrán, así que debe ser cosa del *jet lag*.

Me pongo de pie, saco todo lo que necesito de mi maleta, me dirijo al baño y, una vez dentro cierro la puerta pasando el pestillo.

Escucho la voz de Roberto desde fuera.

–Te dejo apuntado mi numero –vocifera–. Intuyo que vas a tardar, así que voy a aprovechar para dar una vuelta. ¿Nos vemos en una hora en el vestíbulo?

Al cabo de una hora estoy lista y, puntual, lo espero en el *hall* del hotel. Estoy cansada, pero es preferible esperar a que sea de noche para dormir y así habituarse al horario. Al menos la ducha me ha reconfortado, me siento un poco mejor y se me ha pasado el sofoco.

A los pocos segundos veo que Roberto entra por la puerta. Lleva unas zapatillas de deporte, unos vaqueros, una gruesa sudadera verde oscuro y una chaqueta azul. Aunque estamos en la Isla Norte, es otoño y se nota en las temperaturas, ¡no quiero ni pensar como serán cuando lleguemos a la Isla Sur!

Suelta una carcajada al verme y es que no he tenido mejor ocurrencia que ponerme una sudadera con la siguiente frase: *Soy una princesa Disney hasta que Hogwarts me envíe una carta.*

—Si ya lo decía yo, que eras una princesa.

Me gustaría enfadarme con él, pero lo dice en un tono tan cariñoso que no puedo. No ha criticado mi atuendo y, aunque se ha reído, creo que ha sido más una sorpresa agradable que desagradable. Da gusto estar con alguien que no critica como vistes y no te juzga.

Me muestra un plano de la urbe con un itinerario marcado.

—Como solo tenemos un día para ver la ciudad, he preparado un pequeño recorrido. ¿Lo miras a ver qué te parece? No quiero hacer todo el viaje a mi gusto y que luego tú te quedes sin ver algo que te haría ilusión.

Levanto la vista del plano sorprendida. ¿Lo dice en serio? Es un bonito gesto. Como me gusta lo que ha organizado, no le pongo pegas.

Paseamos hasta el centro de la ciudad y, frente a la Casa de Aduanas, cogemos un autobús que nos deja en el bello Domain Park. Es uno de los parques más antiguos y grandes de Auckland. En su interior, alberga un cráter, producto de la explosión del volcán Pukekawa, el Jardín de Invierno y el Museo de Auckland.

Entramos en el Jardín de Invierno, que es precioso. Es inevitable no maravillarse con las orquídeas, las flores tropicales y los enormes nenúfares. Siempre he sentido predilección por los nenúfares, tienen algo especial.

Recorremos también el museo, que tiene una amplia colección de canoas y casas maorís y donde además tiene lugar un espectáculo cultural maorí que nos deja con la boca abierta.

Cogemos el autobús de regreso y acepto la propuesta de Roberto de comer en un restaurante en el puerto, donde nos deleitamos con un delicioso *fish and chips*.

La verdad es que me sorprendo de lo bien que me lo estoy pasando y de lo a gusto que me siento. No es que Roberto y yo hayamos hablado mucho, pero al menos tenemos los mismos intereses turísticos, lo que hace que todo sea mucho más sencillo. Puede que no haya sido tan mala idea aceptar su ofrecimiento de viajar juntos.

Nuestro último destino antes de retirarnos a descansar es la Sky Tower.

Yo quiero ver las vistas y Roberto quiere... bueno, es que casi me da hasta vértigo decirlo. Roberto quiere hacer *sky jumping*.

La torre de Auckland mide 328 metros y es la más alta de la ciudad. Solo de pensar en saltar desde allí arriba se me revuelve todo. Pero parece ser que a Roberto le encantan los deportes de riesgo, así que lo acompaño.

Mientras él va a prepararse, me dedico a observar a los que están realizando el salto. Las vistas de la bahía son preciosas, pero siento que me están entrando vahídos. No es que yo haya sido nunca muy temerosa de las alturas, pero ver a esta gente lanzarse al vacío en una caída de 192 metros me provoca mareos.

Trato de que no se me note. Estoy segura de que mi compañero de viaje, al que al parecer le apasionan los deportes de riesgo, se reiría bien a gusto. Y no me apetece.

—¿Estás segura de que no quieres saltar, princesa? —me grita, girándose hacia mí mientras le colocan los arneses—. Estoy convencido de que te haría olvidarte de tu accidentada llegada al país.

Niego con la cabeza.

Ni loca.

Si solo de mirar me estoy poniendo mala.

Si salto desde ahí me quedaré sin viaje por el país de la nuble blanca porque tendré que volver a casa, pero no por mi propio pie, sino que tendrán que repatriar mi cadáver.

—Te voy a esperar en el Sky Lounge. Me tomaré una tila para relajarme. —Veo que suelta una carcajada, pero decido no entrar en su juego y, antes de verlo saltar o de darle la oportunidad de replicarme, me doy media vuelta y me dirijo a la cafetería.

Está justo en la planta inferior de la cubierta de observación y ofrece unas vistas de 360 grados a la bahía. Es impresionante.

Pido una mesa para dos y me siento en una de sus modernas sillas blancas.

Cuando se acercan a tomarme nota, me siento tan exhausta, tan agotada y tan confusa que cambio la tila por un gin-tonic.

Mientras doy pequeños sorbos y dejo que el alcohol relaje mi cuerpo, saco el móvil y me conecto al wifi de la torre para ver si alguien se ha dignado a responder a mis mensajes.

Tengo una seca respuesta de mi madre informándome de que está muy disgustada y decepcionada e informándome de que ya hablaremos a mi vuelta.

Pilu me manda un emocionadísimo audio en el que me dice que, quizás, lo mejor que ha podido pasar es quedarme sola, dice que me va a venir muy bien. Está encantada de que viaje con Roberto, aunque reconoce estar algo celosa porque lo quería para ella. Yo me río para mis adentros. Desde luego, no tiene que tener envidia de mí, ¡estoy prometida! No sé si me halaga o me indigna que piense que podría liarme con Roberto.

Por otra parte, eso de que lo quería para ella, ¿a qué se refiere exactamente? ¿Nuestro encuentro en el aeropuerto fue casual o sabía Pilu más de lo que decía del viaje de Roberto a Nueva Zelanda?

Cuando la pille por banda va a tener que explicarme una o dos cositas.

En cuanto a Beltrán, me doy cuenta de que al final no envié el mensaje, lo dejé escrito, pero la visión de

Roberto en calzoncillos me bloqueó y se me olvidó mandárselo. En cualquier caso, él sigue sin dar señales de vida, así que, sin pensarlo mucho, le doy al botón de enviar.

Deduzco que el móvil se le ha estropeado, pero aun así... ¡me parece el colmo! Vamos a ver, ¿tan difícil es buscar un locutorio, comprarse un móvil o pedírselo a alguien prestado para comunicarte, aunque sea una vez, con tu novia? Joder, es que parece de broma. Y encima yo preocupada por irme de viaje cuando él no tiene la decencia de decirme ni siquiera en qué parte del mundo está. Con quién, ya no quiero ni pensarlo.

Doy un largo trago a mi copa y respiro hondo.

Ya me siento mejor.

Es en ese preciso momento aparece Roberto. Con una sonrisa de oreja a oreja y tan relajado como si acabara de tener la mejor sesión de sexo del mundo.

—¡Ha sido increíble, princesa! Deberías haberlo probado.

Frunzo el ceño.

—¿Te importaría dejar de llamarme así? Ya te he dicho que no soy ninguna princesa —bufo con hosquedad. Pensar en Beltrán y en lo que estará haciendo me enoja.

Él me mira con incredulidad y afirma con sorna:

—Tu sudadera no dice lo mismo. Además, tengo la impresión de ser el príncipe azul que te ha rescatado, así que, si yo soy un príncipe, por lógica tú eres la princesa.

Levanto la vista al cielo. ¡Qué difícil es discutir con este hombre!

Él le hace un gesto al camarero y pide una copa como la mía. Cuando se la sirven, la levanta al aire para que brindemos.

A regañadientes, brindo con él y apuro lo que me queda de bebida de un solo sorbo. Mi humor no es el mejor del mundo ahora mismo.

Lo observo con detenimiento y él parece pagado de sí mismo cuando se percata. Le encanta que lo mire.

–Sabes –murmuro, después de pensarlo un rato–, en realidad, pareces más un montaraz.

–Teniendo en cuenta en el país en el que nos encontramos, lo tomaré como un cumplido, princesa – me replica. Y enfatiza la última palabra al tiempo que me saca la lengua y me mira con intensidad.

¡Menudo viaje me espera!

Cuando termina su bebida, regresamos al hotel. Solo son las cinco de la tarde, pero aquí todo cierra temprano, estamos cansadísimos y tenemos que coger fuerzas si queremos emprender el viaje en caravana hacia Paihia al día siguiente.

Estoy tan exhausta, que cuando llegamos al hotel me meto directa en el baño a ponerme el pijama y caigo rendida sobre la almohada en cuanto me acuesto. No me preocupo por tener a Roberto en la cama contigua, ni por mi madre, ni por Beltrán, ni por nadie. Solo necesito dormir.

A la mañana siguiente, desayunamos en el bufé del hotel, hacemos el *check-out* y empezamos nuestra ruta por Nueva Zelanda. Según el itinerario de Roberto, Paihia es el primer destino.

Me sorprendo al comprobar que, durante el rato que Roberto estuvo esperándome el día anterior, aprovechó para hacer la compra.

—No sabía que eras tan apañado.

—Hay muchas cosas que no sabes de mí —replica misterioso—. En cualquier caso, no debería extrañarte tanto. Estoy acostumbrado a viajar solo y, eso, requiere organización. Además, en viajes como este en los que hay tanto por ver y tan poco tiempo, hay que aprovechar las horas al máximo.

—Pues muchas gracias por la parte que me toca.

—Tranquila, Elisa y no te preocupes —sonríe burlón—, el viaje no es gratis —dice mientras pasa la mano por mi anillo de pedida que continúa colgado de su cuello.

Emprendemos la marcha con Roberto al volante y yo suspiro aliviada. La verdad es que no veo el momento de ponerme yo a conducir. Lo de ir por la izquierda me abruma y el tamaño de nuestro vehículo también, pero él no parece amedrentarse ante nada y conduce por el lado contrario como si fuera lo más normal del mundo.

Imagino que no es la primera vez que lo hace.

El trayecto hasta Paihia es de casi tres horas. Hacemos el camino de un tirón y apenas hablamos en ese rato. Roberto está concentrado en seguir las indicaciones del navegador y en la conducción y yo estoy completamente abducida por los paisajes de esta tierra.

Paihia es la joya de la zona de la Bahía de las Islas, Bay of Islands, como allí la llaman. Es una ciudad costera que se encuentra rodeada de playas de arena dorada, senderos, cascadas y coloridas aves. Yo no la había incluido en mi ruta pues, en mis ansias por ver Hobbiton, mi primer destino tras Auckland iba a ser Rotorua, pero Roberto no quiere dejarse nada por ver. Y, por lo poco que he podido conocerlo, no me extraña. Está claro que todo lo que conlleve un poco de aventura le apasiona y en esta zona se pueden realizar múltiples actividades náuticas y sé que él quiere aprovechar para bucear.

No sé muy bien qué haré yo mientras, porque no he buceado en mi vida, salvo un poco de *snorkel* en Denia o Jávea en verano, así que es más que evidente que no voy a acompañarlo. Tendré que buscarme otra actividad o dar un paseo por la ciudad.

Aparcamos la caravana y nos vamos derechitos a la Oficina de Turismo donde, tal y como ya suponía, Roberto se decanta por irse a hacer submarinismo y yo me quedo ahí, en la oficina, plantada como una tonta.

Me encantaría ir a nadar con delfines, pero solo de pensar en hacerlo sola, me tira para atrás. Lo cierto es que no estoy muy acostumbrada a hacer las cosas sola, llevo ya unos cuantos años saliendo con Beltrán y estoy acostumbrada a ir con él a los sitios y, si él no está, suelo salir con Piluca cuando no está volando o con María, mi compañera de universidad y la única amiga con la que comparto mi pasión por los libros.

Ahora me doy cuenta, de que no soy demasiado independiente. No me gusta que los demás dirijan mi vida, pero la realidad es que, hasta este viaje, tampoco yo he intentado buscar mi propio camino. En el caso de la boda, por ejemplo, puede que deteste todo lo que mi madre propone, pero, aunque me cabreo, acabo claudicando en todo lo que ella y Beltrán me dicen.

Salgo a la calle y empiezo a caminar. Realmente el pueblecito es precioso, así que daré un paseo, haré fotos y aprovecharé para comer en algún sitio con encanto.

Doy un suspiro. Aunque estoy intentando hacerme la valiente, me siento tan insegura, tan sola…como se nota que yo las aventuras solo las he vivido en los libros.

¿Habrá sido buena idea quedarme en Nueva Zelanda con Roberto?

Capítulo 6

Paihia–Kaitaia–Cabo Reinga

Un par de horas más tarde, me siento, agotada, en una preciosa terraza frente al mar, el Waterfront Restaurant para comer y tomar algo. He paseado por la localidad y tengo los pies molidos, además de sentirme como una idiota por no haberme decidido a hacer alguna de las actividades que nos ofertaban en la Oficina de Turismo.

Aunque el paseo ha sido bonito y he hecho fotos preciosas, tengo un agujero en el estómago que me dice que he desaprovechado el día. Que he venido a un lugar hermoso y estoy perdiendo oportunidades que no volverán. Joder, ¿por qué tengo que ser tan pusilánime?

Me pido una cerveza bien fresquita, con el deseo de que el alcohol me devuelva la alegría, y, mientras ojeo la carta, no puedo evitar que mi mirada se pierda en la bahía, en los barcos que la navegan y en el color turquesa y esmeralda de sus aguas.

Me decanto finalmente por un filete de pescado a la plancha con salsa romesco, limón y crema fresca. En el menú no especifican qué pescado es, ya que al ser pescado fresco depende de lo que hayan pescado en el día. «¡Del océano a tu mesa!», ese es su lema. Para acompañarlo, una copa de Chardonnay.

Si algo va a levantarme la moral hoy, ese es el alcohol.

Pago la comida con el poco efectivo que me queda y termino de gastarlo con un helado de maracuyá que compro en uno de los muchísimos cafés que hay esparcidos por la ciudad.

Ummm, tendré que hablar de esto con Roberto porque no puedo ir sin dinero por el mundo... o bien vamos juntos a todas partes o tendrá que ir dándome dinero cada día para que yo pueda subsistir sin él.

Como no sé muy bien a qué hora va a regresar de su buceo, decido volver por si acaso a la caravana. Para mi sorpresa, ya está dentro, dándose una ducha. Me siento en los sillones de la zona que hace las veces de comedor mientras espero a que salga.

Me siento un poco mareada. ¿Será porque no suelo beber y hoy he decidido beberme una cerveza, una copa de vino y no he comido nada más que un filetito de pescado y un helado?

«Ciertamente, para no beber, llevo ingiriendo alcohol desde que llegué al país», me digo, pensando en el gin-tonic del día anterior.

Se abre la puerta del diminuto baño y veo que Roberto, una vez más, ha decidido salir en calzoncillos. ¿Es necesario?

—¿Lo de salir en calzoncillos de la ducha es una costumbre tuya o lo haces para fastidiar porque sabes que yo estoy fuera?

Roberto se gira hacia mí y esboza una sonrisa de satisfacción.

—¿Para fastidiarte? Más bien lo hago para deleitarte. ¿Te gusta lo que ves, princesa? —inquiere mientras sacude su cabello mojado y se acerca a su maleta a buscar ropa limpia.

Aunque no tengo la menor intención de hacerlo, me quedo mirándole fijamente, ¡joder, es que, menudos pectorales! Hay algo en él que hace que sea incapaz de desviar la mirada. Algo que no entiendo y que no me había pasado con ningún hombre. A ver, que he visto salir de la ducha mil veces a Beltrán, que tiene un cuerpo espectacular, pero no me provoca esa sensación que me invade el bajo vientre ahora mismo. ¿Me estaré poniendo cachonda?

Roberto empieza a ponerse unos vaqueros y se dirige hacia mí con sorna:

—Si sigues observándome con ese descaro voy a empezar a sentirme acosado.

Bajo la mirada y noto como el rubor sube por mis mejillas. Me siento acalorada, en parte por el alcohol que corre por mis venas y en parte por la vergüenza de la pillada que me ha metido. Por Dios, que me estoy excitando de ver en calzoncillos a un hombre al que acabo de conocer, ¿se puede saber qué me pasa?

—En realidad, te estaba mirando los pies —miento con descaro. Son grandes y peludos y, definitivamente, podrían pasar por los de Frodo Bolsón–. Los tienes de hobbit.

Suelta una carcajada.

–¿De hobbit?

Asiento con la cabeza, pero no levanto la vista, no tengo ganas de encontrarme con sus ojos. Me intimida y no sé cómo reaccionar.

–Resulta de lo más apropiado –comenta–, una elfa y un hobbit recorriendo la Tierra Media y portando un anillo, ¿te suena de algo? Me lo tomaré como un cumplido, aunque creo, dama élfica, que mi altura no corresponde a la de los hobbits.

No le respondo, no quiero seguir hablando de él. No mientras no se ponga algo más de ropa.

Cuando termina de vestirse, se gira hacia mí y me ofrece las llaves de la caravana.

¡Dios! ¿pretende que conduzca yo? ¡Me temo que eso no va a ser posible! Si casi podría decirse que voy borracha. Entonces lo entiendo. La culpa de todos estos calores y hormigueos es del alcohol, nada más.

Niego con la cabeza y veo que me mira extrañado y un poco molesto.

–¿Ahora qué, princesa?

–¡Deja de llamarme princesa! –le espeto cabreada.

–Deja de comportarte como tal –replica sin alterarse–. ¿Por qué no puedes conducir? Que yo sepa, Piluca y tú os ibais a turnar, ¿no?

Trago saliva y asiento.

–¿Entonces?

–Bueno… –Será mejor que le diga la verdad antes de que se cabree en serio–. Es que he bebido un poco…

Un poco bastante para lo que tengo acostumbrado a mi cuerpo.

—Joder con la señorita, ¿a eso has dedicado el día? Vamos —me hace un gesto con la cabeza indicándome que me dirija al asiento del copiloto—, estoy molido, pero por suerte el trayecto hasta Kaitaia es de solo una hora y media aproximadamente, sobreviviré. De todas formas, si pretendes que conduzca el resto del viaje, tendrás que darme algo a cambio...

Pego un brinco asustada. ¿Algo a cambio? No se referirá a favores sexuales, ¿verdad?

Al ver mi expresión, no puede evitar estallar en carcajadas.

—Qué estarás pensando para poner esa cara... ¿crees que soy un pervertido o qué? Mujer, me refería a que, si yo voy a conducir, tú tendrás que cocinar o hacer otras cosas, ¿no querrás que me ocupe de todo yo, ¿verdad? Que no soy tu mayordomo.

Ahora sí que quiero que se me trague la tierra. Sin decir ni mu, me siento a su lado y, tal cual empieza a moverse la caravana, noto que los efectos del *jet lag* junto con el vino y la cerveza que corren por mis venas, me están afectando... Me pesan los párpados y empiezo a dar cabezadas... Quiero mantenerme despierta, pero...

—Princesa...

Noto una mano que me toca el brazo repetidamente.

Abro los ojos. ¿Me he dormido?

—Voy a tener que cambiarte el nombre por el de Bella Durmiente —bromea—. ¡Has dormido todo el trayecto!

Me desperezo y trato de recomponerme. Miro el reloj y veo que han pasado casi dos horas desde que salimos. ¡Menuda siesta me he pegado!

—¿Estamos en Kaitaia?

—En realidad, he continuado avanzando en el camino y estamos un poco más al norte. En el Wagener Holiday Park, ya aparcados y ubicados en nuestra zona de acampada.

—Vaya, estás en todo —murmuro atontada todavía por la mezcla de sueño y alcohol.

—Mañana, si quieres podemos hacer la excursión guiada hasta el cabo Reinga, la zona más al norte de la isla, así descanso de la conducción y podemos disfrutar los dos de la escapada. Además, he leído que no dejan entrar con vehículos de particulares, así que nos conviene.

Asiento con la cabeza y noto que su mirada sigue fija en mí, como esperando algo. Aunque no sé el qué...

Entonces miro el reloj y lo comprendo. Es la hora de cenar. Luego me giro hacia la diminuta cocina y me pregunto si me las apañaré para preparar algo decente.

—Tranquila, no espero un plato de tres estrellas Michelín. De hecho, casi todo lo que compré en el supermercado es para que podamos prepararlo sin cocinar, ya sabes, unos sándwiches, una ensalada... Lo dejo a tu elección. —Y, dicho esto, se sienta en el sillón y se recuesta, como quien va a ver una película. Con la única diferencia de que solo me observa a mí.

Rebusco por los armarios de la caravana y saco platos, vasos y todo lo que voy encontrando. Pongo la mesa y luego preparo unos sencillos sándwiches de atún con lechuga y mayonesa, corto unos trozos de queso y saco galletas saladas para acompañarlos, unas latas de Coca Cola y un poco de fruta.

Me siento frente a él y empezamos a comer.

—¿Cómo ha ido el buceo?

—Ha sido realmente increíble —exclama emocionado—, tendrías que haberte animado al menos a hacer snorkel o alguna otra actividad. Habrías disfrutado.

Me encojo de hombros. Aunque siempre he soñado con visitar Nueva Zelanda nunca me imaginé haciendo ese tipo de cosas. Supongo que estoy más acostumbrada a hacer otro tipo de turismo.

—Venga, Elisa, Piluca me dijo que este viaje era tu sueño, ¿vas a desperdiciar cada día como has hecho hoy?

—¡No he desperdiciado el día!

Enarca las cejas y me pregunta:

—¿Estás segura? Porque yo diría que dar un paseíto por Paihia y sentarte en una terraza a beber no es lo que yo considero exprimir al máximo un día de viaje. Estás en la otra punta del mundo, recorriendo el país que siempre deseaste y ¿a eso va a limitarse cada visita?

Roberto está empezando a cabrearme y es que este no es el viaje que yo soñé. O, al menos, no es como yo soñaba que sería. Solo me falta escucharle a él decir que lo estoy desaprovechando.

—Esto no está siendo lo que yo tenía en mente —le replico mientras me meto un trozo de queso en la boca.

—Y, ¿qué es con lo que fantaseabas? ¿Con recorrerlo de la mano de tu prometido de hotel de lujo en hotel de lujo?

Este tío me está empezando a tocar las narices, su tonito irónico me repatea. Me trago el queso de golpe y doy un sorbo al refresco.

—¡No! No es eso con lo que fantaseaba. Pero en la idílica imagen que tenía en mi mente tampoco estaba viajar con un hombre al que no conozco de nada y que encima parece encantado de fastidiarme y hacerme comentarios hirientes cuando, en realidad, no sabe cómo soy.

Suelto todo esto de corrido y casi sin respirar y, no puedo evitar enervarme más cuando le veo la cara. ¿Lo que vislumbro en ella es una expresión de satisfacción? ¿Es que lo que buscaba era cabrearme?

—Entonces —dice con calma—, ¿cómo eres, princesa?

—¡No soy una jodida princesa! —Me pongo en pie, nerviosa. Ya no lo soporto y, de pronto, se me ha ido el apetito—. Yo soy, yo soy...

—No tienes ni la menor idea de quién eres, pero tal vez este viaje te ayude. Viajar es despegarte de tu mundo, tal vez sea eso lo que necesitas. Alejarte de esas personas que no te dejan descubrir quién eres en realidad. —Se pasa la mano por la barbilla, pensativo–. Un prometido del que no has sabido nada desde que hemos llegado aquí y una madre que te deja sin dinero de la forma más ruin posible no parecen la mejor de las compañías, pero oye, que si tú piensas que con ellos el viaje habría sido mejor que conmigo…

No puedo responder a eso.

Demasiados sentimientos encontrados en mi cabeza. Necesito despejarme.

Tampoco puedo creer que realmente Beltrán no se haya comunicado conmigo en todo este tiempo y noto que las lágrimas asoman a mis ojos al recordarlo.

Y también siento como me hierve la sangre al pensar en mi madre. Recuerdo su enfado cuando le dije que iba a emprender este viaje y apretó los puños, cogiendo aire ruidosamente.

Miro a Roberto. ¿Realmente necesitaba alejarme de ellos?

–Un viaje responde a preguntas que ni siquiera te has hecho –sentencia, casi como si me hubiera leído la mente.

–Puede que tengas razón –respondo en un susurro.

Me acerco a mi maleta y saco mi bolsa de aseo, una toalla y el pijama.

–Voy a darme una ducha caliente, aprovechando que estamos conectados al generador del camping.

El reducido espacio del baño me complica mucho ponerme el pijama cuando termino de asearme, porque el suelo del baño hace las veces de ducha, pero consigo salir vestida, aunque descalza. Me muero solo de pensar en salir a medio vestir con Roberto fuera.

Por suerte, cuando salgo, veo que no solo ya ha montado la cama, sino que está dentro, dormido y roncando con placidez.

Suspiro, aliviada.

No es que lo de los ronquidos me entusiasme, pero dado que tengo que meterme con él en la cama, me tranquiliza saber que ya no está despierto.

Con sigilo me deslizo en el lado contrario del lecho y me tumbo de lado.

Una vez más, creo que las preocupaciones no me van a dejar dormir, pero el cansancio me puede y los párpados se me cierran casi sin que me dé cuenta.

—Despierta, Bella Durmiente. Es hora de desayunar si queremos visitar el cabo Reinga.

Me froto los ojos y, cuando los abro, me encuentro a Roberto inclinado sobre mí. Un brazo a cada lado de mi cuerpo y su cara a dos palmos de la mía. Se me corta la respiración al notarlo tan cerca y, él, como viene siendo costumbre, suelta una carcajada.

—¿Qué pasa? Solo estaba a punto de darte un beso a ver si despertabas.

—¿Estás loco? No te habrías atrevido.

Roberto acerca su boca a la mía y siento su aliento sobre mis labios.

—¿Quieres apostar, princesa?

—¿Tú te has vuelto loco? Uf —exclamo mientras lo aparto de un manotazo y pego un brinco para salir de la cama—, va a ser verdad que tu compañera de viaje tendría que haber sido Pilu.

Me la imagino y estoy convencida de que no solo no lo habría apartado de su lado, sino que se habría abalanzado sobre él. En cierto modo, puedo entenderla, hay algo magnético en Roberto, pero no puedo dejar que me afecte. Esto que me está provocando, no es más que una simple atracción física en la que yo, por supuesto, no voy a caer.

Sacudo la cabeza y, al tiempo que voy sacando algo para desayunar, me encojo de hombros y me dirijo hacia él:

—Para tu desgracia, yo no soy como ella.

—El viaje con Pilu, hubiera sido placentero, eso seguro, pero puede que contigo sea más, ummm, interesante.

—Lo dudo mucho.

—Ya lo veremos.

Agacho la mirada. Estas conversaciones llenas de indirectas me incomodan.

Media hora más tarde estamos subidos a un autobús que nos llevará al faro del cabo Reinga. Me encantan los faros. Tengo obsesión con ellos. Puede que sea porque cuando era pequeña, pasé algunos veranos en el Faro de Cullera. Recuerdo la emoción que me entraba cuando conforme subíamos la carretera que bordeaba la costa, se vislumbraba el faro que anunciaba que ya habíamos llegado. Recuerdo también observar desde las literas de mi habitación como la luz entraba y salía de ella conforme la lámpara del faro giraba por las noches.

Me espera una hora de viaje sentada junto a Roberto y me remuevo nerviosa en el asiento. Aquí no tiene que conducir y lo veo tan relajado que tengo miedo de cualquier cosa que pueda preguntarme.

Así que le pregunto yo.

—¿Por qué te gusta viajar solo?

—No soy una persona a la que le guste atarse —responde con sencillez—, no tengo pareja y viajar en grupo me agobia. Me gusta hacer lo que quiero y cuando quiero y, para eso, es mejor viajar sin compañía.

Asiento.

—Además, cuando viajas solo, dejas de ser un turista y terminas conociendo mucho más, no solo el país al que has viajado, sino a su gente. Haces amigos que con toda seguridad no volverás a ver, pero a los que jamás olvidarás. Descubres que siempre hay alguien dispuesto a echarte una mano y te sientes libre de verdad.

Puede que tenga razón, pero la mera idea de embarcarme en un viaje como el que estamos haciendo a mí me aterra. Siento que su viaje no sea lo que él esperaba, pero me siento agradecida de que me acompañe porque yo no soy tan valiente como para hacerlo sola.

—Siento que tengas que cargar conmigo...

—No lo sientas. Me gusta viajar solo, pero no he dicho que me moleste tu compañía.

—Gracias de todos modos.

Roberto me confunde A veces me parece un engreído y otras resulta encantador. Y, del mismo modo, me tranquiliza viajar con él y, al mismo tiempo, hace que esté nerviosa como hacía años que no lo estaba. Tal vez, como nunca lo he estado. No recuerdo ni que Beltrán me provocase tanta excitación cuando empezamos a salir.

Cuando lo conocí, se convirtió en una especie de amor platónico, porque pensaba que alguien como él era inalcanzable para una chica como yo. Y supongo que cuando me fijé en él lo hice porque en mi interior sabía que era el tipo de hombre que le gustaría a mi madre. Bien parecido, clásico, con una familia muy tradicional... de algún modo, me convencí a mí misma para conquistarlo. Es una de las pocas cosas de las que mi madre se enorgullece: de mi novio. En realidad, puede que sea la única cosa mía con la que está satisfecha.

Miro de reojo a Roberto, con sus greñas, su barba y su aire desaliñado. Mi madre lo desaprobaría por completo.

El viaje hacia el cabo Reinga avanza y nosotros observamos el paisaje por la ventanilla en silencio. Resulta curioso que no me importe estar callada a su lado. Por norma general, suelo sentir la necesidad de entablar conversación y si esta no fluye me siento incómoda, sobre todo con gente a la que no conozco mucho. En cambio, no sé si es por los parajes que vislumbramos a través del cristal o por algo que va más allá, pero por fin estoy relajada.

Al cabo de un rato el autobús se detiene y el guía nos indica que ya hemos llegado.

Descendemos y vamos paseando hasta el pequeño faro blanco junto al que hay un poste con señales amarillas indicando diferentes direcciones: desde el Polo Sur a Los Ángeles, pasando por Londres o el Trópico de Capricornio. Roberto y yo nos hacemos las fotos pertinentes y nos acercamos al borde para admirar las vistas.

El océano se extiende ante nosotros, en un azul infinito que se funde con el del cielo. Casi parecen uno.

—Aquí se encuentran el mar de Tasmania y el océano Pacífico —me indica Roberto señalando un punto en el agua en el que hay un espectacular remolino de corrientes—. Además, según la creencia maorí, en este lugar es donde los espíritus parten hacia su otra vida.

Después de pasear un poco, perdiéndonos en el mágico entorno, el guía nos indica que es hora de regresar al autobús. Nos dirigimos ahora a Te Paki, a visitar unas dunas gigantes y desde allí recorrer la Ninety Mile Beach.

—Princesa, es el momento de que te desmelenes un poco —exclama Roberto señalando una duna gigante desde la que la gente se está lanzando sobre una tabla de madera.

—No, no —niego también con la cabeza—. Ni hablar.

Veo que muchos de los turistas que nos han acompañado en la excursión sí parecen tener ganas de probar esa nueva experiencia; otros, como yo, se muestran reticentes. Roberto en cambio, está encantado y yo me pregunto si es por deslizarse él sobre la arena o por la perspectiva de observarme a mí. Esta última opción no me gusta nada.

—Anda, haz honor al lema de tu sudadera y demuéstrame que no eres una señorita.

Y justo hoy he tenido que ponerme esta sudadera de Harry Potter. ¡Mierda!

—Juro solemnemente que esto es una travesura —lee divertido mientras coloca una mano sobre el corazón a modo de juramento.

—Oh, venga, está bien —acepto. Un poco de adrenalina no me vendrá mal para soltar la rabia contenida que tengo desde que llegué.

Así que seguimos las indicaciones del guía y, todos los que hemos decidido aceptar el reto, cogemos una tabla y emprendemos la dura subida por la cuesta hasta llegar a la cima de la duna.

Veo que hay quien las baja haciendo *sandboarding*, lo que viene a ser una especie de *snowboard*, pero en arena en vez de nieve. Aun así, la mayoría de los turistas, como no vienen equipados, bajan tumbados sobre las tablas.

Noto que a Roberto no le supone ningún esfuerzo llegar hasta arriba, pero a mí, que soy más de leer que de hacer deporte, me cuesta la vida alcanzarle. Están dando las instrucciones pertinentes para lanzarse y veo como la gente empieza a deslizarse por las dunas a toda velocidad. Me percato de que un señor de unos cincuenta años al llegar al final de la cuesta frena de morros con toda la cara. El pánico me invade y estoy tentada de darme media vuelta y bajar por donde he venido, pero la mano de Roberto es más rápida que yo y me sujeta por la muñeca, impidiéndome alejarme.

—Tienes que empezar a desmelenarte, aunque solo sea durante lo que dure el viaje. Me dijiste que no sabía quién eras y me da la sensación de que estás harta de fingir ser alguien que no eres, pues bien, enséñame quién eres de verdad. Muéstrame a la auténtica Elisa.

Suspiro y me coloco junto a él. Somos los siguientes y, para ser honesta, estoy acojonada.

Nos ofrecen dos tablas sobre las que nos tumbamos y nos ponemos las gafas de sol para evitar que nos entre arena en los ojos. Nos agarramos con fuerza a las asideras que tienen las tablas y nos colocamos al borde de la duna.

El instructor que se ha ocupado de indicarnos cómo colocarnos nos da un pequeño empujón y empezamos a descender, cogiendo cada vez más y más velocidad.

No puedo evitar que una sonrisa aparezca en mi cara y grito de alegría mientras la tabla surca la arena. Siento el viento en la cara, la arena me azota el pelo y la cara, pero pocas veces he sentido esta sensación de liberación, de no estar contenida.

—¡Yeeeehaaaaaa! —grito a pleno pulmón.

Aterrizo sobre la arena y ruedo, revolcándome en ella y sintiendo los cálidos rayos del sol sobre la piel.

Me quedo tumbada boca arriba y extiendo los brazos y las piernas haciendo un ángel.

Roberto se acerca a mí y me tiende la mano para ayudarme a levantarme.

—¿Ha valido la pena, princesa?

—Sin lugar a dudas.

Esa noche, cuando me tumbo en la cama junto a él, no puedo evitar esbozar una sonrisa de satisfacción.

Ha sido un día prácticamente perfecto. Después de descender por las dunas gigantes, el autobús ha recorrido la Ninety Mile Beach. La sensación de ir por una playa tan larga, subidos a un autobús que iba por la arena ha sido indescriptible. Me resulta imposible no acordarme de un viaje que hice con mis padres cuando era pequeña a Doñana, en el que, subidos a un todoterreno, visitamos el parque, incluida la playa y sus dunas. ¡Qué recuerdos!

Hemos hecho una parada frente al Hole in the Rock, un pequeño islote en el mar que tiene un agujero en medio para hacernos unas fotos y hemos emprendido el camino de regreso.

Ha sido un día de lo más completo y no lo hubiera sido tanto si Roberto no me hubiera empujado a superar mis miedos.

Me giro a mirarlo y veo que duerme con placidez. Yo me acurruco a un lado, tranquila por primera vez desde que emprendí el viaje con él.

Cierro los ojos y trato de conciliar el sueño, ajena a la luz parpadeante de mi móvil que, conectado al wifi del camping, acaba de recibir un mensaje y se previsualiza en pantalla.

Un mensaje que va a desestabilizarme de nuevo en cuanto lo lea.

¿Qué cojones haces tú sola en Nueva Zelanda?

Capítulo 7

MANGAWHAI

Un aroma tostado, intenso, con olor a tierra me despierta por la mañana. Es como un aura cálida que me envuelve y hace que todos mis sentidos se despierten. Me incorporo, me froto los ojos y aspiro el aire que envuelve la caravana.

Siento que despiertan mis sentidos y que mi cuerpo se activa solo con olerlo.

Yo no suelo tomar café, en mi casa mi madre es como una lady inglesa que solo consume té. Sé que es raro, pues se dedica justamente a lo contrario, pero como ella dice, «el trabajo es el trabajo». Y yo siempre he sido más de tomarme un buen Cola Cao, sin embargo, hay algo en su olor que me transporta a un estado de ánimo de felicidad y nostalgia y que me anima a levantarme de la cama. Recuerdo que mi padre sí era muy cafetero.

Me giro para incorporarme y, al coger el móvil,

leo en pantalla el mensaje que ayer me envió Beltrán y, de pronto, toda esa alegría, se esfuma y siento que se me cae el mundo encima. Una mezcla de tristeza, rabia, angustia y mucho, mucho enfado.

Y no puedo contenerme.

No puedo.

Porque quizás llevo guardándome lo que tengo dentro demasiado tiempo.

Así que cojo el móvil y, sintiendo como me hierve la sangre, presiono el botón de grabar audio. No tengo ni la más remota idea de qué hora es en España o en dondequiera que esté, pero, para ser sinceros, me importa una mierda. Por una vez voy a cantarle las cuarenta.

—¿Quién coño te crees que eres para hablarme así, Beltrán? ¡No sé nada de ti desde que te largaste con tus amigos! Y, ¿esto es lo primero que te dignas a decirme? No sé con quién estás, no sé dónde estás y no sé lo que has estado haciendo, así que, ¿con qué derecho te crees para hablarme en ese tono? Al menos yo te he dicho adonde y con quién venía. Y sí, supongo que ya te has enterado de que a Pilu la han repatriado. Seguro que mi madre se ha encargado de ponerte bien al tanto de todo. Imagino que, a ella, al menos, sí habrás tenido la decencia de contestarle. No cómo a mí, que me has ignorado mensaje tras mensaje.

Le doy al botón de enviar, cojo aire y grabo de nuevo.

—Estoy muy cabreada. No quiero hablar contigo hasta que vuelva, Beltrán. Necesito pensar si eres la persona con la que quiero estar, porque no puedo entender que si vamos a casarnos hayas estado ignorándome desde que te fuiste. ¿En qué lugar me deja eso? Ten una cosa muy clara, tú no eres nadie para decirme lo que puedo o no hacer. Yo soy mi propia dueña y no pienso volver a olvidarlo. Espero que no hayas hecho nada de lo que nos tengamos que arrepentir, en cualquier caso –suspiro, un poco más tranquila después del sermón que acabo de soltar–, lo hablaremos cuando regrese. Tengo un viaje por delante y pienso disfrutarlo.

Envío de nuevo sin pensar y me vuelvo a tumbar sobre la cama.

En ese momento siento que alguien me observa. Mierda. Roberto lo ha escuchado todo.

Todo este tiempo lo he tenido ahí, de pie en la diminuta cocina de la caravana, preparando el café y ahora me mira asombrado con dos humeantes tazas en la mano.

Se supone que soy yo la que se encarga de la intendencia, pero está visto que se me ha adelantado.

Levanta una de las tazas, como indicándome que es para mí y pregunta:

–¿Solo o con leche?

–No... no tomo café, la verdad.

–Te lo pondré con leche y azúcar entonces.

Se gira y lo termina de preparar. Luego se acerca a la cama, se sienta a mi lado y me tiende la taza. La rodeo con las manos. Está caliente y me reconforta, pero no creo que un café sea lo que más necesito en estos momentos.

Una tila, quizás. O cómo diría mi madre, que es un poco antigua para estas cosas, un agua del Carmen.

—Bébetelo, te hará sentir mejor.

—Mi madre dice que me pongo muy nerviosa cuando tomo café.

—¡A la mierda tu madre! Ya estás nerviosa y te aseguro que te sentará bien —replica dando un sorbo al suyo.

Lo miro dudosa y, al final, doy un pequeño trago. Dejo que el ardiente líquido se deslice por mi garganta y, aunque no me guste admitirlo, me hace sentir más animada.

—Yo, sin embargo, no puedo vivir sin el café —me cuenta—. Mi abuela vivió con nosotros muchos años y ella todo lo arreglaba con café. Que estabas enfermo: un café con leche; que estabas estudiando: un café solo; que te entraba un poco de hambre a media tarde: un cortado... y así siempre. En mi casa nunca se han utilizado ambientadores, porque siempre olía a café recién hecho.

Sonrío. Me gusta la historia que me acaba de contar. Bebo un poco más y me sorprendo al ver lo bien que me sienta.

—Venga, olvídate de ese capullo y vístete, nos esperan unas cuantas horas de conducción.

—¡Beltrán no es ningún...! —Quiero protestar por lo que acaba de decirme, pero me callo, porque lo cierto es que se ha comportado como un cerdo insensible.

Roberto enarca una ceja, como solo he visto hacer a Carlos Sobera en la tele, y me resulta tan gracioso que mi mal humor se disipa un poco más.

Pronto emprendemos la marcha hacia Mangawhai,

donde el plan es hacer senderismo en una ruta sencilla a través de granjas, bosques, playas y acantilados para disfrutar de las vistas.

Mientras la autocaravana avanza y disfruto con los parajes, no puedo dejar de darle vueltas al mensaje de Beltrán. ¿Estará ya de regreso y por eso ha podido mandarme un mensaje? ¿O es que su móvil siempre le ha funcionado y sencillamente no le daba la gana hablar conmigo? ¿Habrá hablado con mi madre o con Piluca? Espero que no haya cruzado palabra con mi amiga, porque es muy capaz de decirle que estoy viajando acompañada de Roberto culo prieto y eso no haría más que complicar las cosas con él. Si se ha cabreado sin saberlo, no quiero ni imaginar cómo se embarullaría todo.

Me pregunto cómo hemos podido llegar a este punto.

«Olvídate ya de él», me dice una voz en mi interior.

Pero, ¿cómo olvidarme? Voy a casarme con él. Estoy en la otra punta del mundo y ni siquiera somos capaces de comunicarnos el uno con el otro para discutir.

Esto no puede estar pasándome.

«Olvídate de él», me repite la voz. Solo que en ese momento me doy cuenta de que no es ninguna voz interior. Es Roberto el que me habla.

–Has venido hasta las antípodas a cumplir tu sueño, no dejes que te lo estropee. Cuando vuelvas, podréis hablar con calma. Ahora deja ya de preocuparte y disfruta, o te amargarás este viaje.

Puede que tenga razón. Al fin y al cabo, no es que Beltrán se haya preocupado mucho por mí en el suyo.

—Y me lo amargarás a mí —añade—. Así que basta de lamentos y empieza a relajarte.

Al decir esto, no se le ocurre nada mejor que poner su mano derecha sobre mi muslo en un inconsciente gesto con el que imagino que pretende que me tranquilice. Error.

¿Por qué se me eriza el vello cada vez que me toca? A mí esto no me ha pasado en la vida.

Trato de disimular y aguanto estoica hasta que su mano regresa al volante.

Sin darme cuenta, exhalo un suspiro de alivio.

—¿Qué ocurre, princesa? ¿Acaso te he puesto nerviosa? —pregunta guiñándome un ojo.

—No sé a qué te refieres —le contesto girando mi cabeza y fijando la mirada en el paisaje.

—Yo creo que lo sabes muy bien. Pero no importa. Sé que estás prometida, así que no haré nada que no quieras que haga.

—¡Eres un maldito arrogante! —le espeto—. ¿Cómo puedes pensar que quiero que hagas nada?

Suelta una sonora carcajada y continúa sonriendo como sí nada. A veces lo mataría.

Empieza a lloviznar. Y es que el clima en Nueva Zelanda es impredecible. El cielo está totalmente cubierto por una enorme nube blanca, haciendo honor a su apelativo.

Cuatro horas y una breve parada más tarde, llegamos a Mangawhai, listos para emprender la ruta. Nos ponemos los chubasqueros para protegernos de la suave lluvia y caminamos por la playa durante unos veinte minutos. Luego seguimos el sendero hacia el interior, donde comenzamos a subir hacia la cima del acantilado.

No estoy acostumbrada a hacer mucho deporte y me cuesta seguir el ritmo de Roberto, pero trato de disimularlo, aunque me entra flato y no puedo evitar detenerme un momento y tratar de recomponerme.

—Venga, princesa, ¡no puedes haberte cansado tan pronto!

—Soy un maldito ratón de biblioteca, claro que estoy cansada —casi me ahogo al decirlo de corrido.

—Anda, dame la mano, intentaré bajar la velocidad.

No me hace ninguna ilusión que Roberto me toque. Las emociones que provoca en mi cuerpo cada vez que lo hace me están asustando y quiero evitarlas a toda costa, pero no puedo con mi alma y apenas hemos empezado el recorrido, necesito ayuda si quiero terminar la ruta.

Su mano se aferra a la mía con firmeza, tira de mí y yo reemprendo la marcha a su lado. Sentir el áspero tacto de su mano sobre la mía me proporciona una inesperada sensación de calidez y seguridad que me da fuerzas para seguir.

El paisaje es maravilloso, los árboles, de especies autóctonas, crecen en laderas casi verticales que nos dejan con la boca abierta y nos detenemos un momento a beber agua y a disfrutar de las vistas de la que llaman la Escalera Gigante, un anfiteatro de roca natural tallado en la ladera.

Cuando llegamos al punto más alto, estoy agotada, pero eufórica y las impresionantes vistas que se extienden ante nosotros del golfo de Harukai y de las islas del litoral son una de las cosas más hermosas que he visto en mi vida. Ha valido la pena.

—Gracias —le digo a Roberto al tiempo que suelto mi mano de la suya con disimulo—. No creo que hubiera llegado sin ayuda.

—Aún nos falta la vuelta, Eli, no cantes victoria todavía. La marea está baja, así que podemos volver por la playa.

—¿Cómo sabes que la marea está baja? ¿Es que tienes que saber de todo?

—¿Ves esa enorme roca de ahí? —me explica señalando una gran piedra que hay a unos cincuenta metros de distancia—. Si el oleaje pasa a través de la brecha que hay, significa que la marea está alta y, por tanto, debemos volver por el acantilado. Es decir, por donde hemos venido. Por suerte está en calma, así que podemos volver dando un tranquilo paseo por la arena. Tus pies lo agradecerán.

Roberto y yo nos descalzamos para pasear por la orilla. El agua está fría, pero después de la caminata que nos hemos dado, me viene fenomenal. Siento como se me reactiva la circulación y recupero algo de energía, porque, para ser sincera, estoy muerta.

Andamos en silencio un buen rato, simplemente disfrutando del paisaje, de la brisa del mar y de las gotas saladas que golpean nuestra cara cuando el viento arrecia.

—¿Estás más relajada que esta mañana? —inquiere Roberto mientras saca su cámara y se detiene a hacer unas fotografías.

—La verdad es que sí —suspiro—, por lo visto me sienta bien la naturaleza.

—¿Es que no sales nunca a hacer excursiones?

—Beltrán es más bien un urbanita y yo soy muy casera, así que no es algo que entre en nuestros planes.

Roberto se ríe.

—Ya me parecía a mí que llevabas demasiado rato sin sacar a tu prometido a colación.

—A ver —replico molesta—, Beltrán es un pilar básico en mi vida, es normal que si me preguntas por lo que suelo hacer, él aparezca en mi respuesta.

—Pues no parece un pilar muy sólido.

Me giro y lo miro con el ceño fruncido. Sé que desde que se fue de despedida de soltero nuestra relación parece un absoluto desastre y sé que el mensaje que me ha enviado dice lo contrario, pero nos queremos.

O eso creía.

Siempre he pensado que estaba enamorada de Beltrán, pero ¿y si estaba enamorada de la idea de estar con alguien como Beltrán? No es solo por lo enfadada que estoy con él por cómo se ha comportado conmigo, por su falta de respeto al no ponerse en contacto. Es algo más. Es cómo me siento sin él. Debería echarlo de menos y, sin embargo, me siento mejor que nunca.

Aunque todo esto no pienso admitirlo delante de Roberto.

—Mira, no tienes ni idea de cómo es mi relación con Beltrán.

—Es posible —se encoge de hombros—, pero se me da bien calar a las personas y a ti empiezo a conocerte.

—¿Y?

—No creo que seas feliz con él, por mucho que te empeñes en decir lo contrario.

Me sienta tan mal su comentario, que decido no responderle. Giro la cabeza y centro la mirada en el agua mientras caminamos de regreso a la caravana, prefiero callarme a decir algo de lo que me arrepienta después. No sé por qué me cabrea tanto su comentario, pero lo hace y una vocecita en mi interior me susurra que es porque hay algo de razón en él.

Esa noche nos alojamos en un camping cercano. Por la mañana saldremos temprano hacia la Península de Coromandel así que mientras Roberto se ducha yo preparo algo de comer y monto la cama.

Para no variar su costumbre, sale de la ducha en calzoncillos. Entiendo que lo hace porque el baño es diminuto y es el propio suelo del aseo el que hace las veces de plato de ducha, pero preferiría no tener que verlo casi desnudo todos los días.

Hace que me cueste pensar con claridad. Es imposible no fijarse en su torso o en sus brazos, por no hablar de otras cosas.

—¿Recreándote la vista?

Aparto los ojos de su cuerpo y hago como que me concentro en terminar de colocar las sábanas.

—Son esos pies de hobbit que tienes —miento—, es imposible no mirarlos.

—Ya, ya... —canturrea mientras se seca el pelo con una toalla.

—¿Te importaría ponerte algo de ropa?

—¿Tan nerviosa te pongo, princesa?

Sí. Bastante. Pero no lo confesaría ni muerta.

—Es una cuestión de educación, no me parece apropiado que cenes sin vestirte —replico sin levantar los ojos hacia él.

—¿Seguro que es por eso?

Siento su voz en mi oreja y noto que tengo su pecho pegado a mi espalda y sus manos en mi cintura. ¿Por qué se me ha acercado tanto? Un hormigueo recorre mi cuerpo y por un instante quisiera abandonarme a esa placentera sensación. Por suerte, recobro la cordura a tiempo y me separo de él con brusquedad.

—Vamos a cenar —digo, obviando lo que acaba de suceder—, ya me ducharé después.

Preferiblemente cuando estés dormido y roncando.

—Como gustes.

La cena transcurre en calma, pues solo charlamos de cosas intrascendentes y, cuando terminamos, cojo mi pijama y mi neceser y me meto en el baño. Alargo la ducha y el tiempo que paso dentro del aseo todo lo posible para asegurarme de que, cuando salga, Roberto no esté todavía despierto.

Salgo sigilosa, tratando de no hacer ruido, pero tengo la sensación de que alguien me mira.

—Bonito pijama —dice una voz a mi espalda.

Mierda. De dormido nada. Y mi pijama... bueno, a mí me encanta mi camiseta granate de Gryffindor con el dibujo de una *snitch* dorada y el pantalón a rayas ceñido que lleva a juego, pero bonito nunca ha sido un apelativo que haya salido de boca de Beltrán al verlo. De hecho, cuando paso la noche con él suelo ponerme alguno de los conjuntos «de adulta» que mi madre me regala porque ella tampoco soporta los que yo me compro.

Me giro y veo a Roberto tumbado encima de la cama y respecto a su pijama... este brilla por su ausencia. Lleva una sencilla camiseta de manga corta azul y los calzoncillos con los que ha salido de la ducha.

Trato de no mirarlo y me concentro en guardar mis cosas. Pongo el móvil a cargar y reviso que he puesto la alarma. No hay servicio de wifi en este camping, así que me voy a dormir en paz sabiendo que ningún mensaje me alterará.

Me deslizo por debajo del edredón y me acurruco a un lado.

Al cabo de un rato, aunque finjo estar dormida, sigo sin ser capaz de conciliar el sueño. A mi lado, Roberto está consultando una guía de viaje que se descargó en el móvil. No hace ruido y tiene el brillo de la pantalla al mínimo, por lo que no me molesta, pero no soy capaz de dormirme.

Poco después, noto que apaga el móvil y lo deja a un lado de la cama y, en vez de girarse para el lado contrario, se inclina sobre mí y me da un suave beso en la frente que hace que el corazón me dé un vuelco.

—Buenas noches, princesa —dice en voz baja.

No puedo evitar esbozar una sonrisa y doy gracias a que la oscuridad de la noche la oculte ante sus ojos.

Dos minutos más tarde, Roberto está profundamente dormido y yo, que todavía siento el calor de sus labios en mi frente, logro descansar también.

Capítulo 8

MANGAWHAI–COROMANDEL

Salimos bien temprano hacia la Península de Coromandel, pues nos espera un trayecto de unas cuatro horas hasta llegar y queremos aprovechar bien el día, así que acepto de nuevo el café que Roberto me ofrece.

Lo cierto es que, a pesar de que a veces me saca de mis casillas, otras, hace que me sienta como en casa y, es curioso porque, aunque apenas lo conozco, siento que estando con él no he de fingir.

Me relaja ir sentada a su lado. Conduce la caravana con una tranquilidad asombrosa y todavía no nos hemos perdido ni un solo día, aunque parte de ese mérito es del navegador.

Hoy vamos a hacer una curiosa excursión a bordo de un trenecito minero que hace un recorrido único a través de una estrecha vía que cruza un bosque poblado por inmensos y majestuosos árboles Kauri.

Son uno de los árboles más grandes del mundo y el tamaño de su tronco rivaliza con el de las secuoyas norteamericanas.

Estuvieron a punto de desaparecer el siglo XIX al ser su tronco, muy ancho y sin apenas ramas, ideal para construir barcos y casas. Por eso, como es una especie protegida, nos obligan a limpiarnos bien las botas de montaña en una zona que tienen habilitada con una especie de alfombras con cepillos en el suelo y unos grifos especiales con desinfectante. Es inevitable que las botas de montaña sucias de Pilu me vengan a la mente. Si las hubiera traído limpias, este viaje hubiera sido totalmente diferente a como lo está siendo. Está claro que los neozelandeses se toman la protección del medio ambiente muy en serio.

Cuando nuestro calzado luce impecable, nos dirigimos al tren.

—Yo no sé si vas a caber ahí dentro —me carcajeo al ver el diminuto tamaño del ferrocarril.

Roberto lo mira dudoso y luego se gira hacia mí:

—En cambio, está hecho a tu medida, princesa.

El tren, pintado en rojo y verde, resulta de lo más curioso. Nos sentamos juntos, Roberto con las piernas pegadas a los asientos de delante nuestro y empezamos el paseo. Es impresionante cruzar el salvaje bosque por esas vías tan pequeñas y sentir la naturaleza en estado puro a nuestro alrededor. Todo lo que vemos, a excepción de las diversas esculturas de cerámica que aparecen de vez en cuando junto a las vías, es vegetación.

Cuando el tren llega a la cima de la montaña hay

vistas únicas del Golfo de Harukai y las islas que lo salpican.

—¡Es precioso! —exclamo con un hilo de voz.

—Sí que lo es, princesa —me responde Roberto sin quitar el ojo del objetivo. No ha parado de sacar fotos desde que empezó el recorrido. Está claro que la fotografía es una de sus pasiones.

Una hora más tarde, el recorrido termina y, estamos tan cansados del madrugón que decidimos que lo mejor será buscar un camping y descansar lo que queda de día. El cielo está hoy bastante encapotado y parece que va a llover, así que no nos vendrá mal recuperar fuerzas.

Roberto lleva una guía especializada con los campings del país y, finalmente, decidimos acercarnos todo lo posible a Cathedral Cove para poder recorrerla por la mañana con calma y sin tener que coger el coche nada más empezar el día.

Nos decidimos por uno que, en realidad no es un camping, sino uno de esos aparcamientos donde puedes dejar la autocaravana y además de manera gratuita. Lo malo es que hay pocas plazas, pero como es temprano y no estamos en temporada alta pensamos que encontraremos sitio. Lo bueno que tiene el lugar es que, aunque aquí no vamos a disponer de los servicios de un camping, la ubicación es perfecta y, en realidad, tenemos todo lo que necesitamos en la caravana.

Aparcamos y, pese a las nubes y la llovizna, podemos apreciar a través de las ventanas que las vistas son espectaculares. Se divisa la playa y toda la bahía.

Al no estar en un camping, aquí no podemos conectarnos a ninguna red wifi, por lo que, un día más, sigo incomunicada del mundo. Por un lado, prefiero no saber lo que Beltrán ha respondido a mis audios. Si es que lo ha hecho. Pero, por otro, me intranquiliza.

No saber nada de él, ni de mi madre me pone nerviosa.

Siento que estoy desconectada por completo de mi vida y sé que, aunque ahora esté disfrutando del viaje, me lo van a hacer pagar cuando vuelva.

Eso es lo que me atormenta.

Eso y que, cuando regrese, mi madre habrá montado la boda a su imagen y semejanza. Si es que la boda sigue en pie para entonces, claro.

Uf, solo de pensar en la boda me entran sudores fríos.

—Eli…

La voz de Roberto me devuelve a la realidad.

—¿Te encuentras bien? Estás pálida.

—Sí, sí… —tartamudeo. No tengo ganas de explicarle que me acongoja, por no decir otra cosa, mi vuelta a casa.

—Olvídate de ellos —canturrea en mi oído.

—¿Cómo puedes saber lo que estoy pensando?

—Me parece que empiezo a conocerte, princesa, y por lo que detecto, son las únicas personas que no te hacen feliz y que te angustian. Aunque te empeñes en decirme lo contrario.

Odio cuando se pone en plan trascendental como si supiera mucho de mi vida.

—Voy a ducharme —me informa—, ¿preparas mientras tú la comida?

—Siempre y cuando salgas con algo más de ropa puesta que esos *boxers* que te gastas...

Diez minutos más tarde, sale del baño descalzo y vestido tan solo con los calzoncillos y una camiseta.

Me quedó mirándole y frunzo el ceño. Cuando decía algo más, pensaba más bien en un pantalón. Por lo menos.

—¿Qué? —levanta los brazos al cielo como excusándose de las acusaciones que sabe van a salir de mi boca—. Me he puesto algo más.

Al final, sacudo la cabeza y me río. No tiene remedio.

Se sienta a la mesa y empezamos a comer.

—Lo cierto es que estás haciendo mi viaje mucho más interesante.

—No sé si esa es la palabra —replico—, pero desde luego es diferente al que yo iba a hacer con Piluca.

—Eso puedo asegurártelo.

Al decirlo, me mira con una intensidad que me incomoda.

—¿No vas a preguntarme por qué? —inquiere burlón.

Ni de coña. Capto muy bien sus indirectas y no pienso entrar en su juego, así que sigo comiendo en silencio.

Al ver que no voy a seguir por ese camino, me informa de que va a prepararse un café solo.

Roberto vuelve con una taza de café en la mano, la deja sobre la mesa y, en vez de sentarse enfrente mío, como antes, se coloca a mi lado, acercándose peligrosamente. De manera instintiva, me echo hacia atrás y pego mi espalda a la pared de la caravana.

Él sonríe y aproxima su cuerpo un poco más al mío, acorralándome. Me pone la mano sobre la cintura y se inclina sobre mí.

Todo mi cuerpo se estremece al sentirlo tan cerca.

—¿Se... se puede saber qué estás haciendo? —consigo preguntar mientras tiro la cabeza hacia atrás en un desesperado intento por aumentar la distancia que nos separa.

—Voy a besarte.

—¿Qué? —exclamo escandalizada. Siento que el corazón se me va a salir por la boca—. ¿Te has vuelto loco? De ninguna manera —niego con rotundidad.

Siento que sus dedos se aferran con fuerza a mi cintura y su aliento sobre mi cara hace que me cueste pensar con claridad, pero tengo que mantenerme firme.

—Vamos, Eli —ronronea, acercando su boca a mi oreja—, reconoce que lo estás deseando. Lo deseas desde ese momento en que te quedaste mirándome el culo en el aeropuerto.

Quiero que se me trague la tierra. Estoy muerta de vergüenza y, lo peor, es que, en el fondo, muy dentro de mí, estoy muriéndome porque me dé un beso. Pero eso es algo que jamás admitiré.

«Quiero a Beltrán. A pesar de que no estemos pasando por nuestro mejor momento, lo quiero. Y voy a casarme con él». Esto es lo que me repito a mí misma en un desesperado intento por recobrar la cordura.

Trato de apartarme, pero no tengo espacio y soy demasiado menuda para alguien de su tamaño. Roberto me aparta el pelo de la oreja y se queda embobado mirando mi oreja élfica.

—Me muero por besar ese lóbulo —murmura mientras me acaricia el pelo y pasa un dedo con delicadeza por mi cuello haciendo que se me erice el vello de todo el cuerpo y el estómago me dé un vuelco.

—Para, por favor... —Apenas me sale un hilo de voz.

—Si de verdad quieres que pare —dice con voz ronca mientras su dedo baja recorriendo mi pecho por encima de la ropa—, tendrás que ser más contundente.

Ahogo un gemido mientras él, ignorando mi petición, posa sus labios en mi cuello y empieza a besarme despacio. La mano que ha estado acariciando mi pecho se detiene ahora sobre mi muslo y se desliza peligrosa hacia el interior.

Siento que voy a perder el control y eso es algo que no puedo permitirme. Saco fuerzas de donde no las tengo y, recuperando el sentido común, le doy un empujón, alejándolo de mí.

—¡Para, Roberto! —grito, enfadada. Con él, pero, sobre todo, conmigo misma—. ¡No quiero que me beses! ¡Antes... antes beso a un hobbit!

La frase resulta tan cómica que Roberto se separa de mí y empieza a reírse a carcajadas.

—¿Un hobbit? Me parece que la palabra adecuada para esa frase es *wookie*, princesa.

Se pone en pie y, al ver que su cuerpo se aleja del mío, siento un extraño vacío, pero al fin consigo respirar con normalidad. Me quedo quieta, sin moverme de donde estoy, subo las piernas al asiento y las rodeo con mis brazos, como si en esa postura estuviera a salvo.

—¿A qué ha venido eso? —le increpo. Todavía estoy nerviosa. Por poco dejo que me bese, ¿es que se me ha ido la cabeza o qué?

—Pensé que te gustaría... —responde sin darle mayor importancia mientras me mira divertido. Seguro que le resulta muy gracioso verme tan alterada.

—¿Que me gustaría? ¿Tú te has vuelto loco o qué? —Esto es surrealista. ¿Seré yo la que me estoy volviendo loca?—. ¡No sé si lo recuerdas, pero estoy prometida! —Al decir esto último, extiendo mi brazo derecho y le muestro mi mano para que vea mi anillo de pedida, cuando me percato de que hace días que no lo llevo puesto. No lo llevo puesto porque se lo di a él. ¡Mierda!

Roberto saca una fina cadena de oro de la que cuelga mi anillo de debajo de su camiseta.

—¿Esto es lo que querías enseñarme, princesa? —se desternilla sin pudor.

Me quedo lívida. ¿Qué importancia le he dado a mi compromiso si le he entregado su símbolo más valioso al primero que me he cruzado en el camino?

—No sé si lo recuerdas, yo soy ahora el portador del anillo.

Me dan ganas de abalanzarme sobre él y arrancárselo del cuello. No quiero que lo tenga. No siente ningún respeto por él. Pero no puedo hacerlo. Es el único objeto de valor que tengo y sé que de no habérselo dado no estaría haciendo este viaje.

Respiro hondo y trato de calmarme.

—Que esté viajando contigo y te haya entregado mi bien más preciado como prenda, no significa que vaya a pasar nada entre nosotros —puntualizo muy seria.

—Como quieras —responde encogiéndose de hombros—. El otro día no querías tirarte por las dunas gigantes y luego te alegraste de haberlo hecho, ¿cómo sabes que ahora no hubieras sentido lo mismo?

—¿Te estás comparando con los deportes de riesgo? —Sacudo la cabeza—. Puede que vaya a soltarme la melena un poco y hacer cosas que no haría en mi vida normal, pero puedo asegurarte que tener una aventura no va a ser una de ellas.

—Si lo tienes tan claro...

—Lo tengo.

—En ese caso, no volveré a intentar besarte, princesa. —Dicho esto se dirige hacia su maleta, saca algo de ropa para vestirse, se la pone y sale de la caravana para volver a asomar la cabeza dos segundos después dispuesto a decir la última palabra. —A menos que tú me lo pidas, claro, en ese caso, lo haré encantado.

Antes de que tenga tiempo de replicar y mandarlo a la mierda, ya ha desaparecido de mi vista.

Me ducho y me meto en la cama. Es temprano, pero quiero quedarme dormida antes de que vuelva. No tengo ni idea de a dónde ha ido Roberto, pero no quiero volver a hablar con él esta noche. Su simple presencia me intimida y el hecho de que se haya creído con derecho a besarme... no sé si me cabrea o me atrae. Necesito descansar y olvidarme de todo esto.

Esa noche tengo pesadillas. Sueños en los que se entremezclan todos mis miedos. Me veo a mí misma besando a Roberto y Piluca me persigue enfadada, seguida de mi madre que quiere enseñarme unos nuevos tarjetones de boda y de Beltrán, que va acompañado de unas jóvenes tailandesas.

Me despierto con un grito en medio de la noche y siento que el corazón me va a mil por hora. Estoy sudada y me tiemblan las manos.

Roberto, que estaba dormido a mi lado, se incorpora y se acerca a mí, pero sin llegar a tocarme. Agradezco su prudencia.

—¿Estás bien?

—Sí... solo ha sido una pesadilla —murmuro avergonzada. Aunque no ha sido real, solo de pensar que he soñado que lo besaba me quiero morir.

—¿Te traigo un poco de agua? —se ofrece.

—Gracias.

Se levanta y se acerca a la nevera de donde saca un poco de agua fresca y me la trae. Se sienta a mi lado mientras me la bebo y luego deja el vaso en la pila antes de volver a la cama.

Cuando se tumba junto a mí, lo veo revolverse inquieto bajo las sábanas.

—Esto no habrá sido por mi culpa, ¿verdad?

¡Pues claro que ha sido por tu culpa, imbécil!, tengo ganas de chillarle. Si no hubieras intentado besarme seguro que estaría mucho más tranquila. Pero no se lo digo. No digo nada. Lo veo tan apurado que me sabe mal echarle la culpa, porque, además, sé que esto no es solo culpa suya. Mi intranquilidad no proviene solo de él, sino que es un cúmulo de cosas. Y algunas de ellas no podré resolverlas hasta que regrese, así que tendré que aprender a dejarlas en un rincón de mi mente hasta que llegue el momento de afrontarlas. Con otras, como la atracción que siento por Roberto, no sé qué hacer.

–Solo ha sido un mal sueño. No creas que eres tan importante –digo tratando de quitarle trascendencia a lo que ha pasado esta tarde.

–En ese caso, durmámonos de nuevo, estoy molido.

Se da media vuelta y, antes de que pueda responder, ya está roncando.

Genial, entre lo nerviosa que me ha dejado el sueño y los ronquidos, dudo mucho que pueda volver a conciliar el sueño.

Lo que me faltaba.

Capítulo 9

Cathedral Cove

Paso la noche en una especie de duermevela y apenas consigo descansar. Cuando me levanto, estoy agotada y, una vez más, acojo con gusto el café recién hecho que me ofrece mi compañero de viaje.

Necesito cafeína si no quiero que se me cierren los ojos. Me bebo el caliente líquido y dejo que vaya haciendo su efecto en mi organismo. Resulta curioso lo rápido que me he acostumbrado a beber café y lo bien que me sienta. Quién lo hubiera dicho. A mi padre le gustaría.

La excursión de hoy me hace mucha ilusión y es que, aunque la Tierra Media es sin duda mi favorita, hay otros mundos fantásticos que no se quedan atrás y hoy quiero cruzar el arco de piedra igual que hicieron los Pevensie en *El príncipe Caspian*.

Hemos madrugado para ver la playa sin aglomeraciones y caminamos el uno junto al otro sin mediar palabra. Después de lo de anoche, no sé muy bien cómo comportarme y, aunque Roberto no tiene pinta de estar arrepentido de lo que pasó, por lo visto tiene más intuición de la que parece e intuye que hoy es mejor estar calladito.

Paseamos por bosques de helechos y por encantadoras playas para al fin llegar a ese mágico rincón que realmente podría ser la entrada a Narnia. Yo me siento en la arena y dejo que mi mente desconecte mientras observo el agua turquesa. Jugueteo con la mano cogiendo y soltando despacio la fina arena blanca de la playa, dejando que mi cabeza se olvide de todo y de todos y simplemente sintiendo como el aire puro me llena los pulmones y mis ojos se recrean con la espectacular vista.

Aunque no hace calor, los rayos del sol, que hoy ha decidido acompañarnos, me acarician la piel y cierro los ojos tratando de evadirme del mundo real.

La mano de Roberto, que al parecer ya ha terminado de hacer fotos, sobre mi hombro, me hace dar un brinco, sobresaltada.

—¿Seguimos?

Trato de disimular el susto que me ha dado y asiento con la cabeza. No hace mucho, en un programa de esos de *Españoles por el Mundo*, vi que había una playa en la que la gente cavaba en la arena y se bañaba en las aguas termales que brotaban. Al parecer, ese lugar, no está muy lejos de aquí, así que esta mañana nos hemos puesto el bañador debajo de la ropa para poder probar sus cálidas aguas.

Al llegar, vemos que la mayoría de las personas va

provista de palas para cavar su agujero. Nosotros no tenemos, pero Roberto se niega a alquilar una. Le parece un desperdicio de dinero y dice que lo podemos hacer igual, así que, con sus grandes manos, empieza a cavar un agujero en la arena.

—Podrías echarme una mano —comenta mientras se pasa el brazo por la frente para secarse el sudor.

Sonrío, divertida. Mirarle trabajar resultaba de lo más interesante. Roberto se detiene un momento y se empieza a quitar la ropa. Cuando solo le queda puesto el bañador, vuelve a inclinarse sobre la arena y sigue cavando. Es imposible no fijarse en su cuerpo. En su espalda ancha y en sus fuertes brazos.

—¿Te gusta lo que ves? —se cachondea, mientras se gira hacia mí y me ve observándole sin disimulo alguno—, y yo que creía que te ponías nerviosa cuando me veías con poca ropa…

Aparto la mirada y hago como que la cosa no va conmigo.

—No sé de qué hablas.

Dicho esto, yo también me quito la ropa y me quedo en bañador. Siento que sus ojos se fijan en mí y que recorren todo mi cuerpo. Un hormigueo me invade el vientre al ver cómo me mira, pero como no quiero que lo note, me mantengo estoica, en la misma postura, sin perturbarme. Que vea que no me incomoda.

—Y a ti, ¿te gusta? —le pregunto, desafiante.

—La verdad es que sí —replica sin apartar la vista—, pero eso, ya lo sabes.

La intensidad con la que me mira hace que me turbe. Beltrán nunca me ha mirado de esa forma y, no puedo evitar preguntarme el porqué. Ese pensamiento me disgusta, así que lo aparto de mi mente y me digo que no, que no es verdad, que por supuesto que me ha mirado así, pero una voz en mi interior me pide que sea honesta conmigo misma y admita la realidad.

Como no quiero hacerlo, me arrodillo en la arena y empiezo a cavar sin pensar en otra cosa que no sea en hacer un agujero para que brote agua termal. Sonrío, nostálgica, sin darme cuenta y es que esto me ha transportado a mi infancia, a cuando mi padre y yo cavábamos agujeros en la playa de Cullera y hacíamos castillos de arena que luego decorábamos con «churretones». Cómo lo echo de menos.

De reojo, me doy cuenta de que le hace gracia verme tan concentrada en la excavación, pero se abstiene de hacerme ningún comentario y él también decide seguir a lo suyo. Al cabo de un rato, hemos conseguido hacer una pequeña bañera en la arena. El agua está caliente y nos tumbamos dentro. Es extraño estar en un agua tan cálida, a tan solo unos metros del frío mar.

La experiencia resulta placentera y muy relajante. Todo lo relajante que puede ser estar tumbada en bañador junto a Roberto después de su intento de beso de ayer. Mantengo mis brazos pegados al cuerpo, pues tengo miedo hasta de rozarle.

Al cabo de un rato, a pesar de que el agua está caliente, empezamos a sentir frío, así que decidimos secarnos y emprender el camino de vuelta. Tenemos que conducir hasta Tauranga, por lo que nos cambiamos, nos secamos y comemos un sándwich rápido.

Hoy tenemos que acampar en un camping como Dios manda. Entre otras cosas, porque necesitamos recargar la batería y aprovechar que los enchufes funcionan a máxima potencia cuando estamos conectados al camping para cargar baterías de móviles, cámaras, etc. También tenemos que llenar la bomba del agua, así que nos ponemos en marcha.

De pronto, Roberto detiene la caravana frente a un bonito *lodge*.

–¿Por qué nos paramos aquí?

–He pensado que nos vendría bien salir del diminuto espacio de esta caravana.

«Y dormir en camas separadas», me digo a mí misma. «Eso nos vendría muy bien».

–Venga –dice mientras para el motor–. Esta noche te invito a cenar.

Señalo mi anillo de prometida que lleva colgado al cuello.

–En realidad no me estás invitando –puntualizo–, cuando me devuelvas esa pieza voy a pagártelo todo.

Se encoge de hombros, sacamos las maletas del vehículo y nos acercamos a la recepción. Es un sitio precioso: hay un *lounge* con una acogedora y cálida chimenea y unas espectaculares vistas de la ciudad y la costa. Nos registramos en el hotel y me quedo con la boca abierta al ver la habitación. Es increíblemente lujosa y moderna, está decorada en blanco y negro y tiene una terraza con vistas impresionantes y se puede ver el mar, además, tiene una televisión plana y un baño enorme con todos los productos de aseo necesarios. Siento una punzada de remordimiento, porque es el tipo de hotel en el que le habría gustado alojarse a Beltrán. ¿Y si estoy cometiendo un error haciendo este viaje? Desde que lo emprendimos, esta es una pregunta que no ha dejado de rondarme y, a pesar de lo mucho que estoy disfrutando, siento como si tuviera sobre mí una enorme nube negra a punto de soltarme un chaparrón en cualquier momento.

Es en ese momento, cuando me fijo en que solo hay una cama, una cama de matrimonio bien grande.

—¿Una cama de matrimonio?

Me cruzo de brazos, molesta. Pensaba que al menos hoy podría guardar las distancias.

—Lo lamento princesa, todas las habitaciones que les quedaban libres son con cama de matrimonio. Tendrás que tenerme a tu lado una noche más. ¿Crees que podrás resistir la tentación? —dice mirándome con una sonrisa irresistible.

—No sé de qué hablas.

—Ya lo creo que lo sabes.

No puedo soportar que sea tan creído. ¿Es que todas las mujeres caen rendidas a sus pies? Lo miro con disimulo y no puedo más que admitir a regañadientes que probablemente sí. Tengo que hablar de esto con Piluca. Me convendría conectarme al wifi del hotel para hacerlo, pero tengo miedo de ver otros mensajes que pueda haber recibido.

Como si me leyese la mente, Roberto lanza sobre la cama el papel con las claves del wifi que le han dado en recepción.

Lo miro con disimulo, pero, de momento, no tengo intención de cogerlo.

—No quema —comenta Roberto con su habitual tono de sorna.

Puede que no queme, pero, cuando me atrevo a tomarlo entre mis dedos, siento que arde. No sé si quiero enfrentarme a lo que pueda haber dentro. Además, la diferencia horaria con España es de once horas, por lo que, si aquí son las seis de la tarde, allí son las siete de la mañana, con lo que es probable que, si contacto con alguien, obtenga respuesta.

Y, como soy una cobarde, no sé si me atrevo a entablar comunicación directa ni con mi madre ni con Beltrán. Aunque no me importaría hablar con Pilu.

Sostengo el papel en una mano y el teléfono en la otra, dubitativa.

—¿Cuál es el problema?

Si tan solo él los conociera, quizás me entendería.

—Yo no soy un experto en relaciones. —Me parece que no tiene ni idea, pero me abstengo de comentárselo—, pero si te vas a casar con ese tal Beltrán deberías ser capaz de hablar con él. ¿Cómo vas a estar con alguien con quien no te atreves ni a hablar? Me resulta inconcebible.

Supongo que para mucha gente resultaría difícil, pero no para mí. Sé muy bien por todo lo que he tenido que pasar para estar con Beltrán. Cuando lo vi, deseé estar con él desde el primer momento, pero también sabía que yo no era el tipo de chica con las que él solía salir.

El perfil de todas sus novias era muy parecido: niñas bien vestidas, pijas, a las que les gustaba hacer vida social y salir, más de ir a la discoteca que de leer un libro. En esencia, lo opuesto a lo que yo soy. Y, durante todo el tiempo que hemos estado juntos, he tratado de ser lo que él quiere que sea, pero cada vez me cuesta más.

Cuando empezamos a salir, traté de disimular. Al fin y al cabo, tenía de quién aprender. Solo tenía que fingir que era la hija que mi madre siempre había querido. Durante un tiempo funcionó, mi madre estaba feliz y las cosas con Beltrán funcionaban a las mil maravillas, pero una no puede ser alguien que no es eternamente y, poco a poco, Beltrán descubrió cómo era yo en realidad.

No pareció importarle, al menos al principio, pero con la organización de la boda nuestras diferencias se han acrecentado y parece que estamos más alejados el uno del otro que nunca.

Puede que haya sido por el estrés de organizarlo todo. Siempre había oído eso de que las parejas discuten al preparar su gran día. Así que llevo meses autoconvenciéndome de que Beltrán me quiere tal y como soy. Repitiéndome a mí misma que mi lado friki no le molesta tanto como a veces creo adivinar en sus ojos o en sus gestos.

Vamos a casarnos, a pasar el resto de nuestra vida juntos, y eso tiene que significar algo. Al menos es a eso a lo que yo me aferro cada vez que veo sus expresiones de disgusto cuando hago una sugerencia poco convencional para el convite o la ceremonia.

Por desgracia, en ocasiones, por mucho que uno se repita las cosas, esto no cambia la realidad y, conforme han ido pasando los meses eso es justo lo que ha sucedido. Cada vez me siento más lejos de Beltrán y ahora no solo lo siento lejos, sino que estamos a miles de kilómetros el uno del otro y no me atrevo a decirle todo lo que pasa por mi mente. Me pregunto si alguna vez hemos estado unidos de verdad.

—He reservado para cenar esta noche en el restaurante —me indica Roberto sacándome de mis pensamientos—. Voy a darme una ducha en un cuarto de baño en condiciones —dice antes de desaparecer tras la puerta y dejarme sola con mi dilema.

Con dedos temblorosos, me digo a mí misma que si quiero seguir con Beltrán, tengo que ser capaz de hablar con él, así que tecleo las claves del wifi en el teléfono y me preparo para los mensajes que puedan aparecer en mi móvil.

Cuando media hora más tarde, mi compañero de viaje sale con el pelo mojado, tapado solo con una diminuta toalla y afeitado como no lo ha estado en todos estos días, yo ni siquiera me doy cuenta. Las lágrimas no me dejan ver.

Roberto se acerca a mí. Estoy tumbada sobre la cama, llorando desconsolada y no quiero ni imaginarme siquiera la cara que tengo, pero me apuesto lo que sea a que tengo la nariz roja y los ojos hinchados. Noto que me acaricia el pelo y yo trato de detener mis sollozos.

—Eli... ¿estás bien?

—Sí —miento descaradamente, porque es más que obvio que no lo estoy.

—Olvídate de él, está claro que ese tipo no te hace feliz —suelta de pronto—. Te está arruinando el viaje.

—Eso no es verdad... —gimoteo tratando de defenderlo.

—Venga, princesa, no puedes ser tan ingenua.

—¡No soy ingenua! —me doy la vuelta, enfadada y me encaro a él. Sé que no tiene la culpa de lo que me pasa, pero estoy harta de que todo el mundo crea saber cómo soy y estoy un poco fuera de mí, por lo que lo pago con él.

—Ingenua, inocente... llámalo como quieras, pero si crees que ese hombre te quiere no tienes ni idea. Estoy convencido de que esa boda es un gran error y que lo único que vas a conseguir con ella es ser más infeliz de lo que ya eres ahora.

—¡Tú no le conoces!

—No, es cierto —concede—, aunque empiezo a conocerte a ti y veo como te sientes. Yo no creo en el matrimonio, ¿sabes? Pero es que en este caso cualquier persona con dos dedos de frente se daría cuenta de que está abocado al fracaso.

Lo dice tan serio, que me pregunto si no tendrá razón. Y más después de los mensajes de audio que he intercambiado con Beltrán.

A cada cual peor.

—Anda, ve a darte una ducha, despéjate y bajemos a cenar. Te vendrá bien.

Asiento con la cabeza y obedezco. El agua caliente me revitalizará y me encontraré mejor.

Cuando me pongo de pie y siento la mano de Roberto acariciándome el brazo es cuando me doy cuenta de que está desnudo. Vale, lleva una toalla anudada a la cintura, pero esa es la única barrera que hay entre su cuerpo y el mío. El vello se me eriza solo de verlo, así que agacho la mirada, me separo de él y me acerco a la maleta a coger mi ropa. No pienso correr el riesgo de que se le caiga la toalla delante de mí.

Entro en el baño y enciendo el grifo de la ducha. Dejo que el agua vaya saliendo hasta coger más temperatura, el vaho empieza inundar la estancia y los cristales se empañan. Me desnudo y me meto bajo el agua caliente, casi hirviendo, y dejo que el calor me reconforte. Trato de despejar la mente, de dejarla en blanco, pero es inútil y no puedo parar de reproducir los mensajes que mi novio me ha mandado en mi cabeza.

Escucho la voz de Beltrán en bucle dentro de mí, sin ningún tipo de orden, sus frases se repiten en mi interior haciéndome sentir peor de lo que ya me sentía.

«¿Te has vuelto loca, Eli? Sí, he hablado con Piluca, sí, esa amiga tuya que tiene menos sentido común que un niño de tres años. No sé qué me parece peor, el hecho de que organizara semejante viaje de un día para otro o que fuera tan inconsciente como para llevar droga en su equipaje y conseguir que la deportasen dejándote en la otra punta del mundo sola».

Apoyo las manos sobre los azulejos de la ducha, cierro los ojos y trato de apartar su voz de mí, pero no quiere irse.

«Aunque tú no te quedas atrás, Elisa. ¿En vez de volver con ella te quedas allí? ¿Con un hombre al que acabas de conocer? ¿y estás viajando por Nueva

Zelanda sin dinero? Sí, también he hablado con tu madre. Está furiosa. No se le ocurrió nada mejor que anular tus tarjetas para que regresaras. Pensó que así volverías corriendo a casa, pero está visto que ni ella ni yo te conocemos tan bien como creíamos».

Quiero que se calle, quiero dejar de escuchar reproches. ¿Y él? ¿Es que él no ha hecho nada? Subo la temperatura del agua, porque siento escalofríos.

«¿Es esto una especie de castigo por mi viaje con los chicos? Porque sí es así, no lo entiendo. Sabías perfectamente que me iba a ir unos días fuera. Vale que no te llamé ni te escribí cuando llegué, pero mi móvil decidió estropearse en el momento menos oportuno. Ya sabes que soy incapaz de aprenderme un solo teléfono de memoria. Y ninguno de los chicos tenía el tuyo memorizado, ya sabes cómo son… Joder, Eli, ¡lo siento, pero no fue para tanto!».

¿Qué no fue para tanto? Me entran arcadas solo de recordar esa frase. Él puede largarse, hacer lo que le dé la gana y dar una explicación de mierda como esa y soy yo la que estoy loca.

«En cambio tú, tú estás prácticamente incomunicada y no te has largado para unos pocos días, ¡no! ¡Para veinte! ¿Qué cable se te ha cruzado, Elisa? En serio, tienes que volver».

¿Que tengo que volver? El hecho de que se crea con la autoridad para decirme lo que he de hacer hace que se me revuelvan las tripas. Subo un poco más la temperatura del agua y permanezco debajo del chorro, dejando que el agua acaricie mi cuerpo, pero sigo sin sentirme mejor.

De hecho, no me siento nada bien. Estoy mareada y tengo ganas de vomitar.

Noto como una arcada me sube por la garganta y, en un acto reflejo, consigo coger una toalla, envolverme en ella y llegar hasta el váter, donde empiezo a devolver toda la comida que he ingerido a lo largo del día.

No he cerrado la ducha, por lo que el agua sigue cayendo y el baño está cada vez más caliente. Es como una sauna. La cabeza me da vueltas, puede que sea por el calor, o puede que sea por todo lo que Beltrán me ha dicho, no lo sé.

Me quedo sentada en el suelo, agarrada al váter, por si me entra más angustia. Tampoco es que tenga fuerzas para levantarme, porque me siento tan mareada que creo que podría desmayarme de un momento a otro.

Siento que me va a dar un vahído y creo que escucho a Roberto llamarme desde el otro lado de la puerta, pero soy incapaz de responder. Se me está empezando a nublar la vista. Creo que he puesto el pestillo, me muero solo de pensar que pueda verme en este estado.

Alargo la mano para comprobarlo, pero antes de rozar siquiera el pomo de la puerta, me desplomo sobre el suelo y me desmayo.

Capítulo 10

Tauranga–Waitomo–Matamata–Hobbiton

Me despierto sobresaltada en la cama e, instintivamente, me tapo con el edredón hasta el cuello.

–Tranquila, princesa, no hay nada ahí que yo no haya visto ya.

Quiero que se me trague la tierra.

Me destapo un poco y compruebo que llevo puesto mi pijama de Gryffindor. El pelo, húmedo todavía, lo tengo envuelto en una toalla y Roberto está sentado a mi lado. ¡Joder! Lo único que recuerdo es estar vomitando, medio desnuda y empapada, tirada en el suelo y sentirme mareada.

Si ahora estoy vestida, eso quiere decir que... Recobro el color de golpe porque me pongo roja como un tomate. Nunca en mi vida me he sentido tan avergonzada.

–La puerta estaba cerrada –le espeto, acusadora. No tenía ningún derecho a entrar.

—Eli, llevabas una eternidad ahí dentro, no me respondías, te estaba escuchando vomitar y el vaho ya salía por debajo de la puerta. Pensé que te iba a dar algo.

Voy a replicar, pero me callo porque sigue hablando.

—En vez de enfadarte porque te haya visto desnuda —y esto el tío me lo dice con toda la calma del mundo—, deberías agradecérmelo. Te desmayaste y ahí dentro cada vez hacía más calor, podía haberte sucedido algo grave.

Supongo que tiene razón, pero... ¡es que es demasiado humillante! No puedo mirarle a la cara.

—¿Cómo entraste?

—Sencillo —responde antes de sonreír, burlón—. *Alohomora*.

Vale, ahora sí que lo quiero matar. El cachondeo es lo último que me hace falta ahora mismo.

Levanta los brazos, como queriéndose exculpar por la broma y yo lo miro, esperando una respuesta de verdad.

—Tuve que cargarme la cerradura, ¿contenta? —admite—. Hubiera podido ir a pedir ayuda a recepción, pero sinceramente, no creí que quisieras que nadie más te viera como habías venido al mundo y estaba asustado.

Eso es cierto, con que él me haya visto desnuda ya es suficiente. Aunque ahora nos tocará pagar el desperfecto. O, más bien, de momento le tocará pagarlo a él, porque yo sigo siendo pobre como las ratas y en vista de lo enfadada que está mi madre voy a serlo durante una buena temporada.

—Tienes una ropa de lo más interesante —comenta.

Uf, si ha estado rebuscando en mi maleta para encontrar el pijama ha visto toda mi colección de sudaderas, camisetas y calcetines de Harry Potter.

—No sabía que eso se estilara entre las niñas bien.

—Y es que no se estila.

—Siempre he sabido que eras más de la Alianza Rebelde que del Imperio —dice guiñándome un ojo.

El hecho de que Roberto me haga este tipo de comentarios me gusta. Es imposible hablar con Beltrán de las películas o los libros que me gustan, en cambio, él, parece conocerlos todos. Me hace sentir cómoda.

Salvo por el hecho de que me ha visto desnuda, claro.

Eso lo cambia todo.

Se percata de la expresión de horror que estoy poniendo.

—Oh, tranquila, he cerrado los ojos mientras te vestía.

—¿En serio? —pregunto esperanzada.

Suelta una carcajada tan sincera al escucharme que no sé qué pensar.

—Joder, Eli, soy un tío. Pues claro que no, me he recreado la vista cada segundo.

Me tapo hasta el cuello, como si con este gesto pudiera borrar todo lo que él ha visto antes.

—Lo tengo todo aquí —dice señalándose la cabeza.

Será cabrón.

Supongo que debería estarle agradecida, pero en estos precisos instantes lo estrangularía con mis propias manos. Aprieto los puños y lo miro enrabietada.

—No te enfades, princesa, sabes que lo iba a ver antes o después —detiene la frase, pensativo—, y, aunque no ha sido en las circunstancias que yo había imaginado, no voy a quejarme —dice, guiñándome el ojo.

—Eres un cerdo —le espeto.

—Un cerdo al que tendrías que estarle agradecida.

Me cruzo de brazos y me giro hacia la pared. No lo soporto. Estoy a punto de mandarlo a paseo cuando noto que me desenrolla la toalla del pelo y empieza a masajearme suavemente la cabeza con ella, para quitarme la humedad.

Cierro los ojos y me abandono a esa relajante sensación.

—¿Ves como no soy tan malo?

Me inclino hacia atrás y dejo que sus hábiles manos me acaricien. Ha dejado la toalla sobre la mesita de noche y continúa con el masaje. Las yemas de sus dedos presionan diferentes puntos de mi cabeza. Siento que el mal cuerpo que me ha dejado la conversación con Beltrán se va esfumando, al tiempo que me relajo y me concentro solamente en las sensaciones que me provoca cuando me estimula el cuero cabelludo. Un cosquilleo de placer recorre no solo mi cabeza, sino todo mi cuerpo y, por fin, consigo que mi mente se quede en blanco.

Doy un pequeño suspiro y es entonces cuando Roberto termina el masaje.

Se pone en pie, se aleja un poco de mí y yo no puedo evitar sentirme molesta por esa distancia que ahora hay entre nosotros.

—He anulado la mesa, voy a pedir al servicio de

habitaciones que nos traiga algo de cena. Será lo mejor, creo que tienes décimas.

Me llevo la mano a la frente y noto que arde. La verdad es que no me encuentro muy bien.

—Descansa todo lo que haga falta. Creo que podemos abortar la visita a Tauranga y, mañana, sin prisas, salir hacia Waitomo.

Me recuesto sobre la almohada.

—Lo siento —musito. No soy más que una puñetera carga que está entorpeciendo su viaje.

—No lo sientas. Ya te dije que el viaje sería más interesante contigo y, no me negarás que lo está siendo.

Desde luego, interesante, no es un mal adjetivo para describir lo que está siendo está experiencia.

Me despierto al olor del café. Quién me lo hubiera dicho hace unos meses, cuando en mi casa, por extraño que pueda parecer, nunca se consume desde que faltó mi padre. El negocio de mi madre gira en torno al café y, sin embargo, a ella no le gusta. Lo curioso es que Roberto tiene razón, el café por la mañana me anima, me hace sentir mejor y me reconforta. Solo con aspirar su aroma ya noto que mi cuerpo empieza a activarse.

—He pedido que nos trajeran el desayuno a la cama —me dice mi compañero de viaje al ver que he despertado—, ¿te encuentras mejor?

Me llevo la mano a la frente, que ya no está caliente, y asiento con la cabeza. Lo cierto es que soy otra persona.

Una hora más tarde, tras hacer el *check-out* y abonar los pertinentes gastos por el desperfecto de la cerradura del baño, nos subimos a nuestra caravana dispuestos a reemprender la marcha. Hacemos una breve parada en una gasolinera para cargar la bomba de agua. La batería puede aguantar hasta que acampemos. Nuestro objetivo de hoy es llegar a Waitomo para visitar las cuevas de los gusanos luminosos o, como yo prefiero llamarlos, los Gusiluz.

Una vez aparcados, nos dirigimos al Centro de Visitantes. Entramos a pie a la cueva y empezamos a ver estalactitas y estalagmitas. Junto con el resto del grupo que ha entrado a la visita, vamos siguiendo al guía a través de los laberínticos pasillos. La cueva tiene su gracia, pero lo que yo quiero es ver a los gusanos brillantes.

Por fin, nos subimos en una barquita que recorre uno de los ríos subterráneos y nos adentramos en la más profunda oscuridad. El guía termina su explicación acerca de los gusanos luminiscentes y todos nos quedamos callados antes de que la barca cruce a la siguiente estancia.

No sé si es por el silencio o por la oscuridad, o por la combinación de ambos, pero siento que mis sentidos se agudizan. Como si tuviera super poderes, escucho el débil sonido de las gotas cayendo al agua. Cuando levanto la vista hacia arriba, es como si estuviera bajo un cielo estrellado.

—Es increíble —exclamo conteniendo la respiración.
—Bonito —concede Roberto.
—¿Bonito? ¿No se te ocurre nada mejor qué decir?

—¿Mono? —me pregunta en un susurro para que no nos oigan el resto de los turistas subidos a la barca—. Recuerda que son gusanos, princesa, unos gusanos que producen luz para atraer a otros insectos y comérselos. Me juego el cuello a que no te parecerá tan impresionante si una de esas larvas luminosas y el hilo pegajoso que pende de ella te cae sobre la cabeza...

Instintivamente me tapo el pelo con las manos y él suelta una risotada.

Todo el mundo se gira a mirarnos y, una vez más, noto que me suben los colores. Al parecer, si algo se le da bien a este hombre es avergonzarme. Por suerte, la luz de los gusanos no es suficiente como para que nadie se percate de mis mejillas sonrosadas.

El paseo en barca termina y salimos de nuevo al exterior. Me froto los ojos para adaptarme de nuevo a la luz del sol.

No estamos muy lejos de Matamata, localidad donde se encuentra el *set* de rodaje de *El señor de los anillos* que yo muero por visitar, y es pronto, Piluca y yo teníamos previsto hacer el tour por La Comarca en una de nuestras primeras paradas, pero el itinerario de Roberto ha demorado esa visita.

—Vamos a ir a Hobbiton, ¿verdad?

—No solo iremos, sino que nos daremos un auténtico festín hobbit.

—¿Cómo dices? —No comprendo.

Subimos de vuelta a la caravana, donde Roberto me explica que, en principio, él no tenía pensado visitarlo, de hecho, está un poco harto ya de las excursiones guiadas porque prefiere ir a su aire, pero que, cuando anoche me vio tan hecha polvo, se decidió no solo a comprar por internet las entradas sino a coger unas en las que venía incluida un banquete en la posada del Dragón Verde.

No puedo creerlo. Es casi un sueño hecho realidad.

Así que recorremos la distancia que nos separa de los terrenos de la granja Alexander, propiedad en la que se encuentran los decorados y desde donde salen los autobuses que realizan las excursiones y nos disponemos a adentrarnos, aunque sea por unas pocas horas en la Tierra Media.

—Las cosas que me haces hacer —murmura Roberto con el ceño fruncido mientras nos suben al autobús—. Me siento como si fuera una oveja, siguiendo a mi pastor sin poder separarme del rebaño.

—¿Cómo esas? —digo, entre risas, al tiempo que señalo la verde campiña que estamos cruzando y en la que las ovejas pastan a sus anchas.

Al poco, llegamos a nuestro destino, bajamos del autobús y empezamos a recorrer los senderos de Hobbiton. Hay un montón de agujeros de hobbit y, aunque suelo huir de las cámaras, hoy soy yo la que le suplico a Roberto que me fotografíe en cada una de las puertas. Aunque no podemos entrar dentro de las casas, pues los interiores se rodaron en un estudio cerrado de Wellington, al exterior no le falta detalle: jardines repletos de coloridas flores, huertas rebosantes de hortalizas y hasta ¡ropa tendida! En mi mente resuena la alegre banda sonora de la película, con esos toques de música celta tan característicos, y casi espero ver aparecer a Gandalf por alguna esquina.

Cuando pasamos por la explanada con el gran árbol donde Bilbo Bolsón celebró su fiesta de cumpleaños y desapareció con ayuda del anillo, causando un gran revuelo entre sus amistades, no puedo por menos preguntarme qué sucedería si yo hiciera lo mismo en mi boda. A mi progenitora le daría un síncope. Eso seguro.

Me lo imagino al detalle. La iglesia llena de gente, la mayoría de ellos desconocidos para mí, amigos y familiares lejanos de mi madre y los padres de Beltrán y yo, puf, esfumándome en el aire justo cuando el cura me hace la temible pregunta.

No puedo entender por qué me vienen estas ideas a la mente. Lo que yo más deseaba en el mundo era estar con Beltrán, ¿qué ha cambiado tanto? Sacudo la cabeza, solo es miedo escénico, esto no es más que el pánico por ser el centro de atención en un acontecimiento en el que nada va a ser como yo había soñado. «No tiene nada que ver con mi relación con Beltrán», me repito a mí misma para autoconvencerme.

Nada de nada.

Aunque si alguien escuchase los últimos mensajes de voz que hemos intercambiado no podría estar menos de acuerdo.

Trato de apartar los malos pensamientos y centrarme en la visita que nos ocupa, entre otras cosas, porque es una de las cosas que más ilusión tenía por ver de Nueva Zelanda. Roberto y yo vamos los últimos dentro del grupo que está haciendo la excursión, no porque nos hallamos quedado rezagados, sino porque así podemos hacer mejores fotos sin más turistas de por medio.

Me pongo un poco nerviosa en cada pose y es que no puedo ver la expresión de su cara mientras me mira a través del objetivo y eso me altera un poco. Luego pienso que ya me ha visto desnuda y vomitando y se me pasa. No puede haber nada peor.

Cuando terminamos el recorrido, pasamos por la tienda y yo maldigo mi suerte, porque en circunstancias normales habría arrasado con lo que hay dentro. Muero por comprarme algo, pero no tengo dinero y no pienso pedirle más prestado a Roberto. Ya es bastante vergonzoso pensar que tiene que ir pagando el resto de gastos del viaje como para pedirle dinero para gastarlo en la tienda de recuerdos. Así que damos una vuelta para cotillear un poco y con toda la pena de mi corazón salgo de allí con las manos vacías.

Ya está anocheciendo, así que nos dirigimos a la posada del Dragón Verde, que es donde termina la excursión con un banquete hobbit. El festín que hay preparado nos deja con la boca abierta, es como si de veras estuviésemos en la Comarca. Pollos asados, verduras y patatas al horno, ensaladas y un sinfín de apetitosas guarniciones nos esperan. Por no hablar de los barriles de cerveza y del calor que producen las chimeneas encendidas. Esta noche nos sentiremos como auténticos medianos.

Nos sentamos en una mesa rodeados del resto de gente que ha hecho la excursión con nosotros. Me sorprende comprobar que Roberto habla un perfecto inglés y que, pese a ese carácter que yo creía solitario, se integra a la perfección en las conversaciones de los demás turistas. Charla animadamente y se le ve contento, en cambio, a mí, me da vergüenza y me dedico a comer sin hablar con nadie.

Lo miro con curiosidad y él, suspicaz, se percata y se gira hacia mí.

—¿Qué ocurre, princesa?

Me encojo de hombros.

—Nada. Es solo que pensaba que te molestaría estar rodeado de tantas personas y tener que ponerte a hablar con desconocidos.

—Te dije que me gustaba viajar sin acompañantes, no que me gustase estar solo —puntualiza—. De hecho, una de las cosas que más me gusta cuando viajo es conocer gente de diversos lugares. Por el contrario —dice, entrecerrando los ojos al posarlos en mí—, tú no pareces muy cómoda, ¿me equivoco?

—Soy tímida.

—Menuda bobada. Deberías dejar atrás todos esos miedos y esas inseguridades. Disfrutarías mucho más de la vida.

Y para mi sorpresa, Roberto saca de debajo de su sudadera la cadena con el anillo, para gran regocijo y algarabía de todos los presentes, y empieza a narrarles nuestra historia. Quiero taparme la cara con las manos o esconderme debajo de la mesa, ahora sí que siento un bochorno en toda regla.

Para cuando termina la cena, quiero matar a Roberto. Acaba de vivir su gran momento de gloria. Ha sido la estrella de la noche, el salvador, a costa de la historia de la pobrecita prometida a la que su madre ha dejado sin dinero y a quien su novio no parece respetar mucho.

Nos subimos a la caravana en silencio. Él con una sonrisa de oreja a oreja y yo con unos morros que me llegan hasta el suelo. Estoy furiosa, pero trato de contenerme y no decir nada. Soy muy tranquila, menos cuando me enfado, y no quiero provocar más tensiones en este viaje.

Paramos para pasar la noche en un camping cercano a Matamata y seguimos sin hablarnos. En el fondo, estoy un poco triste. ¿Por qué he tenido que sentirme mal por lo que contaba Roberto? Quizás, también yo podría haberme reído, haber contado parte de la historia, al fin y al cabo, está siendo una aventura para mí. Probablemente la única que vaya a vivir. Ahora sí que me siento como un hobbit. Tal vez yo tampoco esté hecha para aventuras. Tal vez creía que lo estaba, pero solo porque me guste leer y fantasear con otras vidas no quiere decir que esté preparada... tal vez debí quedarme en casa esperando a que Beltrán volviera de su despedida de soltero... tal vez era mejor ayudar a mi madre con los preparativos y dejar de soñar... tal vez...

Me siento sobre la cama, que acabo de montar, y, en la soledad de la caravana, dejo que una lágrima de añoranza caiga por mi mejilla. Roberto está afuera, creo que conectándonos a la toma eléctrica o algo así, así que dejo que a esa lágrima le siga otra y luego otra, hasta que se convierten en un sollozo descontrolado.

Detengo el llanto de súbito al escuchar la puerta de la caravana, pero es inútil ocultar que he estado llorando. Mi cara me delata.

Roberto se acerca y se sienta a mi lado.

—Eh, no llores —susurra mientras con una mano me acaricia la mejilla para borrar el rastro que han dejado mis sollozos—. Esto no será por mi culpa, ¿verdad? ¿Por lo que he dicho en la cena?

—No.

—¿Seguro? Lo siento, he sido un bocazas, a veces empiezo a hablar y a hablar y me emociono... —se disculpa—, no tendría que haber contado nada.

Me separo un poco de él y trato de recobrar la compostura.

—Olvídalo. No es por ti. Es un cúmulo de cosas.

—No te entiendo, Eli, la excursión de hoy te hacía tanta ilusión... y tengo la impresión de que no la has disfrutado nada. Tienes que dejarte llevar, olvídate de una puñetera vez de los que te están esperando en España. Si te quieren, no se enfadarán y si lo hacen... bueno... en ese caso, al menos sabrás con qué clase de personas estás compartiendo tu vida.

Agacho la mirada. ¿Y si ya lo sé, pero no me atrevo a admitirlo?

—Además, por muy mala que sea tu madre, no podrá estar cabreada contigo de por vida.

—No sé qué decirte.

—¡Joder, Eli, que es tu madre!

Levanto los ojos al cielo. Por eso mismo, porque la conozco.

—Venga, vamos a dormir —musita cambiando de

tema–, conducir me agota y mañana tenemos otro largo e intenso día ante nosotros.

Nos tapamos con el edredón y nos giramos cada uno para un lado, pero estoy tan melancólica que no logro conciliar el sueño. Necesito sentirme arropada.

–Rober... –es la primera vez en todo el viaje que me dirijo a él de ese modo–. ¿Me abrazas?

Sin decir ni una palabra, se da la vuelta y acerca su cuerpo al mío. Me pasa un brazo por encima de la cintura y me acaricia la mano.

–Descansa, princesa –murmura antes de darme un casi imperceptible beso en la cabeza.

Yo me quedo quieta y no respondo. Se me ha puesto la piel de gallina al sentir su roce. A los pocos minutos, su respiración acompasada me dice que se ha dormido y yo, aferro con fuerza mi mano a la suya y cierro los ojos. Exhalo un suspiro de satisfacción. ¿Cómo puede alguien ponerme tan nerviosa y a la vez inspirarme tanta paz?

No lo sé, pero entre los brazos de Roberto consigo relajarme y, así, pegados el uno al otro, pasamos la noche.

Capítulo 11

Matamata–Rotorua–Tongariro

Me despierto temprano, con la sensación de haber descansado y trato de incorporarme, pero no puedo. Roberto, que está profundamente dormido, sigue abrazándome por la cintura. Es como si no se hubiera separado de mí en toda la noche. Con cuidado para no despertarlo, le aparto el brazo con delicadeza y salgo de la cama.

He estado muy a gusto, pero ahora empiezo a estar un poco incómoda. No fue muy apropiado pedirle que me abrazase, lo reconozco, pero estaba tan afligida.

Decido poner un poco en orden la caravana y de paso, hacer hoy yo el café intentando no hacer ruido. Friego el diminuto baño, recojo los cuatro cacharros que hay en la pila y me pongo a limpiar el suelo. Me gustaría desmontar la cama, pero veo a Roberto roncar con tanta placidez que me sabe mal. Ojalá hubiéramos alquilado una de esas caravanas que tienen la cama en la parte de arriba. Entiendo que esta era más barata, pero nos habríamos ahorrado el rollo de tener que montarla y desmontarla cada día.

Siempre me han llamado la atención las autocaravanas. Cuando tenía siete años mi padre me compró por sacar buenas notas la caravana de la Barbie. Era la envidia de mis amigas. Creo que en ese momento empecé a soñar con hacer alguna vez un viaje de este tipo. A mí padre también le hacía ilusión. Por desgracia, nunca llegamos a hacerlo. Nunca convencimos a mi madre, eso de viajar en una caravana le parecía cutre y hortera. De hecho, no creo que se haya alojado alguna vez en un hotel que tenga menos de cuatro estrellas. Aun así, yo crecí con la ilusión de ir alguna vez en caravana. Quién me hubiera dicho a mí que lo haría con un completo desconocido.

El pitido de la cafetera que suena porque el café ya ha salido me devuelve a la realidad y, a su vez, despierta a Roberto.

–Veo que te has levantado en modo Cenicienta –bromea.

–¿Cuántos nombres de princesas piensas ponerme a lo largo de este viaje? –digo levantando las cejas.

Él se levanta e inspecciona la caravana, que he dejado reluciente. De hecho, el suave aroma del café recién hecho se entremezcla con el de los productos de limpieza que acabo de utilizar, creando un extraño perfume.

–Esto está impoluto.

–Me he despertado activa, eso es todo.

—Ya —replica un tanto incrédulo—. ¿No sería más bien que querías tener la mente ocupada para no pensar?

Paso por su lado sin mirarle y no respondo. Mientras él apaga el fuego y empieza a servir el café yo me dedico a guardar la cama y dejar montada la mesa para que podamos desayunar.

Me pongo un par de cucharadas de azúcar en el café con leche que Roberto me ha dejado sobre la mesa y abro un paquete de galletas. Mientras finjo estar muy ocupada en mojar una galleta y en comérmela, le hablo como quien no quiere la cosa. Como si no hubiera dormido toda la noche abrazada a este hombre. Como si sentir el calor de su cuerpo sobre el mío no me hubiera provocado nada. Nada en absoluto.

—¿Cuál es el plan de hoy?

—Ahora conduciremos hasta Rotorua para visitar algún parque termal y luego seguiremos hasta Tongariro, donde mañana haremos un *trekking*.

—¿*Trekking*? —inquiero con voz temblorosa dejando caer sin querer la galleta en el café. Andar no es lo mío.

—Si quieres ver el Monte del Destino, esa es la mejor manera. Haremos una ruta para recorrer el Parque Nacional de Tongariro, pero si no te ves capaz...

—¡Claro que soy capaz! —Aunque muera en el intento.

—Eso espero, princesa, porque son veinte kilómetros y se tarda unas siete horas en hacer el recorrido.

¿Veinte kilómetros? ¿Siete horas? Del susto que

me entra al pensarlo, ahora el café se me va por el otro lado y me atraganto.

—¿Cómo has dicho? —logro preguntar entre toses.

Roberto me da unas palmaditas en la espalda para que se me pase.

—Que son veinte kilómetros y que se tarda unas...

—Te he escuchado la primera vez —lo interrumpo. Estoy completamente acojonada. ¿Está loco? ¿Cómo voy a aguantar?

—Si te desmayas por el camino siempre puedo llevarte a cuestas —replica con una sonrisa de satisfacción.

No voy a darle ese gusto. Bastante subidito estará de recordar que anoche le pedí que me abrazase. Ya me preocuparé por eso mañana.

Por suerte para mí, la caminata no es hoy, así que tengo un día para mentalizarme. Llegamos en poco tiempo al parque termal que Roberto quiere visitar. Empezamos el recorrido siguiendo el sendero marcado, si uno se sale de él correría el riesgo de quemarse. Paseamos entre pozas, fumarolas y cascadas. Ante nosotros se extienden cristales de azufre, géiseres, cráteres, lagos de agua sulfurosa de los que picotean las aves, piscinas burbujeantes de barro y una impresionante cascada de agua termal. El paisaje es impresionante y el colorido increíble debido a la mezcla de elementos químicos, pero el olor...

¡Qué peste!

Me tapo la nariz con las manos para contener las náuseas. Después de una hora de paseo, ya no lo soporto más.

—El olor a huevo duro podrido es... ¡puaj!

—Es el azufre el que lo provoca, ¿podrás soportarlo?

—Claro que sí —le interrumpo antes de que termine la frase con la palabra «princesa»—, pero eso no impide que el olor siga siendo asqueroso —me lamento.

El camino de vuelta lo hacemos a través de un bosque de helechos. Los árboles están cubiertos de musgo, el aire es más puro y aspiro con fuerza, para quitarme el mal cuerpo que me ha dejado el aroma a huevo.

Veo que Roberto sigue con ganas de hacer más cosas, pero yo, que me he cansado de este sencillo recorrido de una hora y estoy acojonada con el de mañana no tengo ganas más que de descansar.

—¿Por qué no volvemos a la caravana y nos dirigimos ya a Tongariro?

Se gira hacia mí, sorprendido.

—Pero si acaba de empezar el día —protesta.

—Yaaaa... —¿Cómo se lo explico?

—¿Es por la ruta de mañana?

—No —miento—, pero se me ha quedado mal cuerpo del olor.

—Claro, claro —murmura con un tono de voz falso que da a entender que no se lo traga.

Aun así, claudica a regañadientes y emprendemos el camino hacia Tongariro. Localizamos un camping que tiene bastantes servicios, supermercado incluido porque empezamos a quedarnos sin comida y aparcamos la caravana. Para mi alivio, no tiene wifi. Prefiero seguir desconectada del mundo real.

Roberto me dice que le agobia quedarse en la caravana, así que se va a hacer la compra y a curiosear un poco. Yo solo puedo pensar en que tengo que descansar algo si quiero ser capaz de dar la talla al día siguiente.

Al cabo de unos tres cuartos de hora, su cabeza se asoma por la puerta.

—Eli, hay un par de ordenadores con conexión a internet en la recepción.

—Y esa información tan valiosa me la das porque... —dejo la frase en el aire a la espera de su respuesta. Es él quien me ha estado insistiendo desde que emprendimos el viaje para que desconectara de todo y ahora ¿qué quiere?

—Porque contigo nunca se sabe —replica mientras va vaciando las bolsas de comida sobre la encimera—. Eres como una montaña rusa. Tan pronto estás eufórica como disgustada. A lo mejor querías intentar volver a hablar con Beltrán o con tu madre para quedarte más tranquila.

¿Más tranquila? ¿Lo dice en serio? Mi expresión debe de ser muy significativa porque suelta unas carcajadas.

—¿Lo ves? —Se encoge de hombros—. Es difícil saber a qué atenerse contigo. Por cierto... ¿te sientes capacitada para hacer una tortilla de patatas? Estoy un poco harto de la comida fría.

Me pongo en pie, dispuesta.

—Vale, vale, capto la indirecta, se supone que soy yo la que me ocupo de la intendencia y no lo estoy haciendo muy bien...

—Creo que no lo definiría así.
—¿Regular?
Niega con la cabeza.
—Vale, ¡lo estoy haciendo como el culo! —admito mientras saco un plato y me dispongo a cascar los huevos—. Solo he preparado bocadillos y sándwiches fríos y encima te has estado ocupando tú del desayuno y de la compra, además de conducir. Lo siento.

Visto así, sí que parezco una princesita.

Roberto se acerca a mí y saca unas cervezas frías que ha comprado. Abre dos botellines y me ofrece uno.

Doy un trago y agradezco el frescor. Mientras preparo la tortilla voy dando pequeños sorbos. Me gustaría relajarme, pero es complicado porque tengo a Roberto apoyado sobre la encimera, a escasos centímetros de mí observando cada uno de mis movimientos.

—¿Es que no me crees capaz de hacer una simple tortilla? Ve y siéntate en la mesa.

—Está bien, princesa, pero que conste que solo lo hago porque sé que te estás poniendo nerviosa y no quiero tener que ayudar.

—¡No me estás poniendo nerviosa!

—Claro que no. —Me está dando la razón como a los locos—. Y tampoco estás nada preocupada por la caminata de mañana.

Vale, este tío me tiene calada.

Pongo un plato sobre la sartén y lo sujeto con fuerza con la mano izquierda para darle la vuelta a la tortilla, pero la sartén pesa bastante y me tiembla el brazo. Tengo miedo de que se me caiga todo. Roberto me ve dudar y se levanta. Se coloca detrás de mí y pone su mano derecha sobre la mía para que sujete con firmeza la sartén, al mismo tiempo, y rodeándome por el otro lado, coloca su mano izquierda sobre la mía para que el plato no se caiga cuando le dé la vuelta. Me ayuda a realizar la maniobra, vuelvo a dejar la sartén sobre el fuego, pero él se queda detrás de mí. Inmóvil. Siento su aliento en mi nuca.

Trato de ignorar el hecho de que sigue ahí y me concentro en la tortilla.

—¿No necesitas nada más, princesa?

—Nada más.

—Sabes que solo tienes que pedirlo...

No quiero ni pensar a qué se está refiriendo. Lo único que quiero ahora mismo es tenerlo a unos cuantos metros de distancia para poder respirar con normalidad.

—En ese caso, necesito que vuelvas a la mesa y me dejes cocinar tranquila.

—De acuerdo, pero lo hago solo porque tengo miedo de que quemes la tortilla.

Unos minutos más tarde nos sentamos y abrimos otras dos cervezas. Dios, yo no debería seguir bebiendo si quiero encontrarme medianamente bien mañana, pero soy incapaz de parar. Me hace sentirme menos intimidada por Roberto y mucho más cómoda.

—Háblame de ti —le pido—. Siempre estamos hablando de mis problemas y tú nunca cuentas nada tuyo.

—¿Qué quieres saber?

—¿Tienes novia? —Las palabras salen de mi boca antes incluso de que sea consciente de lo que le estoy preguntando.

Él acerca su mano a la mía y me acaricia, pero yo la aparto con rapidez, en un acto reflejo.

—¿Es que estás interesada en optar al puesto?

—Estoy prometida —respondo sin mucha convicción mientras doy un mordisco a mi bocadillo de tortilla—. Era mera curiosidad —añado, tratando de parecer sincera.

—Por supuesto —dice antes de coger el botellín de cerveza y disponerse a dar un trago sin quitarme los ojos de encima.

—¿Y bien?

—No, no tengo. ¿Qué más quieres saber? —ronronea.

—No sé. Háblame de tu familia.

Hay un pequeño silencio, en el que Roberto parece plantearse qué contarme, pero, al final, se decide a hablar.

—Me crie en un pequeño pueblo a las afueras de Valencia con mis padres y mi abuela materna. Soy hijo único. Ahora vivo solo, aunque suelo ir a comer a menudo con mi madre. El trabajo queda cerca y sé que se siente algo sola, además estamos muy unidos.

—¿Y tu padre?

—Mi padre falleció hace unos años de un cáncer, justo cuando yo... —de repente se calla y deja la frase sin terminar.

Me quedo observándole, para que continúe, pero está pensativo, parece como si se hubiera transportado a un momento concreto de su vida. Lo tengo sentado frente a mí, sin embargo, está ausente. Hay algo extraño en su expresión, pero no sabría decir qué es. ¿Melancolía? ¿Frustración? ¿Arrepentimiento?

Al darse cuenta, cambia la cara, sonríe como de costumbre y se termina la cerveza.

—¿Qué hay de tu padre? —dice, pasando la pelota a mi tejado—. Siempre hablas de la malvada de tu madre, pero nunca lo nombras a él.

Suspiro al recordarlo y casi tengo que contener las lágrimas. Siempre me emociono cuando pienso en él.

—Mi padre también falleció... un accidente de tráfico... yo tenía solo diez años. Lo echo mucho de menos.

—Vaya, lo siento.

Noto en su expresión que quisiera no haberme preguntado, pero no pasa nada.

—No te preocupes, ya ha pasado mucho tiempo. Estábamos muy unidos. Él... él era todo lo opuesto a mi madre. Era desorganizado, divertido, aventurero y tenía un corazón enorme. Él me entendía y supongo que, en cierto modo, me inculcó la pasión por los libros, era profesor de Literatura. Ahora que soy adulta, me cuesta comprender cómo él y mi madre pudieron casarse... ¡eran tan diferentes! Los recuerdo felices, aunque no entiendo cómo pudieron serlo.

—Por eso no creo en el matrimonio —espeta Roberto con brusquedad—. Tú, por ejemplo, vas directa al abismo con tu querido Beltrán.

—No tienes derecho a hablar así. —No sé en qué momento ha cambiado el cariz de la conversación, pero no me gusta como me ha hablado. Tampoco su extraña expresión–. Ya sé lo que opinas de mi vida, pero no es necesario que estés constantemente diciéndome que casarse es una equivocación.

–Pues lo es.

–No comprendo esa animadversión que sientes por el compromiso.

–Simplemente no funciona. Yo lo viví en mi casa y tú, princesa, estás a punto de experimentarlo si sigues adelante con el enlace.

–No quiero seguir hablando de esto.

–Yo tampoco.

Nos miramos con fiereza y noto que la rabia me consume por dentro, aunque no pienso dejarla salir. Solo empeoraría las cosas. De algún modo, siento que estoy en una montaña rusa, tal y como él me ha dicho antes. Me invade el vértigo, como cuando uno llega a la cima de la atracción, esa sensación de miedo previa a caer, pero, al mismo tiempo, intuyo que necesito dejarme llevar.

Nos levantamos y recogemos la mesa en silencio.

Cuando nos acostamos, me habla una voz en mi interior y siento todavía más miedo.

«¿Qué es lo que te provoca esa emoción, ese hormigueo que recorre tu cuerpo antes de caer al vacío? ¿Quién es el causante de que sientas que estás en una montaña rusa? ¿Es esto por Beltrán? ¿O hay alguien más?».

Las palabras de mi subconsciente me aterran porque, ¿puedo estar sintiendo algo por un hombre al que acabo de conocer?

Capítulo 12

TONGARIRO

Me despierto con mal cuerpo. No sé si es que no he terminado de dormir bien de tanto darle vueltas a la cabeza, que todavía tengo un poso de la discusión de anoche con Roberto o el pánico que siento al pensar en los veinte kilómetros que debo andar hoy. Noto la boca pastosa, así que voy al baño a lavármela y darme una ducha rápida antes de que se despierte mi compañero de viaje. Quizá así vuelva a encontrarme bien.

Cuando salgo, Roberto ya se ha despertado, está preparando el café, pero hoy no parece estar de muy buen humor. Me gruñe algo que parece un «buenos días» y sirve dos tazas. Como ya es costumbre una con leche para mí. La deja sobre la encimera y él se bebe la suya de golpe y, sin mediar palabra, saca algo de ropa de la maleta y se mete en el baño.

Nuestra conversación de la noche anterior ha dejado un extraño clima y percibo que sobre nosotros hay una enorme nube negra que podría descargar un chaparrón en cualquier momento.

Cuando sale, yo ya he desmontado la cama y estoy arreglada. Me sorprende ver que sale vestido, botas incluidas. En cierto modo me alivia, pero ya me había acostumbrado a que saliera siempre en calzoncillos y me extraña el cambio de actitud. Su expresión es sombría y no está nada hablador.

Me indica que nos vamos ya y, en un silencio que me está matando, emprendemos el camino hacia el inicio del Tongariro Alpine Crossing.

Llegamos con rapidez y aparcamos la caravana.

—Como el recorrido de ida es de veinte kilómetros, es obvio que no podemos ir y volver, es por eso que he contratado un transporte para la vuelta. La gente suele hacer eso o hacer medio camino solamente y volver, pero no quiero dejarme nada por ver de estos paisajes.

Son hermosos, pero hay algo desolador en ellos. No sé si es por el humor con el que ambos nos hemos levantado o por las nubes que cubren el cielo, pero algo me dice que nuestra visita a las tierras de Mordor no va a ser lo que se dice apacible.

Empezamos por el tramo más sencillo y así vamos calentando las piernas. Me alegro de haberme calzado las botas nuevas de *trekking* algunos otros días o probablemente mis pies empezarían a molestarme con rozaduras al poco tiempo. Por fortuna, contando con que Roberto planificaría alguna excursión de este tipo han sido varios los momentos en el viaje en los que he cambiado las deportivas por estas. Aun así, veinte kilómetros son muchos y tengo pánico a las ampollas.

El camino nos ofrece vistas de paisajes montañosos en los que se entremezclan el verde y el amarillo de los arbustos y plantas con las negras rocas. Conforme avanzamos, la cosa se va complicando y es que algo de niebla nos dificulta el recorrido que, ahora, estamos haciendo entre rocas volcánicas y cuya cuesta va siendo más y más empinada. Además, el suelo está cubierto por grava suelta, lo que dificulta la caminata.

Me detengo un instante a coger aire, porque empiezo a estar cansada.

Roberto, que lleva prácticamente toda la mañana en silencio, se gira hacia mí al darse cuenta de que me he parado y retrocede para ayudarme. Como ya hiciera en otra ocasión, me ofrece la mano, pero yo niego con la cabeza.

Parece que le molesta mi negativa, pero hace como si no le importara y continúa andando. Yo saco la cantimplora de la mochila que llevo a cuestas, doy un largo trago y reemprendo la marcha, tratando de seguir su ritmo.

En un momento dado, llegamos a una llanura y, como la niebla se ha ido disipando conforme avanzábamos, se puede observar desde allí el Monte Ngauruhoe. Los dos nos detenemos para hacer algunas fotos.

—Ahí, lo tienes. El Monte del Destino.

Este se yergue, majestuoso e imponente, ante nosotros. Puedo entender que lo eligieran como localización para la trilogía. Con ese color oscuro y en medio de esa desértica llanura sin apenas vegetación. Impacta de verdad.

—¿Sabes lo que deberías hacer ahora, Eli?

Sacudo la cabeza, pues ignoro por completo lo que me va a decir.

—Deberías subir hasta la cima y deshacerte de esto. —Se mete la mano por dentro de la sudadera y saca la cadena de la que cuelga mi anillo de compromiso.

Abro los ojos como platos. ¿¿Perdona??

Se desabrocha la cadena y estira el brazo, ofreciéndomelo.

—Lo único que hace este anillo es atarte. Atarte a una vida que no quieres. A una vida que no te hace feliz. A una persona que no te hace feliz.

¿Se ha vuelto loco? Empezando por el hecho de que la subida hasta la cima sumaría unos cuantos kilómetros a un recorrido que ya tengo dudas de poder terminar, para seguir con el hecho de que ese anillo vale un dineral. ¡Por no hablar de que Beltrán me mataría! Puede que desde que inicié este viaje me hayan surgido algunas dudas, pero desde luego no las suficientes como para tirarlo todo por la borda. Hace apenas unos días que lo conozco y ya se cree con derecho a decirme lo que debo hacer con mi vida, justo de lo que he estado huyendo desde que emprendí el viaje.

—Creo que se te está yendo la cabeza, Roberto. Una cosa es que te haya dejado en prenda el anillo hasta poder pagarte y, otra muy diferente, es deshacerme de él. Y deja ya de opinar sobre lo que es mejor para mí, te estás excediendo al inmiscuirte así en mi vida –le reprocho–. A lo mejor, lo que pasa es que crees que soy tan friki que solo por emular la película sería capaz de cometer una locura como esa –le acuso.

–Yo nunca te he dicho que seas una friki.

–Qué más da. A buen seguro lo piensas, como todo el mundo.

–Tú no sabes lo que yo pienso de ti.

–No, la verdad es que no –admito–. Es imposible saberlo, quieres venderme una imagen de persona alegre y extrovertida, pero a la hora de la verdad eres muy celoso de tu vida privada y apenas cuentas nada, así que es complicado llegar a conocerte –lo acuso señalándole con el dedo–. En cambio, yo soy un libro abierto y tú te crees con derecho a juzgar cada insignificante detalle de mi existencia.

–Entonces, ¿qué quieres hacer con esto? –insiste, ignorando la parrafada que le acabo de soltar.

Roberto permanece con el brazo estirado y el anillo colgando de su mano. Me acerco a él y le empujo la mano hasta el pecho.

–Guarda el anillo –mi voz apenas es un susurro–, hasta que terminemos el viaje y pueda pagarte, entonces me lo devolverás. Y ahora, sigamos. Estoy cansada y cada vez que me detengo me cuesta más volver a coger el ritmo.

Roberto me mira inexpresivo y, de mala gana, vuelve a colgarse el anillo del cuello y comienza a andar. Seguimos la ruta, no sin dificultad, pues este tramo es aún más empinado que el anterior y lo único que me hace seguir avanzando son las impresionantes vistas. El suelo, compuesto de grava y sedimentos volcánicos no facilita la labor, pero, al fin, tras treinta interminables minutos, detenemos de nuevo la marcha y nos deleitamos con una de las imágenes más espectaculares de toda la excursión. Ante nuestros ojos, el Red Crater, que no es otra cosa que el cráter de un volcán de color rojizo.

Roberto hace unas cuantas fotografías, pero apenas me mira ni me habla, así que, aunque me gustaría hacerme una foto con el volcán, no me atrevo a pedírselo. Saco el móvil y me hago un *selfie* en el que me veo horrorosa, pero me conformo con ello.

Empezamos a descender en nuestra ruta y, aunque una creería que eso sería más sencillo, no lo es para nada. La cuesta tiene una pendiente muy pronunciada y el terreno sigue siendo inestable, por lo que me esfuerzo en no desviar los ojos del suelo, lo que resulta complicado, puesto que se me va la mirada hacia los múltiples lagos de aguas volcánicas y relajante color esmeralda que salpican el desértico paisaje. El contraste de su bello y brillante color con el negro y el amarillo de la montaña los hace más hermosos si cabe.

Cuando terminamos la bajada, nos paramos para comer frente a los lagos. El olor que sale de ellos me recuerda al de Rotorua, por el azufre, pero aun así vale la pena detenerse allí.

Comemos en silencio hasta que un grito de Roberto me saca de mis pensamientos.

–¡Mierda! ¡Joder, joder, joder…!

Dejo de masticar y me trago lo que tengo en la boca de golpe.

—¿Qué pasa, Rober? ¿Te encuentras bien?

Su cara me dice lo contrario, pero tampoco veo que le pase nada, así que no sé qué pensar.

—Joder, Eli, vas a matarme...

—¿Yo? ¿Por qué? ¿Me puedes decir que es lo que pasa?

—Joder, joder... —Se pasa la mano por el pelo, nervioso.

—Roberto, dime qué pasa. Me estas asustando.

—Está bien, pero me vas a matar cuando te lo diga.

No sé de qué va esto, pero no me gusta nada. Nada de nada.

—Creo que me he abrochado mal la cadena al volver a colgármela del cuello —dice palpándoselo—. Ha debido de caérseme y no me he dado cuenta. Yo... yo he perdido el anillo.

La última frase cae sobre mí como una losa y pierdo el control.

—¿¿Me estás diciendo que has perdido mi anillo de pedida?? —grito completamente fuera de mí—. Dime que es una broma, Roberto, dime que no es verdad —suplico hiperventilando.

—Joder, lo siento mucho, Eli, ha sido un accidente.

—¿Qué lo sientes? ¿Un accidente? ¡Si yo te mato eso sí que va a ser un accidente! —me abalanzo sobre él, rabiosa, y le pego puñetazos contra el pecho. Soy tan menuda y él tan corpulento que mis golpes no son más que caricias para él, pero necesito descargar mi ira.

Él no trata de detenerme.

Al cabo de unos minutos, no puedo más, tengo

la sudadera mojada por las lágrimas y ni siquiera sé cuando he empezado a llorar. No soy consciente.

—Tengo que encontrarlo —me digo a mí misma mientras empiezo a deshacer lo andado para buscarlo—. Si recorro el camino a la inversa lo encontraré, antes o después.

—¿Qué cojones haces, Eli? —Roberto estira su brazo y me agarra para detenerme—. Todavía nos queda un buen tramo hasta llegar al final de la ruta y ya tengo dudas de que seas capaz de terminarla, así que no vas a empezar ahora a recorrerla a la inversa. Se te haría de noche y podría ser muy peligroso.

—Tengo que encontrarlo, ¿es que no lo entiendes? ¡Nunca debí habértelo dado! —Me llevo las manos a los ojos mientras sollozo desconsolada.

—Lo que nunca debiste haber hecho es haberlo aceptado.

—Deja de meterte en mi vida —siseo, furiosa.

—Si no fuera por mí, ahora estarías sola.

—Preferiría estarlo.

Doy un manotazo y me suelto de su brazo. No puedo mirarle a la cara. No puedo creer que haya perdido mi anillo. Tengo que encontrarlo. Sigo caminando en dirección contraria, pero Roberto vuelve a cogerme del brazo.

—No sigas por ahí, Eli.

—¿O qué?

—O tendré que llevarte a cuestas. Ni de coña vas a irte sola a buscar el anillo y, como ya te he explicado, nos queda todavía mucho por andar.

—Suéltame.

—Lo siento.

Tras decir esto, me agarra de la cintura, me levanta y, apoyándome sobre su hombro izquierdo, empieza a caminar conmigo en brazos.

—Te dije que te llevaría a cuestas si era necesario. Está visto que no me queda otra.

Como si fuera una niña pequeña, empiezo a patalear y a chillar. Ojalá nos cruzásemos con otros senderistas, así se vería obligado a soltarme. Para mi desgracia, no hay nadie a nuestro alrededor y los brazos de Roberto me sujetan con firmeza. Al cabo de un rato, cuando nos hemos alejado lo suficiente y nota que me he calmado, me suelta.

Cuando me deposita en el suelo, me alejo de él lo más rápido que puedo y no vuelvo a dirigirle la palabra. Camino a duras penas, pero pese a lo exhausta que estoy, consigo avanzar, impulsada por la rabia y la ira. Me arden los pies y estoy convencida de que van a salirme ampollas, pero antes me muero que pedirle que me ayude. La bajada es interminable, pero al fin llega a su término. Nos adentramos en un bosque de árboles y escucho a Roberto informarme de que este es el último tramo hasta llegar al punto en el que nos recogen. Hago como que no le oigo. Estoy demasiado enfadada. Demasiado dolida.

Ya ni siquiera veo el paisaje a nuestro alrededor, mi único objetivo es llegar al final del camino, sentarme y esperar a que vengan a por nosotros. Eso es lo único en lo que pienso.

El coche que había contratado para llevarnos de vuelta llega a los pocos minutos, nos subimos a él en silencio y seguimos igual cuando entramos a la caravana. No puedo ni mirarlo a la cara.

¿Cómo ha podido perderlo? ¿Cómo?

Me siento en el sillón de la mesa y me tapo la cara con las manos. ¿Cómo voy a decirle a Beltrán que he perdido su anillo de pedida? ¿Que se lo di a otro hombre para pagar un viaje por Nueva Zelanda y que ahora no puedo recuperarlo porque se ha perdido en el Monte del Destino? Es surrealista. Tengo un nudo en el estómago y siento que me entran sudores fríos solo de imaginarme nuestra conversación.

Me quito los zapatos para analizar el aspecto de mis doloridos pies. No estoy acostumbrada a hacer este tipo de actividades y lo estoy pagando. Las botas de montaña, además, aunque de buena calidad, son nuevas, y eso no ha ayudado. Cuando me quito el calcetín compruebo que tengo la planta del pie llena de ampollas. Las observo horrorizada y contengo el llanto que amenaza con asomar desde mi garganta. He de ser fuerte por una vez. Me he metido yo solita en todo este embrollo y sola tendré que salir.

Solo que no sé cómo.

Si no sigo viajando con Roberto no sé cómo voy a poder hacerlo.

No tengo esperanzas de seguir con el viaje, pero si al menos pudiera llegar a Auckland o, en su defecto, ya que, en teoría, mañana cruzaremos a la Isla Sur, a Christchurch podría utilizar mi billete de vuelta y volver a casa. Al fin y al cabo, la fecha de regreso estaba abierta y si hay plazas podría subirme al primer avión que partiera. Ojalá Piluca hubiera comprado algún billete con salida desde Wellington, podría largarme mañana mismo sin problemas.

Porque eso es lo que quiero hacer. Alejarme todo lo que pueda de Roberto porque, ¿cómo es posible que haya puesto todo mi mundo patas arriba?

Capítulo 13

TONGARIRO–WELLINGTON

Paso la noche dando vueltas en la cama, tratando de dormirme, pero es imposible conciliar el sueño. Aunque Roberto hace ver que sí está descansando sé que también está despierto. Lo noto. Percibo su respiración y sé que se percata cada vez que me muevo, aun así, me niego a hablarle.

Las horas pasan despacio y, al fin, de madrugada, tengo tanto insomnio que decido levantarme. Me duelen los pies, así que me meto en el diminuto baño para curarme las ampollas. Me lavo los pies con agua y jabón. ¡Madre mía! Menudo estropicio que me he hecho.

Estoy en plena faena cuando tocan a la puerta del baño.

—¿Eli?

Lo que me faltaba. No tengo ningunas ganas de hablar con él. Sigo limpiándome las heridas y no le respondo.

—¿Eli? —insiste—. ¿Estás bien?

—¿Qué quieres? —le espeto con brusquedad—. Déjame en paz.

—¿Puedo abrir la puerta?

—¡No!

—Eli, déjame entrar. No me fío de ti. Abre el pestillo o tendré que volver a cargarme la puerta.

Como me temo que sería capaz de hacerlo, cedo a regañadientes y lo quito. Asoma la cabeza y mira horrorizado las plantas de mis pies.

—¡Joder!

—Ya lo sé... están fatal —me lamento.

—Ven, si ya te los has lavado bien con agua y jabón, siéntate fuera y yo te los curaré.

Lo miro dubitativa. ¿Dejar que él me cure las ampollas? ¿No tuvo bastante el día de mis vomitonas? ¿No he tenido yo bastante con la pérdida de mi anillo?

Se acerca a mí, me coge con suavidad del codo y me ayuda a incorporarme.

—Vamos. Llevo toda mi vida haciendo senderismo y *trekking*, no es la primera vez que veo unas ampollas. Sé limpiarlas como toca y estoy seguro de que es la primera vez en la vida que lo haces tú.

Eso es cierto. Pero, claro, también era la primera vez en mi vida que caminaba veinte kilómetros seguidos.

Me siento sobre la cama con los pies colgando. Esto no puede ser más incómodo.

Roberto saca un pequeño botiquín de un armario y acerca una silla a la cama. Se sienta frente a mí y me coge un pie con sus ásperas manos. Levanto la mirada al techo, no quiero verle la cara y tampoco quiero que él me la vea a mí. Cada vez que roza una ampolla veo las estrellas, pero al mismo tiempo, sentir su mano hace que algo se encienda en mi interior. Algo que no sé qué es ni porque me pasa.

Saca un bote de clorhexidina y las desinfecta. De repente, noto un pinchazo.

—¡Ayyyyy! —chillo, apartando el pie.

Roberto esboza una diminuta sonrisa y me coge por el tobillo con delicadeza y vuelve a acercárselo.

—Tengo que pincharte las ampollas para vaciarlas. Lo haré con el mayor cuidado posible.

Asiento y vuelvo a levantar la mirada. Solo de ver la aguja ya me han entrado mareos. Contengo la respiración mientras las va vaciando, una por una.

—Respira —me indica—, ya he terminado con las de este. ¿Vamos a por el otro? —pregunta tras volver a desinfectarme el pie y aplicarme un apósito.

—Creo que podré soportarlo.

Roberto se pone a ello y le observo con disimulo. Está limpiándome las heridas con una delicadeza inusitada y, de repente, me sorprendo al ver que sonríe.

—¿Qué es lo que te hace tanta gracia?

—Tus pies.

—¿Mis pies? ¿No serás un fetichista de esos? —inquiero escandalizada. ¡A ver si se está excitando de curarme las ampollas!

Ahora ya no es una sonrisa lo que hay en su cara, sino que directamente se está descojonando.

—Tranquila, soy más normal de lo que te piensas. Es que estaba pensando... que tú me dices a mí que tengo pies de hobbit, pero los tuyos —me sujeta el pie desde el talón y lo levanta ligeramente para mostrármelo—, son diminutos. Como pies de hada.

—¿De hada?

Se levanta y me coge un mechón de mi rubia melena.

—Pies de Campanilla, en tu caso.

—Tienes todo un repertorio de personajes de cuento para mí, ¿eh?

Se encoge de hombros y se acerca a la cocina.

—¿Café?

—Sí, por favor. —Estoy molida. Yo nunca he sido de salir hasta tarde, así que eso de pasar la noche en vela me ha matado.

Prepara dos tazas y nos las tomamos, en silencio, sentados en la cama. Siento que mi enfado se ha evaporado un poco tras este momento tan íntimo, aunque ni por asomo voy a reconocerlo. Lo observo de reojo y noto que no tiene su mejor aspecto. Su pelo largo y su barba de varios días parecen más descuidadas de lo habitual, está ojeroso y sus ojos azules se ven apagados. Puede que él haya perdido el anillo, pero siento que yo le estoy jodiendo el viaje. Todo lo que tiene que ver conmigo son problemas.

—Rober, yo...

—No digas nada, Eli —dice levantando un dedo para que me calle—. Comprendo que estés enfadada conmigo. No soy tan necio.

—Enfadada no es la palabra.

—¿Cabreada, enojada, furiosa, exasperada, iracunda...?

—Todos esos adjetivos y alguno más —concedo.

Roberto se pasa las manos por el pelo, en un gesto que ya le he visto hacer en otras ocasiones cuando está incómodo o nervioso.

—¿Se lo has dicho? —pregunta en voz baja. Casi como si prefiriera no saberlo.

—No —niego con la cabeza—. Ni siquiera me preocupé anoche de ver si había conexión a internet en el camping, así que hace días que no sé nada de él. Y, además, ¿qué voy a decirle? ¿Qué le di a otro tío el anillo con el que me pidió matrimonio y que lo ha perdido? No soy una suicida.

—Sí, supongo que no es una gran idea...

—No, no lo es.

Volvemos a quedarnos en silencio. Después del día de ayer, es difícil recobrar la normalidad.

—Hoy llegaremos a Wellington y cruzaremos a la Isla Sur —me informa—. ¿Qué es lo que quieres hacer?

—¿A qué te refieres?

—Pues a que entendería que no quisieras seguir viajando conmigo. Piénsalo. Si prefieres regresar, en cuanto cambiemos de isla, te llevaré hasta Christchurch para que puedas coger un vuelo de vuelta.

Vaya, eso sí que no me lo esperaba. Y es en ese preciso momento, cuando él se ofrece a hacer justo lo que yo he estado deseando desde anoche, cuando ya no sé si eso es lo que quiero. ¡Joder! ¿Cómo es posible que hace unos días tuviera claro todo lo que quería en la vida y, de repente, sienta que mi mundo está patas arriba?

—¿Y bien? —inquiere al ver que no respondo.

Apuro la taza de café y me giro hacia él. No lo tengo claro. Necesito pensar y a su lado es... a su lado es complicado. Estoy enfadada por lo que ha pasado, pero volver a casa antes tampoco va a arreglar nada. El anillo se ha perdido y antes o después se lo tendré que confesar a Beltrán, pero que se lo diga ahora en vez de a mi regreso no va a hacer que la situación sea más sencilla.

Por otro lado, viajar con Roberto es mi única opción de recorrer Nueva Zelanda. Si soy sincera conmigo misma he de admitir que cada día que paso a su lado me hace ver de un modo distinto lo que he dejado en Valencia. Me está haciendo ver la realidad con otros ojos, pero ¿quiero verla o era más feliz cuando los tenía tapados?

—Tengo que pensarlo. Y necesito pensar a solas.

—Es lógico.

—Si vamos a pasar algunas horas en Wellington me gustaría que fuéramos cada uno por su lado. Necesito reflexionar un poco, dar un paseo y tranquilizarme.

Roberto se pone de pie, coge mi taza y la suya y las deja dentro de la pila.

—En ese caso será mejor que recojamos y vayamos haciendo camino.

Me levanto y, aguantando el dolor que siento a causa de las ampollas, empiezo a desmontar la cama.

—¿Rober...?

—¿Sí...?

Me da un poco de vergüenza decir esto, pero:
—¿Me prestas algo de dinero?

Al escuchar mi pregunta, el rostro de Roberto se ilumina y deja de estar taciturno para volver a ser el del hombre que vi en el aeropuerto.

—Como desees.

Levanto los ojos al cielo, al reconocer al instante la frase de *La princesa prometida*.

—A veces, eres realmente insufrible ¿lo sabías?

—Es posible —se encoge de hombros—, pero sé que en el fondo no te caigo tan mal, princesa.

Llegamos a Wellington y, tras aparcar la caravana, salimos a la calle y tomamos caminos separados. Hoy luce el sol, lo que le da a la capital del país un aspecto más radiante si cabe. Rodeada de ondulantes colinas verdes por un lado y delimitada por el mar, la vibrante ciudad ofrece tanto que hacer a los turistas que no sé muy bien a dónde dirigirme. Pasaremos la mañana aquí y por la tarde cogeremos el ferry que cruza el estrecho de Cook, así que tengo unas horas para estar sola y poner en orden mis pensamientos.

Yo, que ya echaba un poco de menos el asfalto, me decido a hacer un recorrido por los edificios y zonas más importantes de la ciudad, mientras que Roberto se ha ido coger el funicular para subir al monte Victoria y sacar unas panorámicas de la ciudad y la bahía.

Ya me he dado cuenta de lo que le relaja la fotografía. Es un poco como lo que significan para mí los libros. Cuando esconde la mirada y observa el mundo desde el objetivo puede verlo desde otro prisma, vivirlo desde fuera.

Después de patearme media ciudad y sentarme en una animada terraza frente al puerto a tomar algo y descansar un poco mis todavía magullados pies, me decido a visitar la Weta Cave. Wellington es la capital cinematográfica del país y yo, como buena fan de la trilogía de Peter Jackson quiero ver este mini museo en el que se exhiben personajes y artículos en los que la empresa ha trabajado. Muero por ver todo lo relacionado con *El señor de los anillos* y disfruto como una niña viendo figuras de orcos y de Gollum.

Al salir, noto que me rugen las tripas así que me acerco a la calle Cuba y al barrio que la rodea, que es la zona más animada y moderna de la ciudad y está llena de restaurantes. No me queda mucho dinero de lo que me ha dado Roberto esta mañana, así que me decido a comprarme un *fish and chips* y una cerveza fresquita en un puesto que me encuentro por el camino.

Me siento a comérmelo y me percato mientras mastico, que separarme de Roberto toda la mañana no me ha servido para nada. Absolutamente para nada. He dejado la mente en blanco y no he pensado en qué es lo que voy a hacer. Además, también comprendo que no me gusta estar sola. Me aburro. En cambio, con mi montaraz particular siempre termino riendo. O enfadada, pero los momentos divertidos ganan. Ha sacado de mí un lado más atrevido. Un lado que yo creía que no tenía. Ya me había conformado a vivir aventuras solo en los libros, pero gracias a él me he deslizado por dunas gigantes y he llegado a hacerme andando veinte kilómetros. Así lo atestiguan las heridas de mis pies. Si sigo a su lado, podré hacer más cosas en la Isla Sur, estoy segura. Hasta ahora, solo había vivido nuevas experiencias con la imaginación, pero presiento que, con él, podrían ser reales.

Miro el reloj y me percato de que es casi la hora a la que hemos quedado de vuelta en la caravana por lo que me arrastro de regreso. Unas manzanas más adelante me detengo frente al escaparate de una diminuta tienda de recuerdos que está plagada de muñecos de la trilogía. Sin poder resistirme entro. Me quedé con las ganas en Hobbiton por no tener dinero, pero hoy aun me queda un poco de efectivo porque la comida me ha salido muy barata, así que algo en esta tienda va a caer seguro.

Me deleito con todo el *merchandising* que hay y, al final, poso mis ojos en un Funko de Frodo Bolson. Aunque por su tamaño y apariencia Roberto me recuerda más al personaje que lanzó a la fama a Viggo Mortensen, sus grandes pies son como los de un hobbit y, como nunca admitiré ante él lo atractivo que me resulta, prefiero seguir con la broma de los medianos.

Sin pensarlo mucho, pago el muñeco y, aunque al final me percato de que no me he comprado nada para mí, la figura me resulta tan graciosa que quedo satisfecha. A ver qué dice Roberto cuando lo vea. La verdad es que no tiene ningún sentido que le regale nada... no sé muy bien el motivo por el que lo he hecho... y, sin embargo, me alegro.

Todavía estoy un poco agobiada por cómo contarle a Beltrán que he perdido el anillo, pero no sirve de nada seguir enfadada con Roberto, ha sido un accidente y no voy a ganar nada con ello.

Los dos llegamos a la vez a la caravana.

—¿Cómo ha ido el día? —le pregunto.

—No ha estado mal, he sacado algunas fotografías espectaculares de las vistas —replica dándole unos toquecitos a su cámara. Luego, se rasca la cabeza, incómodo, y noto que lo que le pasa es que le da vergüenza admitir lo siguiente que me dice—: Lo cierto es que te he echado de menos.

—Pero, ¿tú no eras al que le gustaba viajar solo? —No puedo evitar sentir una punzada de alegría al saber que no soy la única que ha extrañado al otro.

Se encoge de hombros.

Entramos en la caravana y saco de mi bolso a Frodo. Roberto no se percata y yo, lo sujeto con las manos, tratando de decidir qué voy a decirle cuando se lo dé. Me lo paso de una mano a la otra, dubitativa.

Él se acerca por detrás de mí y asoma la cabeza. Al ver al muñeco en mi mano derecha lo mira con curiosidad.

—¿Y eso?

—Es Frodo Bolsón. —Me doy la vuelta para mirarlo a la cara y siento que nuestros cuerpos casi pueden rozarse. ¡Joder! ¿Por qué siempre tiene que pegarse tanto a mí? ¿Es que es incapaz de respetar el espacio vital? Doy un pequeño paso hacia atrás y logro que mi respiración recupere su ritmo normal. Extiendo el brazo y se lo tiendo—. Es para ti.

Enarca las cejas y sus ojos muestran auténtica sorpresa.

—No lo entiendo, Eli, no creo que me merezca ningún regalo después de lo de ayer…

—La verdad es que no —admito llevándome el dedo índice a la mejilla y mirándolo pensativa—, pero ha sido verlo y pensar en ti. Con esos pies que tienes.

Veo que su cara se pone un poco más alegre.

—Al fin y al cabo, Frodo también fue el portador del anillo y se deshizo de él en el Monte del Destino.

—Ya veo… —Lo sostiene entre sus dedos y lo observa divertido.

Se pasa así un rato y, de pronto, me pilla desprevenida y, cogiéndome por la espalda con la mano que le queda libre, me acerca a él y me da un cálido beso en la mejilla. Noto que se detiene al hacerlo. No es un beso fugaz, sino que sus labios se posan con delicadeza sobre mi piel y se recrean en el gesto.

—Gracias, princesa —me susurra al oído antes de separarse de nuevo de mí.

Me quedo bloqueada, sin saber qué decir. Me tiemblan las piernas y me arden las mejillas… ¿desde cuándo un simple beso en el moflete me provoca esta turbación?

Por fortuna, tenemos que darnos prisa si no queremos perder el ferry, así que, sin más conversación, nos ponemos en marcha. Enseguida nos plantamos en el puerto y compramos los billetes para el barco. Roberto se ocupa de meter la caravana en la parte de los vehículos mientras yo voy dirigiéndome hacia nuestros asientos. El trayecto que nos espera es de unas tres horas y media, aunque intuyo que no se nos hará muy largo. Solo por lo que prometen las vistas desde la cubierta, ya vale la pena.

Al cabo de un rato, Roberto se reúne conmigo, pero yo casi ni me percato de su presencia. Acabo de descubrir algo que me tiene un poco intranquila... Hay wifi. Sí, esa palabra que me lleva persiguiendo todo el viaje. Algo sin lo que normalmente no podemos vivir y que, en cambio, ahora supone un trauma para mí cada vez que lo tengo. Lo cierto es que soy más feliz viviendo en la inopia. Aunque entiendo que no pueda durar eternamente.

—¿Todo bien? —inquiere mi compañero de viaje.

—Ajá —replico sin levantar la mirada del móvil.

Supongo que se da cuenta de lo que me pasa, porque se pone en pie y dice:

—Voy a por algo de picar a la cafetería, ¿quieres algo?

Niego con la cabeza. Se me ha cerrado el estómago.

Respiro hondo y conecto el móvil a la red. Luego espero unos minutos hasta que se coge y empiezan a entrarme notificaciones en el buzón de correo y en el WhatsApp.

Decido empezar por el correo. Me parece una opción mucho más segura. Veo que tengo un correo de María, lo abro y compruebo que ya ha terminado los informes de lectura que le pasé y los ha enviado a Harper. Me dice que está encantada con las clases de español, que los alumnos son estupendos. Una cosa menos de la que preocuparse, al menos mi vida laboral no me dará quebraderos de cabeza. Le respondo, dándole las gracias. Le envío otro correo a mi editora para informarle de la fecha de mi regreso y que sepa así cuando estaré disponible para aceptar nuevos trabajos.

Luego, me giro para comprobar que Roberto sigue en la cafetería y que estoy sola y abro el WhatsApp. Tengo mensajes de Beltrán y de Piluca. Ninguno de mi madre. En el fondo no me extraña, pero siento una punzada de dolor. Joder, que soy su hija. Que estoy en la otra parte del mundo, con un desconocido y, encima, por su culpa, sin un duro. ¿No está preocupada por mí? ¿Tan enfadada está conmigo que no es capaz ni de enviarme un puñetero mensaje?

No debería hacerlo, pero en un arrebato, decido escribirle yo. Las cosas van a estar muy tensas cuando vuelva, más me vale suavizarlas un poco.

Hola, mamá. ¿Qué tal? Ya he recorrido la Isla Norte y ahora me dirijo a la Isla Sur. Estoy bien. Sé que estás enfadada conmigo, yo también lo estoy, pero espero que podamos arreglar las cosas cuando vuelva. A pesar de todo, te quiero. :* :* :*

Le doy a enviar, respiro hondo, y miro la pantalla. ¿Qué mensajes debería leer primero? Como sigo siendo una cobarde, abro la conversación con Pilu y suelto un bufido al leer el primer mensaje.
Bueno, ¿te lo has tirado ya o qué?
¡Está como una cabra! ¿Qué si me lo he tirado? Pero, ¿en qué está pensando? ¡Estoy prometida!

Porque si no te lo has tirado es que eres idiota, Eli.

Además, no creo que Roberto te pusiera muchas pegas. Es todo un conquistador.

Me apuesto lo que quieras a que te ha tirado los trastos.

Y, tranquila, que no es de los que juran amor eterno.

De hecho, mira que lo han intentado cazar, yo incluida, pero no es su estilo.

Así que es la opción perfecta para ti.

Una pequeña aventura antes de meterte en el convento en el que se va a convertir tu vida cuando te cases con Beltrán.

Aunque no te negaré que si no tienes nada con él no me enfadaré.

Quizás cuando volváis pueda volver a intentarlo yo...

Vale, definitivamente a Piluca se le ha ido la olla. Yo ya no sé cómo explicarle que no voy a liarme con Roberto. Admito que es uno de los hombres más atractivos que conozco y percibo que hay química entre nosotros. En realidad, cuando estamos cerca o nos rozamos, mi cuerpo reacciona como nunca lo ha hecho con otro hombre, ni siquiera con Beltrán, pero me niego a reconocer que eso signifique algo. Es pura química, nada más. Se lo puede quedar todo para ella.

Pilu, se te ha ido la pinza.

NO voy a acostarme con Roberto, así que deja el tema, es todo tuyo.

Y, por cierto, ¿qué puñetas le has dicho a Beltrán?
Si hubieras escuchado los audios que me envió te mueres... ¡está fuera de sí!
Al margen de eso, Nueva Zelanda es precioso, gracias por preguntar.

Espero que capte la ironía de mi último mensaje. ¿Por qué todos se preocupan por Roberto en vez del viaje en sí mismo? Bufo, molesta.

Entiendo por todo eso que me cuentas que todo tu interés en mi despedida de soltera no era más que una excusa para coincidir con él, ¿no?
No fue una casualidad que nos lo encontrásemos en el aeropuerto y que su destino fuera el mismo que el nuestro.
Por eso lo organizaste todo deprisa y corriendo, porque sabías que él venía, ¿a que sí?
Confiésalo.
Si no quieres que me cabree también contigo más te vale decirme la verdad.
Y por lo que más quieras, si vas a hablar con Beltrán, controla lo que le dices. Ya tengo bastantes problemas como para que vayas creándome más.

Cierro la conversación y, sin pensármelo mucho, abro la única que queda con mensajes sin leer. Justo en ese momento, Roberto aparece de vuelta, así que bloqueo la pantalla y pongo el móvil boca abajo sobre la mesita que tengo frente al asiento.

No sé si siento alivio por no haber leído lo que me

decía Beltrán o más tensión por pensar que en algún momento he de hacerlo.

Debe de notárseme en la cara, o tal vez sea porque me tiembla la mano, pero Roberto se sienta frente a mí y me la coge.

Quiero apartarla, pero me la aprieta para infundirme confianza.

—Lee los mensajes, Eli —me insta—. Te diga lo que te diga, siempre es mejor ir de frente y tener las cosas claras.

—¿Tú crees? Estos días que he estado viviendo en babia no se estaba tan mal.

—Venga, sé que no eres una cobarde. Aunque a veces lo creas. O tal vez te hayan hecho creerlo.

Me sorprende ver que él tiene más fe en mí de la que tengo yo.

Suelto mi mano, cojo el móvil, pero no me atrevo a volver a la conversación. La última vez que escuché su voz terminé vomitando desnuda delante de Roberto.

—Ahora vas vestida —comenta, leyéndome la mente, una vez más.

—Eso es cierto.

—Y, si vomitas, siempre podrás decir que te has mareado al ir en barco —razona.

Las cosas ya no pueden ir peor, así que abro la conversación y me sorprendo al leer a Beltrán. Esperaba que siguiera en pie de guerra y, en cambio, su actitud ha cambiado por completo. Tengo dos escuetos mensajes en los que se disculpa por los audios del otro día y me dice que estaba nervioso y que lo siente. Que disfrute de lo que queda del viaje y que ya hablaremos tranquilamente cuando vuelva.

No me dice que me quiere, pero después de nuestro último intercambio de audios, lo que me ha escrito me deja mejor sabor de boca. Un poco agridulce, pero sin duda mucho mejor de lo esperado.

—Tengo que decirle que he perdido el anillo —digo, pensando en voz alta.

—¿Quieres un consejo? —me pregunta Roberto que ha permanecido en silencio mientras yo leía y respondía los mensajes—. No le digas nada todavía. Este tipo de noticias, es mejor darlas en persona. Y, por lo que he visto estos días, la comprensión no parece una de las cualidades de Beltrán, ¿me equivoco?

No, no se equivoca. Es posible que sea lo mejor. Contarle eso ahora solo haría que generarme más angustia y fastidiarme lo que queda de viaje. Lo mejor será callarme. Ahora que he conseguido que las cosas se calmen quizás pueda disfrutar de los días que me quedan con más tranquilidad.

—Y, ahora, princesa, desconecta el wifi, y salgamos a cubierta a deleitarnos con las espectaculares vistas. Me parece que ya has tenido suficiente dosis de realidad por hoy.

Capítulo 14

NELSON

El barco atraca en Picton y nosotros desembarcamos en la autocaravana. El hecho de haber cambiado de isla me hace pensar que he superado el ecuador del viaje y eso hace que me embargue la nostalgia y me ponga un poco melancólica.

Apoyo la cabeza sobre la ventanilla y observo, callada, el exterior a través del frío cristal que empieza a empañarse. Ha sido llegar a la Isla Sur y ya noto que hace mucho más fresco que en la Norte. Me entra un escalofrío y me froto los brazos. Roberto está muy silencioso, parece concentrado en la conducción, pero en realidad intuyo que desde que perdió el anillo mide más sus palabras conmigo. Hay algo en él que ha cambiado y no sabría decir qué es. Tal vez sea la culpabilidad, no lo sé, pero está más melancólico y menos alegre.

«Puede que solo sea cosa del clima», me digo a mí misma para restarle importancia.

Un par de horas después llegamos a Nelson y, como se ha hecho bastante tarde, solo queremos encontrar un camping donde descansar. Nos dirigimos a uno que se encuentra a unos cinco kilómetros de la ciudad y aprovechamos que tiene un pequeño ultramarino para llenar la despensa de nuevo y utilizamos también el servicio de lavandería.

En la recepción, nos informan que hay un autobús de línea que te lleva a la ciudad, así que decidimos dejar al día siguiente la caravana en el camping e ir y volver para visitar Nelson en transporte público.

Amanecemos con sol y unas vistas espectaculares de la playa.

−¿Tenías algo pensado para Nelson, Roberto? −pregunto mientras desayunamos. No he dicho nada, pero a mí me gustaría visitar la joyería donde Jens Hansen, un orfebre de la zona, talló y diseñó el Anillo Único.

−No sé, hacer un pequeño recorrido para ver la ciudad y luego había pensado en una excursión en kayak por alguna de las playas de la zona o un paseo en bicicleta. ¿Te sientes capaz? −inquiere al tiempo que dirige su mirada sin ningún disimulo a mis todavía magullados pies.

Me lo pienso. Aun me duele la planta del pie a causa de las ampollas, pero un recorrido en kayak puede que sea más de lo que mis brazos resistan... Tengo dudas.

−¿Kayak? −titubeo no muy convencida.

−Genial, pero estoy pensando que casi mejor que lo hagamos en Abel Tasman. Descansemos hoy y guardemos fuerzas para mañana.

—¿Estás seguro?

Asiente con la cabeza, pero no me responde.

—¿Rober?

—Sí, Eli, estoy seguro. —Se rasca la barba, que hace días que no se afeita—. No quiero machacarte más. Todavía me siento mal por lo sucedido en Tongariro.

Lo puedo entender.

Yo todavía no termino de creerme que haya perdido mi anillo de pedida. Es como cuando fallece alguien cercano, que durante un tiempo te cuesta asumir que se ha ido para siempre y, sencillamente, te autoconvences de que está de viaje y que no lo verás en un tiempo. Con el anillo me pasa lo mismo. Sé que se perdió en el Monte del Destino, sé que no lo recuperaré, pero mientras no tenga que contárselo a nadie, es como si todavía lo tuviera Roberto. Como si me lo fuera a devolver cuando terminase el viaje.

Me pongo en pie y dejo las tazas y los cubiertos en la pila.

—Bien, pues dirijámonos hacia Nelson.

Un rato más tarde nos encontramos en la ciudad. El sol sigue brillando en el cielo y noto que la temperatura es más elevada que la de los últimos días. Dicen que Nelson es la región más soleada de Nueva Zelanda y de momento el tiempo está haciendo honor.

Me quito el chubasquero que llevo puesto, lo meto en la mochila y luzco orgullosa mi sudadera favorita.

—«Se dice LeviOsa, no LeviosA» —lee Roberto con tono de marisabidilla, imitando la secuencia de la película en la que Hermione corrige a Ron.

Yo me río y, a la vez, me sorprendo de ver que lo

pronuncie correctamente, ya que Beltrán, que me la ha visto puesta en varias ocasiones, no lo pilla.

—Exacto, don Sabelotodo —le respondo.

—Por curiosidad, ¿vistes así cuando sales con tu prometido?

Frunzo el ceño al escuchar la pregunta. Estoy segura de que sabe de sobras lo que le voy a decir. Aun así, parece incapaz de contenerse y día tras día sigue soltándome estos comentarios.

—Si hay algo que quieras demostrar con esa pregunta te equivocas. Beltrán nunca se ha quejado por mi ropa. —Vale, estoy mintiendo con descaro, pero no quiero seguir sincerándome. Cuanto más le cuento, más vulnerable me siento ante él.

Levanta las cejas, incrédulo, pero no me replica.

Nelson no es una ciudad muy grande, así que paseamos a un ritmo tranquilo, el único que ahora mismo pueden soportar mis fatigados pies. Recorremos el puerto y la bahía, para luego desplazarnos a la zona del centro que está repleta de bares, tiendas y galerías de arte. Luego seguimos un itinerario que nos lleva, subiendo por un camino empinado, que me agota, hasta el punto más céntrico del país. Una vez allí, reconozco que ha valido la pena por las vistas de la ciudad que está, flanqueada por montañas por un lado y por el mar por el otro.

Nos quedamos unos instantes en silencio, dejando que nuestros ojos vaguen por los parajes que tenemos ante nosotros. Los pensamientos se agolpan en mi cabeza, pero no quiero prestarles atención. No quiero pensar. Ahora mismo solo quiero respirar hondo y tratar de dejar que la paz del entorno cale en mi interior. Alzo la cabeza hacia el sol y sus rayos me calientan el rostro. Percibo que Roberto se acerca a mí y apoyo mi cuerpo sobre su pecho, cierro los ojos y me relajo.

Me relajo hasta que me doy cuenta de que me está rodeando la cintura con las manos y que su barbilla se apoya en mi hombro. Es un gesto tan íntimo que me pongo nerviosa al darme cuenta de que cualquiera que nos viera se imaginaría que somos una pareja. Y me agito y me inquieto, porque no debería sentirme tan cómoda entre sus brazos.

En realidad, no debería estar entre sus brazos.

¡Joder! Que voy a casarme. ¿Acaso me estoy olvidando?

Con brusquedad, le aparto las manos y me separo unos metros de él.

—¿Hay algo más que quieras visitar, princesa? –me pregunta obviando el incómodo, pero placentero, momento que acabamos de vivir.

Roberto sabe perfectamente que quiero ver la joyería del Anillo Único y que no se lo he dicho. ¿Cómo puede tenerme tan calada?

—Creo que ya sabes lo que quiero ver... –digo con la boca pequeña.

—Anda, vamos a ese taller –me responde alzando la vista al cielo–, está claro que los anillos son el eje de nuestro viaje.

El taller de Jens Hansen está repleto de joyas: brazaletes, pendientes, broches y, por supuesto, anillos.

La verdad es que la joyería y la bisutería no suelen volverme loca, pero todas las piezas de este local tienen algo especial. Hay algo mágico en ellas. Todas están hechas a mano y son originales y, sin poder evitarlo, mi vista se centra en los anillos de boda y compromiso.

Roberto me deja curiosear con calma mientras él se dedica a conversar con el dependiente de la tienda. Habla bastante rápido, por lo que no alcanzo a comprender lo que dice. Su inglés es mucho mejor que el mío.

En cualquier caso, ya me percaté el día que visitamos Hobbiton que lo de relacionarse con desconocidos no es algo que le suponga mucho esfuerzo. Igualito que yo, vamos.

Mis ojos se posan de pronto en un anillo de boda, el anillo de boda que yo hubiera querido. No se parece en nada al que Beltrán me compró, de oro blanco y con un pequeño diamante. Este es una alianza de oro amarillo con una inscripción en élfico. Recuerda al Anillo Único. Uf, me hubiera encantado que me hubiese regalado algo así. El anillo que perdió Roberto me molestaba para escribir con el ordenador y me daba vergüenza llevarlo puesto, pero una vez le insinué a Beltrán que quizás sería mejor lucirlo solo en ocasiones especiales y no le hizo ninguna gracia, por eso lo llevaba siempre puesto.

Miro el precio del anillo, que me tira para atrás, 1.800 euros. Menudo pastizal. Aunque mi madre no hubiera bloqueado mis tarjetas tampoco me lo habría podido comprar. Mis ingresos como correctora y lectora editorial y como profesora de español dan para subsistir y poco más. Con todo, no puedo apartar la vista de la pieza de joyería. Es como si me llamase. Así que decido que lo mejor será salir de la tienda. Esto es como estar en Tiffany y salir sin diamantes, un sacrilegio.

Roberto me hace un gesto con la cabeza indicándome que enseguida viene. Le dejo que termine la conversación y lo espero fuera. Aunque el sol sigue brillando, ha empezado ya a hacer algo de fresco, así que me froto los brazos para entrar en calor.

–¿Qué te parece si vamos a comer algo?

La voz de mi acompañante de viaje proviene de la puerta de la joyería. Vaya, ha sido rápido.

Asiento con la cabeza, me apetece comer algo que no sea un bocadillo y es que, aunque tenemos cocina en la caravana, por comodidad apenas estamos (o tal vez debería decir, estoy) cocinando.

–Además, si no regresamos muy tarde, mañana podremos salir temprano para Abel Tasman –dice Roberto.

Caminamos por la ciudad hasta sentarnos en una terraza con vistas a la bahía. Como Nelson goza de gran prestigio por sus vinos aromáticos, ambos pedimos una copa de Sauvignon blanc para acompañar la comida.

Sujeto la copa por la parte inferior y la inclino levemente para apreciar su interior. Luego, remuevo el líquido y aspiro su aroma. Para terminar el proceso, doy un pequeño sorbo y paladeo. Mmm. Es un vino blanco seco, con un ligero toque de gas y azúcar, y con sabor afrutado, pero con un delicioso toque tropical.

—No sabía que fueses una entendida —comenta Roberto enarcando las cejas.

Sacudo la mano, quitándome importancia.

—En realidad no lo soy, pero Beltrán me llevó hace un año a visitar unas bodegas en Requena y nos explicaron el proceso para valorar un vino. Ya sabes, todo eso de que un buen vino debe apreciarse tanto por el sentido del gusto, como por el del olfato y el de la vista.

—No esperaba menos de alguien como Beltrán —replica, mordaz.

Ignoro el comentario y me concentro en disfrutar de mi copa de vino y en saborear la comida. Al terminar, damos un pequeño paseo por la bahía y la zona del puerto y volvemos a coger el autobús para ir de vuelta al camping.

Esa noche, Roberto se mete en la ducha mientras yo monto la cama y preparo algo de cenar. Cuando se abre la puerta y sale del baño, me quedo bloqueada al verle. El pelo, que apenas ha debido de secarse con la toalla, está empapado y las gotas de agua le caen por el pecho desnudo y por la espalda. Lleva unos vaqueros ajustados y va descalzo.

Trago saliva. Joder.

Si llevara el pelo corto, se afeitase y se depilase podría pasar por el mismísimo Grey. Casi puedo imaginármelo ordenándome que vayamos al cuarto de juegos. Una extraña sensación invade mi cuerpo al recrear ese pensamiento en mi mente.

Trato de apartar la mirada y seguir con lo que estaba haciendo, pero soy incapaz.

Abro la boca para decirle algo, pero tampoco puedo. Trago saliva de nuevo. Estoy absolutamente paralizada.

Joder, ¿es que no puede salir vestido de la ducha? ¿Tanto cuesta? Me gustaría verle la cara a él si yo saliese de ahí medio desnuda cada vez que entro a arreglarme.

—¿Algún problema? —inquiere, acercándose a mí para sacar una bebida de la nevera que tengo a mi espalda.

«Ninguno en absoluto», me digo, engañándome a mí misma.

Estira el brazo para abrir la puerta y, al hacerlo, su cuerpo se pega al mío. Lo sé, porque puedo sentir como se me moja la camiseta. ¿Era necesario?

—Creo que la última vez te quejaste de que me había puesto una camiseta y en realidad lo que querías era que no saliera en calzoncillos —comenta como si nada.

¿Está de coña? Esto es mucho peor que verlo en *boxers* y camiseta. ¿Qué es lo que se propone?

No sé lo que es, pero el muy golfo, se apoya en la bancada y da un trago al refresco que acaba de abrir.

Pero, ¿qué se cree? ¿Qué es el maldito tío del anuncio de la Coca Cola *light*? Empiezo a entender lo que me decía Piluca de que ninguna mujer se le resiste, pero en mi caso no va a funcionar. Reconozco que es un hombre atractivo, demasiado atractivo. Y, sí, estoy convencida de que estos jueguecitos le suelen funcionar a las mil maravillas, pero no tiene nada que hacer conmigo. Nada en absoluto.

Yo soy una mujer fiel.

Una cosa es que me atraiga y otra muy diferente es que yo vaya a tirar mi vida por la borda por una aventura de una noche.

Eso NO va a suceder.

NO puede suceder.

Todavía me queda algo de autocontrol.

En un intento de recuperarlo, me acerco a su maleta, la abro, rebusco en medio del desastre que es su interior y saco la primera camiseta de manga larga que encuentro. Sin pensármelo dos veces, se la tiro a la cara.

—Anda, ponte algo encima.

—Cualquiera diría que te excita verme así, princesa —ronronea mientras la coge.

—¿Te parece que estoy excitada?

—No lo sé. —Se pasa la mano por la barba, pensativo—. ¿Quieres que lo compruebe? —pregunta mientras da unos pasos hacia mí.

Levanto el brazo derecho y le hago un gesto para que se detenga.

—Ni se te ocurra.

—Algún día me suplicarás que lo haga.

—Ni de coña.

Él se encoge de hombros y se pone la camiseta. Paso por su lado e, ignorándole, me dedico a terminar de preparar la cena.

—Esta noche no hace mucho frío, ¿te apetece que

cenemos fuera? —le pregunto—. Además, ya he montado la cama.

—Claro —replica, mientras se dispone a sacar la pequeña mesa de camping y dos sillas que venían con la caravana.

Nos sentamos en el exterior. Mis ojos se pierden en el inmenso cielo estrellado que tenemos sobre nosotros. La noche está despejada y la cantidad de estrellas que se pueden ver debido a la escasa iluminación del camping es sobrecogedora. Una suave brisa se levanta de pronto y un pequeño escalofrío me recorre el cuerpo. Me froto los brazos para entrar en calor.

—¿Quieres entrar, Eli?

Mi mirada sigue fija en el cielo, hipnotizada por las miles de luces que hay sobre nosotros y no lo escucho.

—¿Eli?

Su voz, más insistente ahora, me trae de vuelta a la realidad.

—Te decía que podemos entrar si tienes frío.

Me pongo en pie, despacio, todavía absorta con las estrellas.

—Perdona, es que este cielo tiene algo mágico…

Roberto me coge de la mano y estira para que le siga.

—Estás helada —comenta mientras tira de mí para llevarme al interior de la caravana—, vamos, mañana hay que madrugar si queremos hacer kayak y no quiero que te pongas enferma.

Asiento y le sigo al interior. Con que me haya visto desnuda y vomitando ya tuve bastante, solo me faltaría ponerme con fiebre.

—Por cierto —comenta mientras entramos—, no te has molestado ni en saber si tienes internet en el camping. ¿Es que no quieres hablar con Beltrán?

Niego con la cabeza.

La realidad es que no quiero hablar ni con él ni con nadie. Cuando desconecto y me centro solo en lo que estoy viviendo, en el viaje y en la experiencia que está suponiendo para mí, disfruto mucho más. Además, con el último intercambio de mensajes con Beltrán, las cosas parecen haberse calmado un poco y, respecto a mi madre, es tan dura de pelar que me apostaría lo que fuera a que no me ha respondido. Prefiero dejar las cosas como están. De momento.

Roberto me mira con gesto incrédulo, pero yo sé que estoy mejor así.

No siempre estaré incomunicada, pero mientras lo esté, menos remordimientos tendré.

Capítulo 15

ABEL TASMAN

Nos despertamos cuando todavía está amaneciendo. Tomamos un café rápido y bien cargado y nos dirigimos hacia el parque nacional de Abel Tasman. Las nubes y el cielo rojizo nos acompañan gran parte del camino. Roberto se concentra en conducir y yo en ocultar mis bostezos.

—Ni se te ocurra dormirte, Bella Durmiente —me amenaza en tono jocoso—, ya es bastante que sea tu chófer durante todo el viaje. Lo menos que puedes hacer es ejercer de copiloto y darme conversación.

—¡No me estaba durmiendo!

—Ya, ya... por eso has encadenado por lo menos cuatro bostezos seguidos y hasta se te han saltado las lágrimas del sueño que tienes.

Me gustaría replicarle que no es verdad, pero lo cierto es que creo que han sido unos cuantos bostezos más y hasta he llegado a cerrar los ojos en algún momento.

—Demos gracias entonces de que me hayas aficionado al café —bromeo— o de lo contrario tendrías a tu lado a una marmota.

Llegamos a Marahau, que es la zona en la que se suelen iniciar la mayoría de los recorridos por el parque nacional, y aparcamos la caravana en el lugar autorizado para ello. Cogemos todos nuestros trastos y nos dirigimos a la oficina de kayaks a recoger el nuestro.

Aunque Roberto ya ha practicado este deporte muchas veces, es la primera vez que yo lo hago, así que nos dan las pertinentes instrucciones sobre cómo utilizarlo y también nos comentan las normas del parque.

El lugar es realmente espectacular. Las playas son de arena dorada y el agua es tan transparente y está tan en calma que parece una piscina. Nos untamos de crema la cara y los brazos que es a lo único que le va a dar el sol, ya que las piernas quedan en el interior del kayak, y nos protegemos con gafas y gorra. Hoy el día es espectacular, las nubes se han esfumado y el sol empieza a calentar. No hemos podido tener mayor suerte.

Como Roberto no quiere correr ningún riesgo con la cámara, la deja en la caravana y nos llevamos mi móvil, que es un poco más bueno que el suyo, para hacer fotos. Lo meto en una fundita de plástico para protegerlo del agua y me lo cuelgo del cuello.

Colocamos el kayak en la orilla y Roberto sujeta firmemente la parte trasera mientras yo me meto en la cabina. Luego lo empuja hacia el interior y con cuidado de no volcarnos se sube él. Siguiendo sus indicaciones, me mantengo erguida y con las piernas estiradas, y empezamos a remar. Vamos a intentar llegar hasta la isla Adele, donde nos han comentado que hay una colonia de focas. ¡Muero por verlas!

Conforme avanzamos, noto que se me van entumeciendo los brazos por el esfuerzo físico al que no estoy acostumbrada, pero si en algún momento bajo el ritmo, Roberto lo compensa.

«¡Joder! ¡Qué brazos tiene este hombre!», pienso en un instante de agotamiento en el que dejo de remar y me giro al ver que nos movemos impulsados tan solo por sus paladas.

Aparto la vista de sus músculos y me recreo en el paisaje. Conforme avanzamos, dejamos a nuestro lado pequeñas bahías que están rodeadas de bosques tropicales y suspiro, feliz de poder estar disfrutando de esta experiencia. Cuando soñaba con viajar a Nueva Zelanda, realmente no imaginaba a qué extremo llegaba la belleza de su naturaleza.

Recobro las fuerzas y vuelvo a remar antes de que a Roberto le dé por echarme un rapapolvo.

De pronto, diviso las focas y pego un chillido, emocionada. Nos acercamos, con prudencia, lo justo para poder verlas bien, pero sin asustarlas ni invadir su espacio. En el agua y subidas a las rocas de la isla, las focas juegan. Saco el móvil del plástico para hacerles fotos, cuando un grupo de crías se acerca a nosotros y se queda nadando a nuestro lado.

Estoy tan embobada mirándolas que, sin darme cuenta, dejo caer el teléfono al agua.

—¡¡Mierda!! ¡El móvil!

Siguiendo un impulso, estoy tentada de tirarme al agua para tratar de recuperarlo, pero los gritos de Roberto me lo impiden.

—¡Ni se te ocurra! ¿Acaso quieres que volquemos?

—Joder —me lamento—, ¿qué voy a hacer ahora?

Ante mi agobio, él se carcajea.

—No decías anoche que no tenías ningún interés en saber si el camping tenía internet, ¿qué más te da entonces haber perdido el móvil?

Frunzo el ceño. ¿En serio se lo tengo que explicar?

—Ahora podrás relajarte de una puñetera vez y olvidarte de tu vida en Valencia. Está claro que ha sido el destino.

—Eso o que soy un desastre —exclamo alzando las manos al cielo. ¿Por qué todo tiene que pasarme a mí?

Seguimos remando mientras trato de asumir que ahora estoy incomunicada del mundo por completo, porque, además, soy tan de letras, que soy incapaz de aprenderme los números de teléfono de memoria, con lo que, aunque quisiera, no podría contactar con ellos.

Encima, tanto Beltrán como mi madre, detestan las redes sociales, así que tampoco puedo contactar con ellos por Facebook ni Instagram porque no tienen. Bueno, cuando en algún momento del viaje tengamos internet les enviaré un correo electrónico para que sepan que estoy sin teléfono.

Estoy segura de que eso va a hacer que se cabreen todavía más conmigo.

—Me temo, princesa —dice Roberto—, que a partir de ahora será mejor que no te alejes de mí. Ya no solo vas sin dinero por el mundo, sino que ahora vas a estar también incomunicada.

—Deja ya de llamarme princesa —bufo cabreada—, no necesito que nadie venga a rescatarme. Y, aunque así fuera, tú no eres precisamente un príncipe azul.

—¿Ah, no?

—No. Eres más bien el sapo —le espeto, enfadada por su condescendencia.

—¡Ja! —Se ríe—. Y yo que creí que era más bien el lobo, Caperucita... —me dice con tono seductor.

—Vale ya de bromitas —replico fusilándole con la mirada—. Además, todo esto es culpa tuya, todo por cuidar tu preciosa cámara. Si la hubieses traído nunca se me hubiera caído el móvil al agua.

—¿Así que es culpa mía?

No, no lo es, así que no contesto. Los accidentes ocurren. Las cosas se pierden. Pero, de verdad, ¿se puede tener más mala suerte? Empiezo a preguntarme si es que alguien me ha echado un mal de ojo, porque esto no es normal.

—Venga, Eli, olvídate del móvil y disfruta. Podemos comprar uno de prepago cuando paremos en alguna ciudad. Y puedes escribirle desde el mío a Pilu para que avise a tu madre, tengo su número.

Al escucharle decir que tiene el contacto de Piluca, se me tuerce el morro al instante y, en vez de sentirme aliviada de poder contactar con alguien con facilidad, siento que me enervo. ¿Por qué me molesta que tenga su teléfono? Debí haberlo imaginado, al fin y al cabo, mi amiga ya me dejó claro que había sido algo más que un simple compañero de trabajo. En cualquier caso, ¿a mí qué me importa?

Seguimos remando, ya de regreso, y nos detenemos en una pequeña calita de arena blanca en la que aprovechamos para comernos los sándwiches y donde Roberto, a pesar de lo fría que está el agua, decide darse un chapuzón.

Yo me contento con meter los pies en ella y dejar que el salitre cure las heridas que aun tengo por culpa de las ampollas de Tongariro. Mientras camino por la orilla, trato de ignorar el hecho de que mi compañero de viaje se ha quitado toda la ropa y, como no se había puesto un bañador debajo, está nadando en calzoncillos.

«Qué afición le tiene este hombre a los gallumbos».

Supongo que debería estar agradecida de que no lo esté haciendo desnudo porque intuyo que sería muy capaz.

Cuando lo veo salir del agua, con la melena empapada y los *boxers* pegándose a su piel, no puedo evitar recordar las míticas escenas de las pelis de James Bond con Ursula Andress y Halle Berry, aunque en este caso la secuencia esté protagonizada por un hombre. Y, ¡qué hombre!

Desvío la mirada de sus pectorales y empiezo a recoger las cosas. Roberto se acerca a mí y me coge del brazo con suavidad para que deje de hacer lo que estoy haciendo.

—Espera, no recojas todavía, estoy empapado, así no puedo volver.

Y entonces, ante mis atónitos ojos, se tapa con una toalla minúscula, de esas de microfibra que venden en el Decathlon y se quita los calzoncillos, dejándolos colgados de una rama para que se sequen.

Me tapo la cara con las manos.

—Venga, Eli, no me seas mojigata. No se me ve nada y, si se me viera, así estaríamos en igualdad de condiciones —dice con sorna—, además se secarán enseguida.

—Eres un sinvergüenza.

—Un sinvergüenza, ¿eh? Me parece que te recuerdo un poco a Han Solo.

—Sí —concedo—, pero solo por lo arrogante que eres.

Ignorándolo, continúo con mi paseo por la orilla mientras él se seca al sol.

Al cabo de un rato, emprendemos la marcha y regresamos con el kayak al punto en el que iniciamos el recorrido. Tras darnos una ducha rápida para quitarnos la sal, nos ponemos en camino. Nuestro próximo destino es Greymouth, pero está bastante lejos, así que supongo que avanzaremos lo suficiente como para llegar a un camping.

Lo cierto es que muero por meterme en la cama, casi no siento los brazos. Por suerte para mí, es Roberto el que está al volante, porque no sé yo si mis brazos serían capaces de sujetarlo después del palizón que nos hemos dado hoy.

Me giro hacia él y lo observo. Me resulta curioso lo serio y concentrado que se pone cuando conduce. Imagino que así es como se comporta también en su trabajo, al fin y al cabo, ser ingeniero aeronáutico en una compañía aérea debe ser un trabajo que requiera ser muy meticuloso y procedimental.

A veces me sorprende, en alguien tan aventurero y aparentemente vividor como él, pero supongo que no tiene nada que ver. Una cosa es cómo se comporte en su trabajo y otra en su tiempo libre.

Sé que Piluca dijo que no es de los que juran amor eterno, pero me cuesta creer que todo lo que haya tenido hayan sido relaciones esporádicas... aunque sé lo mucho que valora su independencia y su libertad, es normal que no quiera atarse a nadie.

Mientras estas ideas pasan por mi mente, no puedo evitar sentirme un poco decepcionada de que no crea en las relaciones convencionales, pero me repito a mí misma que qué me importa a mí lo que él haga o deje de hacer.

Llegamos a un camping y aprovecho que Roberto se va a pedir las claves para el wifi para ponerme el pijama con tranquilidad, montar la cama y meterme en ella.

Estoy tan agotada que cuando vuelve ya estoy medio dormida. Le oigo abrir la caravana y escucho como se quita la ropa sin encender la luz para no molestarme, gesto que agradezco. Se mete en la cama y sus piernas me rozan sin querer. No quiero girarme hacia él, pero sé que, como siempre, no lleva nada más que sus calzoncillos y una sencilla camiseta de algodón.

—Ya he avisado a Piluca de lo de tu móvil —me informa en voz baja.

Me siento aliviada, porque sé que si nadie recibía noticias mías en días se iban a preocupar, pero no puedo evitar sentir una punzada de celos al saber que le ha escrito a Piluca. Seguro que mi amiga aprovechará para tontear de nuevo con él y más después de lo que le dije en el último mensaje. «Yo ya tengo mi vida resuelta, aunque esté ahora un poco patas arriba... ¿qué demonios me importa a mí que Pilu quiera ligárselo?», me digo a mí misma.

—Gracias —replico con voz seca.

No era mi intención responderle en ese tono, pero se me ha notado demasiado. Sé que es muy intuitivo y estoy segura de que se ha percatado de que estoy molesta por algo. Trato de fingir que me duermo de nuevo, pero no cuela.

—No seas envidiosa, princesa, solo ha sido un mensaje —susurra en mi oído al tiempo que se acerca a mí.

Quiero explicarle que no estoy celosa, pero no me da tiempo a decir nada, porque noto que se acerca a mí y que me coge por la espalda, pasándome el brazo por encima de la cintura, exactamente igual que la noche que le pedí que me abrazase.

—Descansa —murmura mientras me acaricia el pelo.

Y yo, demasiado agotada para protestar, me duermo entre sus brazos una vez más.

Capítulo 16

Abel Tasman–Greymouth–Glacier Franz Josef

Me despierto entre remordimientos. No solo llevo días durmiendo en la misma cama que un hombre que no es mi pareja, sino que ya hemos dormido abrazados dos noches.

Sé que eso no significa nada, que no le he puesto los cuernos a Beltrán, cosa que no sé si puedo decir de él, pero no puedo evitar sentirme mal. Tal vez no haya habido nada físico entre Roberto y yo, pero mi conciencia me dice que los pensamientos que tengo no están bien. Tengo que empezar a guardar las distancias, aunque claro, viviendo en un espacio tan reducido... resulta un poco complicado, más que nada porque no puedo mandarlo a dormir al sofá. ¡Si son los sofás y la mesa los que se convierten en cama!

Ya podía haberse alquilado una caravana un poquito más grande... ¡todo sería más sencillo!

Hoy emprendemos el camino hacia Greymouth, y

desde allí mañana saldremos hacia el glaciar Franz Josef. Me hace mucha ilusión, pero es otra de esas excursiones que, para que negarlo, me acojona. Hoy nos espera un día tranquilo y con mucha conducción por delante, pero seguro que en el camino hay lugares maravillosos en los que detenerse.

Me visto y preparo yo los cafés. No hay mejor despertador para Roberto, es olerlo y abrir los ojos.

—¿Preparada para un largo día en la carretera, princesa? —inquiere desde la cama entre bostezos.

—Anda, levántate y monta la mesa si quieres desayunar —gruño harta de su apodo—. Ya te he dicho mil veces que no soy ninguna princesa.

Se incorpora y se pone a hacer lo que le he dicho, luego se gira hacia mí, tocándose la barba, pensativo.

—Yo creía que lo eras, mientras no te llegase la carta de Hogwarts.

Soy incapaz de reprimir una carcajada al ver que recuerda la frase de la sudadera que llevaba el primer día.

—Además —continúa—, no sé por qué te molesta... No todas las princesas son damiselas indefensas. Tú eres más parecida a... —Se calla y se queda pensativo.

—¡A ver lo que decimos! —Le amenazo medio en broma, medio en serio.

—A la Princesa Leia. Si lo prefieres, puedo llamarte Excelencia.

—Lo mejor, sería que me llamases Elisa.

Se encoge de hombros y, cuando me doy la vuelta para servir los cafés le escucho decir en tono insolente:

—Como quieras, Excelencia.

Ignorando su comentario, sirvo los desayunos y me siento frente a él.

—¿Te ha respondido Piluca?

—No, pero ya sabes como es. Probablemente está volando o durmiendo.

Ambas cosas son bastante probables, tratándose de mi amiga. Eso, u otra palabra que también acaba en «ando». Lo único que espero es que cuando lea el mensaje, se lo comunique a mi madre y a Beltrán, les tiene tan poco aprecio que es capaz de callárselo.

Abandonamos el camping y, durante unas horas, recorremos los paisajes de la Isla Sur. Es curioso lo cómoda que me siento con él. Los silencios suelen ponerme nerviosa y hacerme parlotear diciendo cosas sin sentido solo por rellenar el vacío, en cambio, con él, me transmiten paz.

Paramos a poner gasolina y nos detenemos en algunos puntos cuyos paisajes nos impactan, pero proseguimos la marcha sin perder mucho el tiempo pues queremos comer en Punakaiki y esperar a la marea alta para poder ver el lugar en todo su esplendor.

Aparcamos la caravana en el parking que hay junto al centro de visitantes y preparo unos bocadillos para comer disfrutando de las vistas.

Las Pancake Rocks, o lo que en español vendría a ser las «rocas tortitas», son unas columnas de roca formadas por piedras calizas apiladas que, precisamente se llaman así, por la forma de estas finas capas.

Nos sentamos en la hierba y comemos mientras dejamos que nos envuelvan los sibilantes y jadeantes sonidos que emiten las columnas de agua salada que emergen de entre los agujeros que se han formado en las rocas. El mar surge de ellas como si fuera el humo que sale por una chimenea. Me recuerdan a los géiseres.

Cuando terminamos de comer, recorremos un pequeño circuito que nos lleva por los acantilados para ver bien las rocas y, luego, yo me quedo sentada, hipnotizada frente al mar, mientras Roberto aprovecha para hacer fotos y más fotos del salvaje océano.

Queremos esperarnos a las seis de la tarde para ver el lugar en pleno apogeo, pero conforme el sol desaparece y el cielo se nubla, la humedad del mar va calando en mis huesos. Como si pudiera leerme la mente, noto que Roberto se sienta justo detrás de mí, con las piernas abiertas para que yo pueda apoyarme sobre él y abrazarme para darme un poco de calor.

Una voz en mí me dice que me aleje de él, que vaya a la caravana y me ponga otro suéter, que esto no está bien, pero no quiero hacerle caso y, una vez más, me dejo llevar y dejo caer la cabeza en su pecho, recostándome sobre él, cerrando los ojos y dejando que el estruendo de las olas y el siseo del mar me envuelvan.

–Estás helada –dice Roberto tras frotarme las manos y ponerse en pie de súbito–. Será mejor que volvamos a la caravana y conduzcamos hasta Greymouth, se hace tarde.

Al sentir que su cuerpo se ha separado del mío, noto que me falta algo, pero me reprocho a mí misma estar pensando estas tonterías. ¿Qué me va a faltar? Soy demasiado fantasiosa. Cuantas veces se lo habré escuchado decir a mi madre. Tantos días de viaje a solas con Roberto me están pasando factura.

—Sí, vámonos —replico incorporándome yo también sin coger la mano que me ofrece para ayudarme—. Espero que el camping de hoy tenga wifi y Piluca te haya respondido, estoy sufriendo por si mi madre y Beltrán están preocupados.

Roberto ignora mi último comentario y pone la caravana en marcha.

La verdad, no es que esté preocupada por el sufrimiento de mi madre, porque si a ella le hubiera preocupado en lo más mínimo el mío no me hubiera dejado en el otro extremo del mundo sin un céntimo... Y en el caso de Beltrán, me angustian más sus posibles reacciones que el pensar que puede estar intranquilo por mí, porque, conociéndolo, sé que, en todo caso estará ansioso porque viajo con otro hombre y no por nada más.

Aun así, no quiero que Roberto se piense cosas que no son y por eso he soltado el comentario. Me parece que últimamente hay demasiado contacto físico entre los dos. He de pararlo como sea.

Llegamos a Greymouth ya a última hora de la tarde y aprovechamos para dar un paseo por la ciudad. La zona tiene muchas historias relacionadas con la búsqueda del oro y en los alrededores hay rutas para ver las antiguas minas, pero no tenemos tiempo, así que nos contentamos con dar una vuelta y degustar la cerveza local, cuya fama la precede.

—Dicen que esta cerveza es una leyenda en Nueva Zelanda —me cuenta Roberto.

—Está rica —concedo, mientras doy un buen trago a la mía.

Estoy a punto de añadir algo más cuando veo que se ilumina la pantalla del móvil de Roberto. El pub en el que nos hemos sentado tenía Internet y le ha puesto las claves cuando hemos entrado. Lo miro con curiosidad, estirando el cuello cual tortuga para ver si es mi amiga, pero él, lo coge y se lo acerca para leerlo, sin darme tiempo a averiguarlo.

—Es Piluca —me informa—, dice que ya ha avisado a Beltrán y a tu madre de que no tienes teléfono.

—¿Y bien? —inquiero. Necesito conocer su reacción.

—Nada. Solo me ha dicho que les ha avisado, no me cuenta lo que opinan de eso.

—Déjame ver lo que te ha dicho —digo estirando la mano para cogerlo. No me fío.

—Quieta —replica alejando el móvil de mí—, es una conversación privada.

Frunzo el ceño, mosqueada, pero no me queda otra que aceptarlo. No sé si me oculta la conversación porque Pilu pueda haber dicho algo ofensivo sobre mi prometido y mi madre o porque no quiere que vea lo que han hablado ellos. No sé qué me molesta más, la verdad.

En un momento dado, se levanta para ir al baño y veo que su móvil no está bloqueado. Sé que lo que voy a hacer está mal, pero lo hago.

Con disimulo y, vigilando por si vuelve, lo cojo y entro en la conversación de WhatsApp que tiene con Pilu.

Al abrirla, lo primero que leo es el último mensaje de mi amiga.

Nos vemos pronto, señor Culo Prieto ☺

Me quedo muerta al ver el descaro con el que se dirige a él, así que a toda velocidad subo por la pantalla hasta llegar al inicio de la conversación.

¡Hola, Pilu!

Tu amiguita Elisa se ha quedado hoy sin móvil.

Miro la pantalla, estupefacta ante el tono despectivo con el que se refiere a mí.

Me pide que se lo comuniques a su madre y al tal Beltrán... ahora no solo no tiene dinero, sino que está incomunicada... la verdad es que a la princesita no se lo han puesto nada fácil en este viaje entre el uno y la otra.

¿El tal Beltrán? ¿La princesita? ¿Puede ser más impertinente y desdeñoso? No me extraña que no quisiera que leyese la conversación. ¡Será imbécil!

Por cierto, ¿qué tal tu regreso a España?

No se te puede sacar de casa, ¿eh? Siempre terminas metida en algún jaleo. Eres única.

No sé por qué, pero me molesto cuando leo el tono con el que le habla a ella. ¿Única? Lo cierto es que no lo puedo negar, Pilu es genio y figura, pero una punzada de celos me golpea al pensar en cómo la trata a ella y cómo a mí. Yo soy la pobrecita niña y, ella, en cambio, una mujer única.

¿Nos vemos cuando vuelva?

Vaya, pues sí que le ha cundido la conversación con mi amiga que ya se está hasta organizando la cita para cuando termine el viaje. Me digo a mí misma que qué me importa a mí, que yo me voy a casar con Beltrán y que debería de alegrarme por ella. Además, está claro que a Pilu le gusta Roberto. Al fin y al cabo, todo este viaje a Nueva Zelanda lo montó, en parte, por él. Supongo que si finalmente llegan a algo su objetivo estará cumplido. Yo habré recorrido el país de la nube blanca y ella tendrá a su ingeniero.

Me repito este razonamiento y trato de convencerme de que todo está bien.

Por el rabillo del ojo veo que Roberto ya ha salido del baño, así que dejo el móvil con disimulo encima de la mesa y doy un sorbo a mi cerveza, como si nada.

Me he quedado con las ganas de leer el resto de la conversación, pero ¿para qué? Con la última frase de Pilu no necesito saber nada más. Ya sé lo que va a pasar entre ellos cuando volvamos a casa. Lo tengo claro. Y no me importa, no me importa lo más mínimo.

O, al menos, eso es lo que mi cerebro pretende hacerme creer.

Roberto coge el móvil al darse cuenta de que se lo había dejado, lo toquitea un rato y luego me mira inquisitivamente y se lo guarda en el bolsillo. Yo me hago la loca, aunque de pronto me entra el miedo. ¿He cerrado la conversación? Joder, no lo sé. Si se da cuenta de que lo he leído me puedo morir.

Él sigue observándome, como a la espera de que le diga algo, pero yo me mantengo impertérrita. Si me suelta algo, lo negaré. Es mi palabra contra la suya.

Seguimos un rato así, en silencio, nos terminamos las cervezas y volvemos a la caravana.

Esa noche, me esfuerzo en mantenerme alejada de él. Duermo en la esquina de la cama y me aparto cuando en algún momento noto que me roza. Estoy tan preocupada por guardar las distancias que apenas descanso. A la mañana siguiente, como consecuencia, estoy reventada.

Me pongo en pie y preparo los cafés. Es muy pronto, pero hoy necesitábamos salir temprano para llegar hasta Franz Josef. Hoy preciso yo más la cafeína que él. Dios, a ver quién sobrevive a la excursión al glaciar sin haber pegado ojo. Estoy sirviendo la amarga y cálida bebida cuando noto que una cabeza se asoma por detrás de mi espalda. Doy un brinco al sentir como acerca su cuerpo al mío, nerviosa, me tiro para atrás, cojo las dos tazas, me doy la vuelta y le tiendo la suya con rapidez.

La acepta, gustoso, y con una sonrisa insolente, estudia la mía, que hoy lleva el doble o el triple de café de lo que suelo tomar y apenas nada de leche.

—¿Es que no has dormido bien, princesa?

Le doy un gruñido por respuesta, pero él insiste.

—¿No será que te pone nerviosa tenerme tan cerca? —insiste, descarado.

—Lo único que me pone nerviosa son tus ronquidos, ¡pedazo de hobbit! —le espeto, furiosa. ¿Se puede saber por qué se empeña en tontear conmigo si ya está planeando tirarse a Piluca cuando vuelva a Valencia? Y, ¿se puede saber por qué su mera presencia sigue encendiéndome?

—No te ofusques tanto, excelencia. Les pasa a todas.

Levanto los ojos al cielo. Es insoportable. Y un creído. Y... me faltan las palabras para describir lo mucho que me cabrea. Será mejor beberme el café e ignorarlo.

Dos horas y media más tarde llegamos al pueblo de Franz Josef y desde allí nos dirigimos al glaciar, para realizar la excursión. Estoy un poco asustada por la subida andando. Si en Tongariro terminé con los pies llenos de ampollas, no sé cómo acabaré hoy después de caminar entre la nieve y el hielo.

—Tengo una sorpresa para ti —me informa Roberto.

Enarco las cejas.

—Subiremos al glaciar en helicóptero y luego realizaremos una ruta acompañados de un guía, ¿qué te parece?

—Espectacular —admito, porque estuve documentándome para el viaje y pienso que esta excursión igual se le va un poco del presupuesto y está teniendo que pagarlo todo por partida doble—. No te preocupes que te reembolsaré todo cuando regresemos a Valencia.

—Puede que no sea tan rico como tu Beltrán, pero creo que de momento todavía no soy un indigente. Además —añade—, perdí tu anillo, creo que con eso la deuda ya está más que saldada.

El anillo. Su simple mención hace que me entren los siete males al pensar en cómo se lo explicaré a mi prometido.

Lo aparto de mi mente. Total, ni siquiera tengo teléfono para poder comunicarme con él hasta que vuelva...

Nos dirigimos al punto en el que iniciaremos la excursión al glaciar. Me da un poco de respeto subir al helicóptero, pero, al mismo tiempo, me hace ilusión. Es una nueva experiencia.

Cuando llegamos, lo primero que hace la empresa que organiza las excursiones es proporcionarnos la ropa para la nieve junto con todo el equipo que necesitaremos para hacer el *trekking* que sigue al vuelo una vez hayamos aterrizado sobre el glaciar.

Nosotros hemos venido vestidos con ropa de abrigo y, además, nos entregan unas chaquetas impermeables para la nieve, unas botas con crampones, calcetines térmicos y un piolet, que es una herramienta de montañismo que lleva un pico en la parte superior y una punta en la parte inferior que se clava en la nieve para obtener una mayor estabilidad al desplazarse. Me siento un poco torpe con estas cosas, pero espero que el guía esté un poco pendiente de mí y me ayude. Los otros cuatro turistas que van a realizar la excursión tienen pinta de saber de esto mucho más que yo. De hecho, soy la única que parece tener miedo.

Roberto está acostumbrado a realizar actividades de riesgo y excursiones de todo tipo y, por lo que les escucho hablar en inglés, a los dos matrimonios mayores que nos acompañarán en la ruta, este no es el primer glaciar que recorren.

Nuestro guía es un encantador argentino llamado Matías que lleva años afincado en Nueva Zelanda y, aunque, cuando se dirige a todo el grupo, nos habla en la lengua de Shakespeare, a Roberto y a mí nos habla en español.

—Y ¿están de luna de miel, *pibes*? —nos pregunta.

Antes de que yo tenga tiempo de responderle, Roberto suelta una estrepitosa carcajada.

—En realidad —le dice, entre risas—, esta era su despedida de soltera.

Matías nos mira, entre extrañado y satisfecho.

—Viajaba con una amiga, pero fue repatriada al llegar al país y hemos terminado viajando juntos —me apresuro a explicar antes de que piense algo raro.

—Ah, así que ustedes dos, ¿no son pareja?

Niego con la cabeza.

En ese momento llega el piloto del helicóptero y, tras pesarnos a todos, nos asignan los asientos en función de nuestro peso. Termino sentada entre el piloto y el guía en la parte delantera. Roberto está sentado en la parte de detrás y, para su disgusto, está en el medio, entre dos de los otros turistas, por lo que sus vistas van a estar bastante limitadas.

El helicóptero despega y yo contengo la respiración al sentir que empezamos a elevarnos. La parte de delante está toda acristalada, por lo que mi visión de las montañas es espectacular. Lo mismo podría decir del guía, que ahora que lo miro de cerca, he de admitir que es terriblemente atractivo: moreno, de ojos verdes y con una sonrisa perfecta. Me giro hacia él y le hablo, animada:

—¡Esto es increíble!

A pesar de que he gritado, como llevamos puestos los cascos, no parece entenderme, así que se pega más a mí para que se lo repita y me sonríe cuando lo hago.

—¡Espera a empezar el recorrido a pie y verás, preciosa!

¡Madre mía con el guía! ¡¿Está coqueteando conmigo?! Bah, debe ser el típico zalamero que lo hace con todas para que le dejen más propina después de la excursión.

Pasamos por picos montañosos y por profundas brechas, todo bañado por el inmaculado color azul de la nieve y el hielo, y, al final, aterrizamos en lo alto del glaciar, justo entre dos preciosas cascadas de hielo. Una vez que hemos bajado, Matías nos explica que nos esperan dos horas de caminata por el helado terreno.

Como yo soy la más inexperta de todos, me indica que yo vaya junto a él. Roberto frunce el ceño ante esta indicación y termina quedándose en el último lugar en la fila que formamos para recorrer el glaciar.

Entramos en cavernas de hielo y a mí me cuesta un poco avanzar, por suerte, tengo al lado a Matías, acostumbrado a moverse todos los días por este entorno que me ayuda y está pendiente de mí a cada instante.

En un momento dado, Roberto se me acerca por detrás y me susurra al oído a modo de advertencia:

—Ten cuidado con este tipo, tanta amabilidad no es normal...

—¿Qué insinúas?

—No insinúo nada, te lo digo claramente. Este tipo

está demasiado pendiente, princesa, quiere algo más de ti, así que ándate con cuidado.

—Matías en un profesional —le respondo en voz baja— y lo único que está haciendo es ayudarme. Cosa que claramente necesito.

Roberto pone los ojos en blanco y se aleja de mí. El resto de la excursión, se la pasa charlando con las dos parejas que nos acompañan y haciendo fotos, pero a mí apenas me dirige la palabra.

Cuando llegamos al final de la ruta compruebo que está bastante molesto, así que me acerco a él, consciente de que le ha mosqueado mi inocente tonteo con el guía, pero sin entender el motivo. Si él está esperando llegar a Valencia para reencontrarse con Pilu, ¿qué le importa lo que haga yo? Además, que era puro cachondeo.

—¿Estás bien? —inquiero.

—¿Por qué no habría de estarlo? —me responde—, lo que hagas o dejes de hacer a mí no me incumbe. Aunque no creo que tu actitud le hubiese gustado a tu querido Beltrán…

Detesto su prepotencia y el tono que utiliza, pero replicar solo serviría para enrarecer más el ambiente, así que le doy la espalda y me voy directa hacia el autobús sin siquiera despedirme de Matías, pese a lo que me ha ayudado hoy.

Una vez montados en el autocar, Roberto señala por la ventanilla a nuestro guía.

—Mira, ahí lo tienes —se carcajea con sorna—, ligando con la siguiente de turno.

Si lo que pretende es hacerme sentir mal, lo lleva

claro. No soy tan ingenua como él cree y sé perfectamente que el tonteo que me he llevado con él no era más que un juego inocente.

«No como el que te traes con Roberto», me dice mi conciencia.

Lo ignoro durante todo el trayecto y también durante la comida en el pueblo de Franz Josef.

Cuando regresamos a la caravana siento que estoy agotada de la caminata por el hielo. Nueva Zelanda es precioso, pero está claro que yo no estoy en forma para según qué excursiones y es que, después de haber pasado el día en un glaciar, me noto un poco destemplada.

Me doy una ducha con agua caliente para entrar en calor, pero no mejoro. Sigo encontrándome igual de mal. Creo que me estoy poniendo enferma. Cuando salgo del baño, se lo digo a Roberto.

—No me jodas, Eli. Casi te deshidratas vomitando, luego se te llenaron los pies de ampollas y, ahora, ¿vas a coger la gripe? Yo no me he puesto malo en todo el viaje, lo tuyo es un no parar.

Me llevo la mano a la frente, que me arde, y trato de tragar saliva, pero mis inflamadas anginas apenas me lo permiten. Gimo débilmente, incapaz de mandarlo a paseo.

—No me negarás que eres una princesita, como esa del guisante, delicadita, vamos...

—Ahí arriba hacía mucho frío, Roberto —protesto débilmente.

—¡Pero si nos han dado ropa especial para el *trekking*!

—Habrá sido del cambio de temperatura... del calor al frío

—¡Ja! —se carcajea irónico—, como no sean de los calores que te han entrado al ver al guía.

Entrecierro los ojos y lo miro, inquisidora. Ya está otra vez con el temita...

—¿Qué estás insinuando?

—Ya te he dicho antes que yo no insinuó nada, te lo digo con certeza, has estado babeando por ese tío toda la mañana.

—¿Celoso?

Se señala el pecho con el dedo índice.

—¿Yo? A mí lo que hagas no me interesa, princesa.

Claro, supongo que lo que a él le interesa es lo que va a hacer con Piluca cuando vuelva... me duele la cabeza y ya no sé si es por lo mal que me encuentro o por lo poco que me gusta, en el fondo, la respuesta que me acaba de dar.

—Pero igual a Beltrán no le gustaría mucho saberlo... —añade, terminándome de cabrear.

—¿Puedes dejar de inmiscuirte en mi vida?

—Llevamos días conviviendo en un espacio diminuto, Eli, hasta te he visto desnuda —continua con insolencia—, y ¿ahora te preocupas por un comentario de nada?

Lo miro, rabiosa.

—No te enfades tanto... a lo mejor lo que te molesta es que sabes que es verdad y que has estado tonteando toda la mañana con ese tío.

Quiero replicarle que eso no es así, pero me duele tanto la garganta que me callo, no quiero forzar la voz. Cierro los ojos y apoyo la cabeza sobre la fría pared. Estoy tan agotada que podría dormirme de pie.

De pronto, siento que se acerca a mí. Sus labios, cálidos y húmedos, se posan sobre mi frente y permanecen ahí un largo rato. Me quedo muy quieta, incapaz de reaccionar.

—Joder, Eli, tienes fiebre, seguro. Estás ardiendo. ¿Qué voy a hacer contigo?

Me encojo de hombros. ¿Qué voy a decirle? Suspiro. Solo quiero irme a dormir. Ahogo un grito cuando noto que Roberto me coge en brazos.

—Venga, señorita, necesitas descansar —murmura mientras me mete en la cama. Me quita las zapatillas de deporte y me arropa—. Ahora te traeré algo caliente y un paracetamol.

Me hago un ovillo y me subo la manta hasta el cuello. Tengo frío.

Dos minutos más tarde me bebo la infusión que me ha preparado y me trago el medicamento. Sigo encogida, no consigo entrar en calor ni siquiera después de haberme tomado la ardiente bebida.

Veo como Roberto se mete en la cama junto a mí. Quiero decirle que me abrace, que estoy helada, pero sé que no debo. Sin embargo, él parece leerme el pensamiento, porque eso es justo lo que hace.

Y así, como tantas noches desde que empezó este viaje, logro conciliar el sueño en los brazos de un hombre que no es mi prometido.

Capítulo 17

Wanaka–Queenstown

Despierto sintiéndome mucho mejor y, para mi sorpresa, sin remordimientos por haber dormido pegada como una lapa a Roberto. De hecho, cuando abro los ojos, en lugar de apartarme a toda prisa de su lado como he hecho en otras ocasiones, me quedo en la misma posición, disfrutando del calor que desprende su cuerpo y de la agradable sensación de sentirme tan cerca de él. Me gusta escuchar su respiración acompasada y ver que duerme con placidez. Resulta curioso que lo haga sin dejar de estrecharme entre sus brazos. Me pregunto si a él le gusta tanto como a mí que durmamos abrazados.

Estos pensamientos me asustan un poco, sé que no debería tenerlos, pero en vez de reprocharme nada y sentirme mal conmigo misma, me deleito en el placer que siento estando así.

Incluso tengo un pensamiento malicioso y me digo

a mí misma que Pilu se moriría de envidia si nos viera ahora mismo.

De repente, Roberto se despierta y se separa con brusquedad de mí. Se incorpora y, al tiempo que se frota los ojos, somnoliento, se disculpa:

—Lo siento, Eli, no pretendía…

Pero se calla al ver que me vuelvo hacia él y le sonrío con calidez.

Le acaricio la cara con la mano y le doy un suave beso en la mejilla.

—Gracias —le susurro al oído—, me encuentro mucho mejor.

Me pongo en pie, sintiéndome más feliz de lo que nunca me he sentido, y empiezo a trajinar por nuestra diminuta cocina para preparar el desayuno.

Aspiro el aroma del café y tarareo, sin darme cuenta.

—¿Seguro que estás bien? —inquiere, extrañado.

—Ajá.

Se pone en pie y se acerca a mí, que ya llevo una taza en cada mano. Me abraza por detrás, sujetándome por la cintura y yo siento que un hormigueo recorre todo mi cuerpo. No protesto, ni le digo que se aparte. Estoy confusa. Sé que él se percata de que, al contrario que otras veces, le estoy permitiendo que avance en sus movimientos más de lo que debería, pero no puedo apartarlo. A lo mejor me estoy volviendo loca. A lo mejor es que sigo teniendo fiebre y estoy delirando, porque si me besase ahora mismo, creo que no lo rechazaría.

Vale, estoy enferma.

El paracetamol no ha debido de hacer efecto si estoy teniendo estos pensamientos. Eso, o me está causando efectos secundarios.

Pero, entonces, justo cuando creo que estoy completamente ida, me quita la taza de café de las manos y se separa de mí, haciendo que me sienta como una estúpida por haber esperado algo más.

Estúpida por pensar que iba a besarme.

Y estúpida por querer que lo hiciera.

—Princesa...

—¿Qué? —le espeto de malos modos, molesta por el vacío que me ha dejado.

—Si quieres que te bese, no tienes más que pedírmelo —me dice el muy sinvergüenza, con todo el morro del mundo.

Lo miro cabreada y siento como mi locura transitoria desaparece, poco a poco, devolviéndome a la realidad.

—Me parece que vas a tener que esperar a ver a Piluca para que alguien te bese, amigo —replico, incapaz de reconocer lo que de verdad deseo en mi interior.

Él suelta una risita que hace que me hierva la sangre todavía más e, ignorando mi respuesta, se pone en pie, dispuesto a continuar con nuestro viaje como si nada hubiera pasado.

A mediodía y, después de casi cuatro horas sin apenas dirigirnos la palabra salvo para lo indispensable, llegamos a Wanaka. Nos detenemos justo enfrente del lago que lleva el mismo nombre y sacamos algo de comida para tomar en la orilla. Todo esto lo hacemos intercambiando el mínimo número de palabras posibles. En silencio, nos comemos los bocadillos que he preparado, hasta que Roberto interrumpe mi paz mental.

—¿Estás enfadada por algo, prin...?

—¡Ni se te ocurra volver a llamarme así! —lo interrumpo—. Has pronunciado esa palabra por lo menos doscientas veces en lo que va de viaje. Ya no lo soporto.

Se encoge de hombros sin borrar la sonrisa de su cara.

—Es que eres una prin...

—¡Chitón! —exclamo cruzándome de brazos y frunciendo el ceño.

Él levanta las manos, como diciéndome que no ha hecho nada malo, y se centra de nuevo en engullir el bocata, totalmente ajeno al motivo por el que estoy cabreada.

Un motivo que lo único que hace es que también me enfade conmigo misma. Mucho.

«Joder, Eli, reacciona, quieres a Beltrán, vas a casarte con él... Esto que te está pasando con Roberto no es más que un encaprichamiento tonto. Llevas muchos días a solas con él y estás magnificando las cosas. Eso es lo que pasa», me digo a mí misma en un esfuerzo por autoconvencerme.

Sin embargo, cuando lo miro, algo en mi interior me dice que eso no es así.

Damos un paseo por la orilla del lago. El agua está en calma y muy limpia, de un color turquesa que me recuerda al de las playas caribeñas. Si algo impacta de Nueva Zelanda, son sus hermosos paisajes.

Nos acercamos a la parte sur y allí contemplamos el famoso árbol de Wanaka. Es un árbol que se yergue en medio del lago, con el tronco ligeramente inclinado y, sin duda, es una estampa peculiar. Roberto se entretiene sacando múltiples fotografías de tan curiosa vista y, conforme avanza la tarde y se acerca el ocaso, la orilla se va llenando de gente que viene a ver el atardecer.

Muchas personas de las que están contemplando el espectáculo son parejas y yo, no puedo por menos de pensar, que es un momento muy íntimo y romántico para disfrutarlo con esa persona que te complementa.

Me giro, observo de reojo a mi compañero de viaje y algo se remueve en mi interior, pero lo ignoro o, mejor dicho, me obligo a ignorarlo.

—Podemos pasar la noche aquí y salir mañana temprano hacia Queenstown. Anoche tenías fiebre y creo que lo más conveniente es que hoy descanses.

—Me encuentro bien, Roberto, no lo hagas por mí...

—Mañana nos espera un día movidito en Queenstown y te necesito en plena forma.

—¿Movidito? —enarco una ceja—, ¿qué quieres decir?

—¡Vamos a hacer *jetboat*! —me responde, emocionado.

No sé que es el *jetboat* con exactitud, pero sabiendo que Queenstown es la capital de los deportes de riesgo, se me acaba de meter el miedo en el cuerpo.

—No te asustes, princesa, podía elegir entre muchas actividades. Dame las gracias de que no haya optado por *puenting* o paracaidismo.

—¿*Puenting*? ¿Paracaidismo? ¿Te has vuelto loco? ¿O es que quieres tener que repatriarme de vuelta a España?

—Lo que quiero es que te desmelenes un poco y sueltes toda la adrenalina. Te vuelve a hacer falta. Hazme caso y relájate, he elegido bien. Se trata de unas lanchas rápidas a propulsión que descienden por el cañón del río Shotover.

Las palabras «lancha rápida», «propulsión», «cañón» cruzan mi mente y desde luego no me proporcionan ninguna relajación. Más bien todo lo contrario, siento que se me revuelve el estómago. Esa noche, apenas pruebo bocado. En parte por los nervios de la excursión del día siguiente y en parte porque todavía no me encuentro del todo bien.

Me meto en la cama temprano, pero Roberto no hace lo mismo. Veo que sale fuera. Al cabo de un rato, incapaz de dormirme, me acerco silenciosa a la ventana de la caravana y lo observo.

Está sentado en el suelo, con los brazos rodeándole las piernas y mirando al cielo. Un cielo completamente despejado y lleno de estrellas. Me gustaría saber que piensa en estos momentos. También me gustaría salir fuera y sentarme a su lado, pero sé que no debo, así que, sigilosa, me vuelvo a meter en la cama.

Quiero esperar despierta a que entre, pero tarda tanto en volver, que el sueño me vence y caigo rendida.

A la mañana siguiente, al despertarme, veo que Roberto no está en la cama. Me asomo por la ventana y veo que sigue fuera. Quizás ha madrugado o, quizás, es que no se ha acostado, porque está ojeroso... Algo ha pasado entre nosotros y nos hemos distanciado. Pasamos de un extremo al otro sin control. Tan pronto estamos durmiendo abrazados como no nos dirigimos la palabra y no sé cómo comportarme con él.

Dos minutos más tarde entra en la caravana y, aunque me habla, lo noto distante. Trato de restarle importancia, al fin y al cabo, no es más que mi compañero de viaje y, si quiero que me abandonen de una vez las sensaciones que me provoca, lo mejor que podemos hacer es guardar las distancias.

Nos dirigimos a Queenstown, para realizar la excursión en lancha rápida, y una vez allí, cogemos un autobús de la propia empresa que nos lleva al punto en el que empezará la aventura. Veo que, entre los turistas que van a realizar la actividad, hay gente de todo tipo y me relajo un poco.

Una vez sentados en el autobús, Roberto me da un codazo y señala con la cabeza un par de niños que no tendrán más de diez años.

–Mira, princesa, si esos críos se van a subir a la lancha, tú también puedes.

—Precisamente porque son niños, no saben lo que es el miedo. ¡Y los padres deben de ser unos inconscientes por permitírselo! —deduzco, avergonzada de admitir que soy una cobarde.

—¿Sabes lo que dice mi amigo Xabier? Que el miedo no es de cobardes, que es de quienes se enfrentan a él para crecer.

—Ese amigo tuyo es todo un filósofo, ¿eh?

—En realidad, es un bloguero enamorado de Nueva Zelanda. Él fue quien me animó a visitar el país.

—Pues dile a tu amigo que yo soy una cobarde, porque no estoy segura de que vaya a subir a esa lancha.

—Venga, Eli, ¿no querías ser como los personajes de tus libros? —me pregunta—, pues entonces tienes que conquistar ese miedo. Todos lo sentimos en ocasiones, a veces, nos hace ser prudentes y nos protege del peligro, pero la mayoría, lo único que hace ese temor es limitarnos.

Me cruzo de brazos, sigo sin estar convencida.

—Lo único para lo que sirven los miedos que tienes es para limitar tu potencial. Vives con miedo a todo y por eso te dedicas a complacer a los demás y a vivir la vida que quieren para ti en vez de la que tú deseas, porque no te atreves a dar el paso.

Quiero replicarle, pero en mi interior sé que tiene razón, así que me callo.

—Si temes bajar por el cañón del río, eso es precisamente lo que tienes que hacer para librarte de él.

—Está bien —accedo, aunque mis temores siguen ahí—, solo espero que no tengas que cargar con mi cadáver de vuelta a la caravana.

Roberto suelta una carcajada ante mi exagerada respuesta y poco después llegamos al punto de partida. Dejamos nuestros efectos personales en unas taquillas y nos proporcionan unos chalecos salvavidas.

El conductor nos da una serie de pautas e instrucciones y nos indica donde debemos sentarnos. La aerodinámica lancha roja tiene cuatro filas y Roberto y yo tenemos la ¿suerte? de sentarnos en la primera fila junto a él. Nos agarramos con fuerza a la barra que tenemos delante y, antes de que pueda decir que me lo he pensado mejor y que me bajo, la lancha empieza a descender por el río a toda velocidad.

El miedo me invade y cierro los ojos al notar que la lancha da un salto.

—¡Abre los ojos! —me grita Roberto— o te perderás lo mejor.

Le obedezco y, a pesar de que tengo el susto en el cuerpo, lo agradezco. Pasamos a toda velocidad junto a las paredes rocosas del cañón y la lancha ejecuta maniobras y giros espectaculares en las bravas aguas sobre las que nos deslizamos. Poco a poco, siento que empiezo a disfrutar y chillo entusiasmada con cada movimiento, sintiendo un subidón de adrenalina que me corta la respiración.

El agua y el viento me golpean en la cara y el azote es como una dosis de realidad que me despierta de un sueño.

Tengo que lanzarme a la piscina y dejarme llevar. Tengo que empezar a disfrutar y tengo que atreverme a hacer todas esas cosas que el miedo me ha impedido realizar. Tengo que dejar de vivir a través de los libros porque he de vivir mi propia vida. Puede que eso signifique hacer cosas que mi madre o Beltrán no aprueben, o que cometa errores, pero eso es la vida, equivocarse para aprender la lección y seguir avanzando.

Cuando la lancha se detiene, no puedo evitar reír de felicidad. A carcajadas. Veo que Roberto me mira y esboza una sonrisa y, aunque no me dice nada, sé que él se alegra de haberme forzado a hacer la excursión.

Una hora y media más tarde, cuando llegamos al camping donde hemos dejado esta mañana la caravana, todavía siento que el corazón me va a mil por hora de la emoción que he experimentado haciendo *jetboat*. ¡Ha sido realmente increíble! Y sé que no me hubiera atrevido de no ser por la insistencia de Roberto. De hecho, me habría perdido muchas cosas en este viaje de no ser por él.

Entre otras cosas, de lanzarme, de desmelenarme, de dejarme llevar por lo que siento y no por el que dirán o por lo que debo hacer.

No solo me ha animado a vivir experiencias que yo no me veía capaz de afrontar, como caminar veinte kilómetros, deslizarme por dunas gigantes, hacer kayak o descender en barca por las aguas de un río a más de noventa kilómetros por hora. No. Es que además he hecho todo esto siendo yo misma. A su lado no tengo que esconder quién soy. Visto como a mí me gusta, digo lo que pienso y no tengo que aparentar ser alguien diferente. Y, por difícil de creer que a mí me parezca, porque con Beltrán he de estar esforzándome las veinticuatro horas del día para que esté satisfecho conmigo. A él parezco gustarle tal y como soy.

O eso quiero creer.

Estiro el brazo y le cojo la mano, haciendo que se detenga.

Él se gira hacia mí, gratamente sorprendido.

–Rober...

–¿Sí?

Doy un pequeño paso para acercarme más a él y de pronto, siento vergüenza. Noto que el rubor se me sube a las mejillas y agacho la mirada.

–Esto... –tengo un nudo en la garganta y parece que las palabras no quieren salir. Solo quiero agradecerle todo lo que ha hecho por mí, pero no consigo verbalizarlo.

–No tienes que decir nada.

Levanto la cabeza y lo miro.

–Sí, sí que tengo –digo más para mí misma que para él–. Gracias, gracias por no haberme dejado tirada en Auckland; gracias por haberme llevado contigo, por haberme animado cuando he estado decaída, por haber conseguido sacar a la luz una parte de mí que yo ni siquiera sabía que existía...

–Shhh... no digas nada más, princesa –murmura Roberto mientras me pone un dedo en los labios para que me calle–. Estás completamente equivocada.

–¿Qué dices?

–Que no tienes nada que agradecerme, al contrario, soy yo quien debería darte las gracias a ti. Te dije que prefería viajar solo y, sin embargo, eres tú la que has destapado en mi interior algo que creía dormido.

Eres tú la que ha hecho que este sea el viaje más especial de mi vida. Sin ti, nada hubiera sido lo mismo.

Las palabras de Roberto hacen que todas las emociones del día se agolpen en mi interior y un par de lágrimas rueden por mis mejillas. Me lanzo a sus brazos y dejo que me estreche entre ellos. Hundo mi nariz en su pecho y aspiro su aroma, mientras él me acaricia despacio la espalda y el cabello, tratando de calmarme.

Y, entonces, lo sé. Sé lo que necesito. Lo que llevo necesitando tanto tiempo, pero me he negado a admitir.

Me pongo de puntillas para poder rodearle el cuello con los brazos y lo miro, suplicante.

Sé que él sabe lo que quiero, pero me mira fijamente, mientras me pasa las manos por la cintura, me aprieta contra él y acerca su boca a la mía, deteniéndola a unos centímetros de mí, en lo que me parece una tortura insoportable.

—Pídemelo, Eli —me dice con voz ronca, y es más un ruego que una orden.

Yo me paso la lengua por el labio, humedeciéndolo. Por favor, no puedo esperar más.

—Te dije que no volvería a intentarlo si no eras tú quién me lo pedía, así que, si estás decidida, quiero escuchártelo decir.

—Bésame —apenas me sale un hilo de voz.

Roberto acerca una de sus manos a mi mejilla y me acaricia con delicadeza. Yo cierro los ojos y disfruto de la sensación que me produce. Siento su aliento sobre mi boca, pero necesito saborear sus labios.

Sé que me he vuelto loca. Sé que con casi total seguridad me voy a arrepentir de esto, pero ahora mismo, mi cabeza no pinta nada y por mucho que me repita que no debo hacerlo, voy a ignorarla.

—No te he oído bien —susurra a mi oído.

—Bésame, Roberto, no puedo soportarlo más. Bésame ya.

Y, entonces, se abalanza sobre mí. Sus labios me atrapan y su lengua se enreda con la mía en un incansable baile que deseo no termine nunca. Mis manos se enroscan en su cabello y lo atraigo más hacia mí. He perdido la poca cordura que me queda, pero necesito saber qué es lo que puede llegar a provocarme, porque, aunque tengo miedo de saberlo, no sé si podré seguir con la boda si Roberto produce en mí estas sensaciones que nunca creí posible sentir.

Tengo que averiguarlo.

Él me suelta la cintura, cogiéndome por los muslos, levantándome sin el menor esfuerzo, y haciendo que los enrosque a su alrededor para sostenerme. Caminamos unos metros así, sin separarnos ni un milímetro, hasta llegar a la autocaravana.

Roberto abre la puerta de un golpe y sin dejar de besarme se dirige al interior conmigo a cuestas. Su barba de tres días me roza, pero por nada del mundo separaría mis labios de los suyos. Mis piernas rodean con firmeza su cintura y él me sostiene con una mano.

Me sienta sobre la mesa y me quita la sudadera con desesperación, entre besos y jadeos.

—Deberíamos montar la cama —gimo mientras noto que las manos de Roberto se deslizan con desesperación por debajo de mi camiseta para acariciar mis pechos.

—Si lo que quieres es que me aleje de ti —gruñe con voz ronca mientras separa momentáneamente su boca de la mía—, vas a tener que buscarte una excusa mejor, llevo demasiado tiempo deseándote.

Me tumba sobre la mesa, apresando mis manos entre las suyas y colocándomelas por encima de la cabeza. Se agacha para besarme de nuevo y me sujeta con una sola mano mientras la otra me levanta la camiseta y el sujetador, dejando mis pechos expuestos ante él.

Yo me retuerzo bajo el peso de su cuerpo. Me siento dominada y, sin embargo, nunca me he sentido más libre, porque esto es exactamente lo que deseo.

—No pares —le pido.

—No pienso parar, princesa.

Roberto me suelta, me agarra la espalda y me incorpora con suavidad para quitarme la camiseta y, después, el sujetador. Luego me tumba con delicadeza y se inclina sobre mis pechos, aprisionándolos con ambas manos y metiéndoselos en la boca. Su lengua juguetea con mis pezones y, al hacerlo, provoca tal explosión en mi interior que siento que no voy a poder más.

Aprieto mis manos a su espalda para pegar, todavía más, mi cuerpo al suyo. Como si eso fuera posible. Quiero que se quite la ropa, para sentir su cálida piel junto a la mía, así que empiezo a levantarle la sudadera. Cuando se da cuenta, se separa por un breve instante de mí, se quita la sudadera y la camiseta en un rápido gesto y las tira al suelo. Luego sonríe, lascivo, al verme semi desnuda, tumbada sobre la mesa y con mis piernas enroscadas a su cintura y empieza a desabrocharme el pantalón. Siento que un hormigueo recorre mi cuerpo y casi se me corta la respiración.

En un hábil gesto me lo baja, junto con la ropa interior, y me quita también las zapatillas y los calcetines, dejándome completamente desnuda ante él. Me siento tan expuesta y a la vez tan deseada... Justo lo contrario a como me he sentido siempre con Beltrán.

Siempre he creído que el sexo no era tan importante en una pareja, que lo que pasaba en las novelas probablemente no era algo real, pero ahora, mientras siento que me estremezco con el simple roce de su piel y que me tiemblan las piernas solo de ver el brillo de sus ojos recreándose en mi cuerpo, pienso que tal vez sí lo sea.

Tal vez es que yo no lo había encontrado.

Tal vez...

Joder, no puedo pensar.

Noto como las manos de Roberto me acarician los muslos mientras me atrae hacia él y se me nubla la vista. Cierro los ojos y me deleito en sus caricias, que siguen subiendo, mientras yo me revuelvo, excitada y nerviosa con anticipación.

—Abre los ojos, Eli —dice con voz ahogada.

Hago lo que me pide.

No sé en qué momento he cambiado tanto como para llegar a este punto, pero está claro que siento algo por Roberto. Algo que me hace vibrar, algo que me devuelve la ilusión y que me hace ser otra persona o, mejor dicho, me hace ser yo misma.

Está descalzo y solo lleva puestos los vaqueros. Esos que, ahora no puedo discutírselo, me excitan de vérselos sin nada más de ropa y hacen que me humedezca.

Roberto detiene sus caricias por un instante y me mira fijamente a los ojos y yo me pierdo en ese mar azul que son los suyos. Noto una mezcla de sentimientos en su expresión y me pregunto si no se estará arrepintiendo.

Se inclina sobre mí y me besa con delicadeza, casi con ternura y, sin apenas separar sus labios de los míos, susurra, inquieto:

–¿Estás segura de que quieres hacer esto?

Trago saliva y trato de responder, pero apenas me sale la voz, así que hago lo único que soy capaz de hacer en ese momento: le devuelvo el beso. Mis labios recorren los suyos con desesperación y mi lengua busca la suya, incansable, al tiempo que me aferro a su espalda, clavándole las uñas.

A la mierda todos mis principios y mis creencias, lo único que quiero ahora mismo es sentir como Roberto y yo nos volvemos uno. No sé lo que estoy haciendo, pero no tengo ninguna duda de que quiero seguir adelante.

Lo demás... lo demás ya se verá.

–Entiendo que eso es un sí –gruñe, excitado, mientras separa su boca de la mía y se incorpora lo justo para poder quitarse los pantalones.

Ahogo un gemido al sentir como se hunde en mí

y mis piernas se aferran a él con más fuerza. Roberto se mueve despacio, conteniéndose, pero mis caderas empiezan a moverse más deprisa. Necesito más… mucho más y él me lo da.

Nos movemos al unísono, como si nuestros cuerpos fueran uno solo y yo no puedo dejar de preguntarme cómo he podido vivir sin esto.

Me coge de la cintura, para marcar el ritmo y yo me dejo llevar como no lo he hecho nunca. Cuando Roberto se inclina sobre mí, sin dejar de moverse, me muerdo el labio, agitada, deseosa de que su boca devore de nuevo la mía.

Sus dientes atrapan mi labio inferior y gimo de placer mientras siento que voy a estallar. Me invade una espiral de sensaciones que me dejan sin aliento. Roberto explota y se desploma encima de mí. Nos quedamos quietos, aferrados el uno al otro. Nos besamos despacio, como si quisiéramos que el momento durase eternamente.

Unos minutos más tarde, Roberto se pone de pie y me ayuda a incorporarme. Me quedo sentada sobre la mesa y él, de pie, frente a mí. Lo abrazo y hundo la cabeza en su pecho.

No sé qué es lo que hay entre nosotros, pero ahora mismo, sé que no puedo separarme de él.

Capítulo 18

Queenstown–Te Anau–Milford Sound

A la mañana siguiente, me despierto con las piernas de Roberto enroscadas en las mías, sus brazos estrechando mi cintura y su cabeza hundida en mi cuello. Puedo sentir su respiración acompasada sobre mi piel. Lo único que cubre nuestros cuerpos desnudos es el edredón de la cama.

Por un momento siento pánico y quiero salir huyendo, pero algo me dice que estoy donde tengo que estar. Lo que ha pasado entre nosotros no puede ser malo cuando siento, en mi interior, una felicidad que nunca creí posible.

Hago un amago de levantarme, porque quiero preparar el café, pero las manos de Roberto se aferran a mi cuerpo y, con un gruñido, me atrae hacia él, evitando que me aparte de su lado.

Joder, tendría que tener remordimientos de conciencia, ¡le he puesto los cuernos a mi prometido! Y, sin embargo, en lo único que puedo pensar es que espero que Roberto sienta lo mismo que yo, porque tengo mis dudas sobre eso. Piluca me dejó muy claro que él no era hombre de una sola mujer y los mensajes que intercambiaron deberían haberme dejado claro que, aunque yo le guste, él no se cierra ninguna puerta.

Todo esto me lo dice mi cabeza, pero claro, el corazón... eso es otra historia. Mi corazón quiere que todos esos pensamientos lógicos estén equivocados. Mi corazón desea que esto sea como una de esas películas románticas en las que al final todo sale bien y los protagonistas superan todos los obstáculos y terminan juntos, porque si algo tengo claro es que yo sí siento algo por él.

«La vida no es una comedia romántica, Eli». ¿Cuántas veces he escuchado a mi madre decir eso?

De pronto siento los labios de Roberto recorriendo mi cuello y sus manos acariciando mis muslos y mi trasero y algo se enciende en mí. Me estremezco y me doy la vuelta, quedando frente a él.

—Buenos días, princesa.

Sus ojos me miran, somnolientos, y su barba roza mis mejillas al tiempo que sus manos siguen haciendo su camino entre mis piernas, consiguiendo que me revuelva, excitada.

Mi boca se abalanza sobre la suya y dejo que todos los pensamientos que me estaban invadiendo se evaporen. Lo único que quiero ahora es perderme en su cuerpo.

***

Una hora más tarde nos obligamos a salir de la cama. Tenemos que dirigirnos a Te Anau, desde donde visitaremos el fiordo de Milford Sound si no queremos que se nos haga tarde.

Mientras preparo el café, Roberto me abraza por la espalda y yo apoyo la cabeza sobre su pecho. El aroma de la caliente bebida es casi tan estimulante como su presencia.

No puedo evitar que una sonrisa bobalicona aparezca en mi cara, aunque trato de disimularla. No quiero que se percate de lo que me provoca, soy demasiado transparente y, el hecho de que hayamos pasado la noche (y parte de la mañana) juntos, no significa nada. Al fin y al cabo, no quiero ni pensar con cuantas mujeres se ha acostado Roberto...

Desayunamos en silencio, pero Roberto me coge la mano mientras con la otra sostiene su taza de café. Un hormigueo recorre mi cuerpo al sentir sus ásperos dedos sobre los míos. Me revuelvo, inquieta. Joder, lo que me provoca es algo insólito para mí. Algo que no estoy acostumbrada a sentir. Estira la pierna y noto como su pie sube, acariciándome, hasta llegar a mi entrepierna.

Ahogo un gemido y casi escupo el café de la impresión.

—Eli...

Su voz es ronca y ardiente y percibo en su mirada lo que quiere. Deja la taza sobre la mesa y se pone de pie, acercándose a mí y cogiéndome del brazo para que yo también me levante.

Me tiemblan las piernas. Apoyo las manos sobre

su pecho y alzo la vista hacia él. ¿Qué estoy haciendo?

—Se nos va a hacer tarde para ir a Te Anau —digo, temblorosa, tratando de apartarme.

Roberto percibe mis movimientos y me atrae hacia él con firmeza. Agacha la cabeza y acerca su boca a mi oreja. Me estremezco cuando siento como su lengua recorre mi lóbulo.

—¿No quieres que siga? —gruñe, excitado.

Tiro el cuello hacia atrás, permitiendo que me estreche entre sus brazos y que se recree. Contengo un grito de placer.

—Estoy esperando una respuesta, princesa...

—Ahhh... —gimo.

—¿Eso es un «sí», princesa? —insiste con voz ronca mientras su boca besa mi cuello despacio.

Me retuerzo, encendida, cuando me mete la mano por debajo de la camiseta del pijama y pellizca mis pezones con sus dedos.

Sus manos bajan, despacio, por mi pecho, hasta detenerse entre mis piernas. Se cuelan por debajo de mi ropa interior y yo siento que casi no puedo tenerme en pie. Sin dejar de besarme el cuello, Roberto me acaricia, hasta lograr que me humedezca por completo.

—No te detengas —suplico.

—No pensaba hacerlo —me responde entre jadeos—. ¿Ya no tienes tanta prisa?

No tengo ninguna prisa. A la mierda la excursión. Qué importa si llegamos hoy o mañana a Te Anau. Como si no llegamos nunca. Solo quiero volver a fundirme con su cuerpo y olvidarme de todo lo demás.

Duermo un rato de camino a Te Anau y, cuando me despierto, ya estamos llegando. Roberto me ha dejado exhausta. ¿Cómo es que nunca antes le había dado importancia al sexo? No lo sé, pero ahora mismo soy incapaz de centrarme en otra cosa.

Cada vez que noto que me mira no puedo evitar pensar en algo que no sea quitarle toda la ropa. Me pongo colorada solo de pensarlo y Roberto me mira divertido, como si supiera qué sucios pensamientos pasan por mi mente.

En Te Anau aprovechamos para contratar nuestra excursión por el fiordo, comprar algo de comida y repostar el vehículo. Ya que a partir de este punto no hay gasolineras.

El camino hacia el fiordo es un anticipo de lo que nos espera cuando lleguemos y, no sé si es por lo feliz que me siento, pero las montañas nevadas y las cascadas con las que nos vamos cruzando por el camino me parecen espectaculares.

Unas horas más tarde, llegamos a nuestro destino y, equipados con unos chubasqueros, embarcamos en el crucero. Roberto y yo no hemos hablado mucho, pero no nos hemos soltado desde anoche: o caminamos cogidos de la mano, o Roberto me pasa el brazo por los hombros, o me aferro a su cintura... ¡Si hasta ha pasado casi la totalidad del trayecto con su mano sobre mi muslo!

Esto me provoca cierto miedo. Cualquiera que nos viera pensaría que somos una pareja. Sé que Roberto no es de esos, que no cree en las relaciones, pero me gustaría saber qué es lo que siente por mí, porque yo estoy empezando a asustarme por la magnitud de lo que yo siento por él.

Trato de no pensar en eso y, una vez que cogemos un sitio junto a la barandilla en la proa del barco, me concentro en la enorme cascada que tenemos frente a nosotros. A pesar de que la embarcación se mantiene a cierta distancia, el agua me salpica la cara y yo cierro los ojos, disfrutando de esa sensación de libertad.

Poco después nos acercamos a otra y el capitán avisa que tengamos cuidado con las cámaras porque vamos a aproximarnos mucho. Roberto, guarda la suya, pero nos quedamos donde estamos sin saber la que se nos viene encima. No es que nos acerquemos a la catarata, es que todo el morro de la embarcación se mete debajo de la cascada.

Echamos a correr para resguardarnos, pero es tarde y ya estamos empapados de arriba abajo. Miro a Roberto, que parece que se haya metido en la ducha con ropa y no puedo evitar soltar una risotada. Debe de resultar contagiosa, porque él también empieza a reír.

Cuando conseguimos calmarnos, él me mira preocupado.

—Joder, Eli, te vas a poner enferma.

Me encojo de hombros, estoy tan contenta que ni me agobio.

—Lo digo en serio.

Lo sé, pero me he puesto mala tantas veces en lo que va de viaje que me cuesta preocuparme. Además, está visto que hoy todo lo veo con buenos ojos.

Roberto se quita el chubasquero y se quita la sudadera que lleva debajo y que no se ha mojado. Como yo llevaba el mío desabrochado, mi ropa no está seca.

—Anda, ve y ponte esto o te resfriarás —dice tendiéndome la sudadera.

—No te preocupes —digo sacudiendo la cabeza—, no hace falta.

—No quiero tener que pasarme la noche cuidando de una enferma —argumenta—, tenía otros planes más sugerentes —continúa, haciéndose el interesante.

Veo el brillo en sus ojos y, solo de imaginarlo, la excitación recorre mi cuerpo, así que le arrebato la prenda de las manos y desaparezco corriendo en el interior del barco para ir a cambiarme.

Minutos más tarde regreso a su lado y me apoyo sobre la barandilla, junto a él, para seguir disfrutando del maravilloso paraje. Seguimos surcando el fiordo hasta el mar de Tasmania y, por el camino, vemos delfines, focas y pingüinos.

—¡Mira! —exclamo, emocionada, al ver las simpáticas aves.

—A mi madre le encantan los pingüinos —comenta como quien no quiere la cosa—. ¿Sabes? Te he dicho que me gusta viajar solo, pero la única otra persona con la que he viajado es con ella.

Yo me sorprendo, porque no es muy dado a hablar de sí mismo, así que decido que es el momento perfecto para indagar un poco.

—¿Ah, sí?

Asiente con la cabeza.

—Cuando falleció mi padre, mi madre se quedó echa polvo. Puede que su matrimonio no funcionase, pero ella lo quería.

Lo dejo que prosiga con la historia.

—Yo llevaba varios años ya trabajando en la compañía aérea como ingeniero, así que compré unos billetes y organicé un viaje a la Antártida. Nos fuimos los dos juntos. Fueron unos días preciosos —dice, con una mirada de ensoñación—. Como estos.

Obvio la última frase de Roberto.

—Vaya, no imaginaba que fueras un hijo tan consentidor.

—Mi madre y yo siempre hemos estado muy unidos.

—Me gustaría poder decir lo mismo de la mía —me lamento.

—¿Sabes? Estoy convencido de que le caerías bien.

—Probablemente, ella a mí también.

Me pregunto si algún día la conoceré… mi acompañante de viaje no tiene pinta de ser de los que lleve novias a casa. Bueno, en realidad no tiene pinta de tener «novias».

—¿Alguna vez has tenido una pareja formal? —Las palabras salen de mi boca antes de que tenga tiempo de pensar en lo que estoy haciendo. No quiero que se moleste, pero necesito saber un poco más de él para tener claro donde me estoy metiendo.

—Una vez. —Me da esta respuesta sin apartar la vista del paisaje.

—Y... ¿qué pasó?

—Que me di cuenta de que las relaciones largas no funcionan.

—No te entiendo.

—Inés era mi novia de toda la vida, salíamos juntos desde el instituto —noto que la mirada de Roberto se vuelve impenetrable, está perdida y él se sumerge de pronto en sus recuerdos—, e íbamos a casarnos, igual que tú, ahora.

No lo interrumpo, quiero saber qué pasó y por qué tiene ese convencimiento de que el matrimonio no funciona.

—Fue entonces cuando a mi padre le diagnosticaron el cáncer.

Hace una pequeña pausa para coger aire y continúa.

—Mi madre no se apartó de él en todo momento y supongo que algo cambió en su interior.

—No comprendo.

—Verás, al contrario que el de tus padres, el matrimonio de los míos no fue un camino de rosas. Siempre intuí que seguían juntos por mantener las apariencias, pero nunca supe la verdad hasta ese momento.

Asiento.

—Unos días antes de fallecer, yo estaba en el hospital con mi padre, cuidando de él, cuando en uno de los pocos momentos de lucidez que le quedaban, decidió sincerarse conmigo.

»Mis padres eran muy jóvenes y apenas se conocían cuando mi madre se quedó embarazada en un desliz. Él decidió pedirle que se casaran, pero lo hizo por las razones equivocadas. No estaba enamorado de ella y eso le pesó el resto de su vida. Le fue infiel en multitud de ocasiones y no fue hasta que enfermó, y ella que sí lo quería se desvivió por cuidarlo, que se dio cuenta del daño que le había hecho.

Mientras navegamos por la inmensidad del fiordo, Roberto aprieta los puños, aferrándose con fuerza a la barandilla y levanta la vista al cielo.

—Me dijo que arruinaría mi vida si me casaba y yo... —sacude la cabeza y aprieta los labios, en un gesto que delata rabia y tristeza—, yo anulé la boda.

De pronto se levanta una ráfaga de viento y yo me quedo helada, pero no es porque de repente haga frío y tenga los pies mojados. No. Es por la revelación que acaba de hacerme.

—¿Te arrepientes? —le pregunto en un susurro, temiendo que siga enamorado de ella.

—Lo cierto es que no —reconoce—. Yo la quería, le tenía cariño, pero lo que sentía por ella no era amor. Ahora lo sé. Si hubiéramos seguido juntos, probablemente le hubiera hecho tanto daño como mi padre le hizo a mi madre.

Siento un escalofrío. Esta conversación no me está gustando.

Roberto se percata de que tengo frío y se coloca detrás de mí y empieza a frotarme los brazos para hacerme entrar en calor.

—Vamos dentro —me pide—, estás congelada.

Accedo y nos dirigimos al interior del barco. Roberto se acerca a la barra del bar que hay en la zona de cafetería y pide dos cafés con leche.

–Si lo que quieres saber es si he vuelto a tener alguna relación seria desde entonces, la respuesta es no. Le prometí a mi padre antes de morir que disfrutaría de la vida y que no me ataría a nadie para no repetir sus errores.

Lo miro horrorizada. ¿Qué clase de padre le haría prometer algo así a su hijo? Y, por otra parte, ¿en qué lugar quedo yo después de lo que acaba de decirme si no quiere atarse a nadie? ¿Esto no ha sido más que sexo?

Mi cara debe de ser un poema, porque acerca su silla a la mía y me da un suave beso en los labios.

–No pienses en eso, princesa –dice, leyéndome la mente–. Déjate llevar.

Y, aunque eso suena tremendamente mal, es justo lo que quiero hacer. Sé que yo siento algo por él, a pesar de lo poco que hace que lo conozco, y no quiero que termine, así que si he de dejarme llevar para que esto siga adelante lo haré.

No quiero pensar en lo que le voy a decir a Beltrán y mucho menos quiero pensar sobre lo que Roberto siente por mí, así que solo me queda relajarme y disfrutar del momento que estamos pasando juntos.

Capítulo 19

Te Anau–Dunedin

Pasamos la noche en Te Anau, en una zona de acampada libre. Esa noche, disfruto de la imagen de Roberto saliendo de la ducha semi desnudo y él sonríe, satisfecho, cuando ve que, en vez de decirle que se tape, me acerco y, poniéndome de puntillas, le paso la mano por el cuello para atraerlo hacia mí y besarlo.

Apenas dormimos. Supongo que, en cierto modo, se debe a que sé que estamos llegando a las últimas etapas del viaje y, ahora que he descubierto que siento algo por él, no quiero desperdiciar ni un solo instante. Las alucinantes sesiones de sexo que tenemos también contribuyen a mi falta de sueño.

Esa noche, dejo que las ásperas manos de Roberto acaricien mi cuerpo durante horas y nos enredamos en besos eternos que alargamos hasta casi quedarnos sin aliento, pierdo el control cuando me hace el amor y descansamos el uno en los brazos del otro como si no hubiera mejor lugar en el mundo.

Cuando se hace de día, separamos nuestros cuerpos para ponernos algo de ropa, preparamos un café y salimos al exterior. Nos sentamos sobre la hierba y dejo que Roberto me pase un brazo por encima. Apoyo la cabeza en su hombro y contemplamos el amanecer. Los rayos de sol asoman por el horizonte y yo trato de mantener la mente en blanco.

Mientras el sol se eleva, voy dando sorbos del cálido líquido, deleitándome con su sabor cuando baja por mi garganta. Roberto me acaricia el brazo, en un gesto inconsciente que me hace sentir cuidada y me relaja.

El cielo va cambiando de color; de rojo a anaranjado y rosa, a púrpura y a celeste. Dios, es todo tan perfecto que no tengo ni idea de lo que vamos a hacer cuando tengamos que regresar.

—No quiero que esto termine —musito.

—Tampoco yo, princesa, tampoco yo.

Y a esas palabras de Roberto me aferro, esperanzada, porque no sé lo que va a pasar cuando vuelva a Valencia, pero si algo tengo claro, es que quiero estar con él.

Los dos días siguientes los dedicamos a dirigirnos a Dunedin por el extremo sur, cerca de la costa. Es una carretera más lenta, pero los paisajes que recorremos son espectaculares y no tenemos prisa, de hecho, elegimos esta ruta porque queremos bajar el ritmo y recrearnos con calma. Disfrutamos del camino igual que lo hacemos de estar el uno con el otro, de una manera calmada y, a la vez, apasionada.

Pasamos por verdes laderas repletas de ovejas que pastan, dejamos que el viento nos azote el cabello en los acantilados y permitimos que los encantos que, sin previo aviso, nos ofrece el camino, nos conmuevan.

Todo es idílico.

Tan idílico, que dejo de preocuparme por lo que pasará cuando vuelva, hasta que una llamada imprevista nos hace darnos de bruces con la realidad.

Estamos ya en Dunedin cuando el móvil de Roberto empieza a sonar. Lo saca del bolsillo, mira el número que aparece en la pantalla, rechaza la llamada y lo vuelve a guardar. Al cabo de un minuto vuelve a sonar y él repite la acción. De nuevo, se vuelve a escuchar el teléfono, que suena incansable dentro del bolsillo de Roberto, que ya ni se molesta en sacarlo.

—¿Por qué no descuelgas? —inquiero. No es normal esa insistencia.

—¿Tú sabes lo que me cobrarían por una llamada de este tipo? —replica—, además ni siquiera tengo registrado el número desde el que están llamando.

La molesta melodía del móvil sigue resonando sin descanso, consiguiendo sacarme de quicio.

—¡Descuelga el maldito teléfono, Roberto! Me está poniendo nerviosa —grito, cansada de oírlo sonar–. Tienes cuatro llamadas perdidas. Me importa una mierda que te vayan a cobrar algo.

–Estamos en las antípodas, Eli, ¿sabes lo que va a costarme?

–Pero, ¿no ves que puede ser algo importante? Nadie llama a otra persona con tanta insistencia… ¿quién te llama que no se lo quieres coger?

Se encoge de hombros y algo en su expresión no me gusta

–Roberto, ¿quién te está llamando?

–No lo sé –responde sin mirarme a la cara.

–¿No lo sabes? –lo miro entrecerrando los ojos. No me fío–. ¿O no lo quieres saber?

Levanta los brazos al cielo, agobiado.

–No tengo ni puta idea de quién es, ¿te vale?

–Dame el teléfono –replico estirando el brazo para arrebatárselo.

Roberto forcejea conmigo y no suelta el móvil, pero consigo ver el número que aparece en pantalla y el caso es que me suena.

–Creo que es Beltrán –lo digo más para mí que para Roberto, pero me escucha perfectamente porque veo como rechaza la llamada.

Da un paso atrás y se aleja de mí. El teléfono vuelve a sonar por enésima vez.

–Descuelga el puñetero móvil –le espeto ya cabreada. Si es Beltrán el que llama, está claro que algo ha pasado–, y dame el teléfono.

Me mira rabioso.

–Está bien, voy a descolgar, pero voy a ser yo quien hable con él.

—Tú no eres quién para... —Me callo, porque veo que Roberto me ha ignorado y ha descolgado.

La que se nos viene encima.

—¿Qué quieres? —le suelta con brusquedad.

Genial, ¿no tenía otra manera de dirigirse a mi novio para no generar conflicto? Tras una breve pausa para que le responda, continúa con su perorata.

—¿Así que ahora tienes mucho interés en hablar con ella? No parecías tenerlo cuando desapareciste en tu viaje de despedida de soltero y se pasó días esperando a que contactaras con ella.

Escucho la voz de Beltrán, está tan alterado que vocifera y puedo oír perfectamente lo que dice.

—Dale el maldito teléfono a Elisa y dile que se ponga. Es urgente.

Pero Roberto no parece dispuesto a ceder y aunque me acerco a él y le miro suplicante para que me lo dé, me ignora. Está fuera de sí.

—Haberte preocupado antes por ella. Primero la ignoras y cuando por fin te pones en contacto con ella es para reñirla como si fuera una cría que necesitase tu permiso para irse de viaje.

—Dale el puto teléfono. —El tono de Beltrán empieza a ser muy malo, pero Roberto está totalmente fuera de control.

—No sabes lo que tienes. No te la mereces.

—¿Quién cojones te crees que eres para hablarme así? Da gracias de que no cogiera un avión y fuese a buscarla.

—Me parece que estabas demasiado ocupado como para pensar en ella...

La conversación me está poniendo nerviosa. No me gusta esta pelea de gallitos y mucho menos que estén hablando de mí sin dejarme intervenir y decidiendo ellos lo que necesito o lo que no.

Trato de quitarle el teléfono a Roberto, pero es demasiado alto para mí y no llego. Se aleja un poco para que no escuche lo que dice Beltrán. Siguen discutiendo a voz en grito hasta que, de pronto, noto que se queda paralizado y la cara se le pone pálida.

No responde a lo que sea que le haya dicho mi prometido, pero veo que baja el teléfono y se acerca muy despacio hacia mí.

−Eli −me dice, tratando de parecer tranquilo−. Es Beltrán, voy a pasártelo, ha pasado algo...

«Ha pasado algo...», si hay una frase que me trae malos recuerdos es esa. Esas fueron las primeras palabras de mi madre cuando me tuvo que explicar que mi padre había sufrido un accidente de tráfico. Cada vez que las escucho decir se me pone la piel de gallina.

Siento que me estoy mareando y me flojean las piernas. Por fortuna, Roberto se me acerca y me sostiene.

−Toma. −Me tiende el móvil y se queda pegado a mí para que no me caiga.

Me pongo el aparato en la oreja, cierro los ojos y respiro hondo, intentando calmarme antes de escuchar la voz ansiosa de Beltrán.

−¿Elisa? ¿Eres tú?

−Sí. −Trago saliva.

−Eli... tienes que volver... −noto un temblor en su voz−, ha pasado algo...

Las seis palabras que me dice a continuación se quedan resonando en mi cabeza, pero ya no le respondo.

He soltado el teléfono, que ha caído al suelo, y aunque escucho la voz de Beltrán llamándome a lo lejos, me siento incapaz de continuar la conversación. Me doy la vuelta y me abrazo a Roberto. Hundo mi cabeza en su pecho y dejo que las lágrimas rueden por mis mejillas sin hacer el menor intento por contenerlas. Él me acaricia el pelo y la espalda, no es consuelo para lo que ha pasado, pero me reconforta sentirlo tan cerca y sus caricias siempre son un bálsamo de paz para mí.

Poco a poco, el llanto va cediendo y tras secarme las lágrimas con la manga de la sudadera, levanto la vista hacia él y le digo:

—Mi madre ha sufrido un infarto.

Capítulo 20

Dunedin–Christchurch

Mi madre ha sufrido un infarto.

Seis palabras que ahora siento me están cambiando la vida.

No le he dado a Beltrán la oportunidad de explicarme qué ha pasado. Estaba en shock. Por lo poco que ha hablado Roberto con él, sé que está grave, pero que, por suerte, ha llegado a tiempo al hospital.

Lo único que tengo claro ahora mismo es que he de volver a casa. He de estar a su lado. Sigo enfadada con ella, pero al menos, la vida me está dando la oportunidad de que arreglemos las cosas. Al fin y al cabo, es mi madre, y es lo único que me queda.

Han pasado unas horas desde que recibimos la llamada de Beltrán y he sido incapaz de hablar con Roberto. Hemos regresado a la caravana en silencio y, cuando hemos llegado, ha montado la cama, me ha preparado una infusión, mientras yo me cambiaba, y no se ha movido de mi lado, pero él tampoco se ha atrevido a decir nada.

Estamos el uno al lado del otro, tumbados sobre el edredón. Llevamos así un buen rato, con las manos entrelazadas y sin decir una palabra.

—Tengo que volver a España, Roberto —le digo, cuando consigo sacar fuerzas para empezar una conversación.

—Lo entiendo.

Entonces, veo que me suelta la mano y se pone en pie.

—¿Qué haces?

—Ponerme en marcha, Eli, cuanto antes vuelvas, mejor para todos. Alargar tu estancia aquí no hace otra cosa que aumentar tu sufrimiento y el de los tuyos. Nos vamos a Christchurch, a que cojas el primer vuelo que salga.

—Pero... eso está por lo menos a cinco horas y va a anochecer.

—En realidad cuatro horas y media si no paramos.

—¡Cómo no vas a parar! Roberto, no puedes ponerte a conducir ahora, estarás agotado.

—Lo estoy —admite—, pero ahora lo primero eres tú.

Me acerco a él y me estiro para acariciarle la mejilla.

—No pienso arriesgarme a que le pase nada más a las personas que quiero —le cojo de la mano y tiro de él para que vuelva conmigo a la cama—. Vamos a dormir, necesitas descansar y yo también. Dudo que pueda dormir algo en los vuelos de vuelta... Mañana temprano saldremos.

Retiro el edredón y me meto en la cama. Le hago un gesto para que se tumbe a mi lado y me abrazo a él, hundiendo la cabeza en su pecho. Él me estrecha entre sus brazos y yo dejo escapar algunas lágrimas, mojándole la camiseta. Al cabo de un rato, extenuada y nerviosa como estoy, logro conciliar el sueño.

Roberto me despierta temprano y me ofrece un café con leche. El último del viaje. Seguimos sin hablarnos apenas. Nos miramos, nos cogemos de la mano, pero no nos salen las palabras. El abrupto final nos tiene un poco descolocados.

Me siento muy intranquila por mi madre, preocupada por el reencuentro con Beltrán y angustiada por qué no sé cómo acabará esta historia.

Veo nervioso a Roberto, tiene ganas de que salgamos ya, así que recogemos los cacharros y la cama y nos dirigimos hacia Christchurch. Unas horas más tarde y, tras una breve parada para comer, llegamos a nuestro destino: el aeropuerto y me habla casi por primera vez desde que ha empezado el día.

—Voy al aparcamiento y te acompañaré para ver en que vuelo puedes volver.

Lo miro descolocada. ¿En qué vuelo puedo volver? No sé por qué, pero en mi mente había dado por hecho que regresaría conmigo. No esperaba que fuera a dejarme sola. Necesito que venga conmigo.

—Pero... pero... —Las palabras se quedan atascadas en mi garganta. No quieren salir. Él se da cuenta, pero no dice nada.

Salimos del vehículo, saca mi maleta y yo camino a su lado como un perrito al que acaban de abandonar y que quiere que le adopten. No puedo creerme que vaya a abandonarme ahora, que es cuando más le necesito.

Él apura el paso, caminando deprisa y tengo que ir casi corriendo para seguirle el ritmo. Cuando llegamos a la terminal me detengo, molesta y cansada.

—Para, Roberto —le pido, mientras trato de recuperar el aliento.

Da unos pasos atrás y espera paciente, pero igual de callado. Su mirada es impenetrable y no puedo saber qué piensa.

—¿No vas a venir conmigo? —inquiero con voz temblorosa.

—Me quedan días de vacaciones todavía, tengo billete abierto y la caravana alquilada, ¿por qué habría de hacerlo?

Su respuesta me deja totalmente descolocada. El tono de su voz, impersonal y sin un atisbo de cariño, me bloquea. No lo entiendo. Sus ojos no me miran, tiene la mirada fija en algún punto indefinido del aeropuerto y se mantiene a una distancia prudencial de mí.

Trato de acercarme a él, para cogerlo, pero se aparta.

—Déjalo, Eli, no insistas.

—Pero... —Siento que voy a echarme a llorar y hago un esfuerzo sobrehumano para contener las lágrimas.

—¿Para qué quieres que vaya contigo? Tu prometido te estará esperando cuando llegues —dice con desprecio.

—Rober... —Mi voz es suplicante. No sé qué es lo que somos, pero ahora mismo lo necesito a mi lado.

—Mira, princesa, no sé que te has creído que ha sido lo que ha habido entre nosotros, pero considéralo una etapa más en el viaje. No ha significado nada.

Es como si me diera una bofetada.

Solo he sido uno más de sus ligues.

Una más.

No debería extrañarme. Piluca me lo dijo. Él mismo me lo dijo y, aun así, yo fui tan boba como para dejarme llevar por sus coqueteos e insinuaciones y caer en su trampa.

Le he sido infiel a Beltrán, cuando estamos a punto de casarnos y además he sido tan ingenua de pensar que había significado algo.

Aunque, por mucho que me duela, para mí sí que ha significado algo. Lo ha significado todo.

—Considérame el *boy* de tu despedida. No te sientas mal por ello.

Lo miro con asco. Después de los días que hemos pasado juntos, no puedo creer que ahora me esté hablando así, con ese desdén. Siento rabia, le arranco la maleta de las manos y me separo de él.

Me gustaría replicarle. Decirle que es un cabrón y que puede irse a la mierda. Pero no puedo. No puedo porque si abro la boca no me va a salir la voz. Lo único que va a brotar de ahí va a ser mi llanto y me niego a que lo vea. Tengo que parecer fuerte, aunque no lo sea.

Cojo aire y trato de respirar hondo. Tranquilízate, Eli. Que no note lo afectada que estás. No dejes que te hunda.

—Me has salido un poco caro como *stripper* para el servicio que me diste —siseo, tratando de herirle—, la verdad, pero como guía no has estado mal.

No parece ofenderse por mi desplante y no se esfuerza ni en responder, lo que me malhumora todavía más. Aprieto los puños para contener la rabia.

—Anda, vamos dentro, te acompañaré. A veces hay compañías en las que no tienen muy claro el funcionamiento de los billetes de empleados de líneas aéreas.

Dicho esto, se encamina al interior y no me queda otra que seguirlo.

Consigo una tarjeta de embarque para un vuelo que sale dos horas después hacia Auckland y de ahí a Hong Kong.

—Supongo que lo mejor será que vayas ya a pasar el filtro y que yo siga mi camino.

—¿En serio, Roberto? ¿Así es como termina este viaje? —Me siento tan dolida.

—¿Cómo pensabas que iba a acabar, Eli? Puede que en otras circunstancias nuestra despedida no hubiera sido tan abrupta y precipitada, pero desde un principio sabías que el único camino que íbamos a recorrer juntos era el que hiciéramos aquí, en el país de la nube blanca.

Pestañeo para bloquear las lágrimas al escucharlo.

—Siempre he sabido que volverías con Beltrán. Tu boda está planificada y no he esperado que eso fuera a cambiar. Creía que tú lo tenías claro.

—Pero tú...

—¿Yo qué? —me interpela, molesto.

—Tú... tú llevas todo el viaje diciéndome que me olvide de mi vida en Valencia, que sea libre, que sea yo misma... si sabías que nada de eso iba a suceder, ¿por qué me has pedido que lo hiciera?

—¡Porque creía que te estabas equivocando, maldita sea! —grita alterado, haciendo que algunos pasajeros se giren hacia nosotros, sorprendidos. Baja un poco la voz y continúa—: Ahora veo que el equivocado soy yo. No vas a cambiar. Has vivido tu pequeña aventura, te has divertido conmigo y ahora volverás a tu vida. Además, ¿qué esperabas de mí? —aparta la mirada y evita cualquier contacto visual conmigo—, ¿una promesa de amor eterno? Creo que ya sabías que eso no era algo que yo te fuese a dar.

Se queda callado y se balancea, pasando el peso de su cuerpo de un pie al otro. Al ver que yo no digo nada, continúa hablando él, ahora, un poco más tranquilo.

—Entiendo que tienes que estar al lado de tu madre en estos momentos, pero veo en tus ojos que también vas a hacer lo mismo con él.

Este último comentario es el que más me duele, porque si algo empiezo a ver con claridad es que mi relación con Beltrán no puede compararse a lo que he vivido con él. He sido más feliz con Roberto en pocos días, que varios años con Beltrán, de eso no me cabe duda. ¿Voy a regresar a su lado sabiendo que nunca me volveré a sentir así?

«Quizás no lo haría si vinieras conmigo», pienso, aunque soy tan cobarde que no se lo digo.

Veo que Roberto se mete la mano en el bolsillo

y saca su cartera. Abre un pequeño monedero, saca algo de su interior y me lo tiende.

¡El anillo de pedida de Beltrán!

Abro los ojos como platos y me quedo observándolo, paralizada por completo. No entiendo nada. El anillo se perdió en Tongariro, ¿cómo puede tenerlo él ahora? A menos que...

Siento que me hierve la sangre y que la furia empieza a recorrer mi menudo cuerpo. Aprieto los puños y trato de respirar hondo para paliar la explosión que está a punto de desencadenarse, pero las hirientes palabras de Roberto, unidas a la revelación de que él ha tenido el anillo todo este tiempo son demasiado para mí.

Me siento engañada, humillada y utilizada. ¿Esto no ha sido más que una táctica para llevarme a la cama?

—¿Qué cojones hacía el anillo en tu bolsillo? —le espeto con rabia al tiempo que se lo arrebato de la mano y me lo aprieto contra el pecho

—Otro error —dice simple y llanamente, como si eso fuera una explicación.

—¡No me jodas, Roberto! Quiero saber por qué me dijiste que habías perdido el anillo en el Monte del Destino si lo has tenido guardado todo este tiempo —exijo, angustiada, ya sin poder camuflar la tristeza que siento—. Quiero saber el motivo por el que me hiciste pasar por ese sufrimiento... ¿Por qué?

Levanta los brazos al cielo.

—No lo sé, joder, no lo sé.

—No me vengas con que no lo sabes. Quiero la verdad, Roberto. Me merezco la verdad.

—Pensé que el maldito anillo te ataba, que no te dejaba ser tu misma. Pensé que si creías que lo había perdido tal vez te replantearías lo que ibas a hacer con tu vida —confiesa.

Mi corazón va a mil por hora, puedo notar las palpitaciones sin siquiera tomarme el pulso o tocarme el pecho. Ahora mismo, estoy histérica.

—¿Para qué querías que me replanteara lo que iba a hacer con mi vida? —le pregunto, ya hecha un mar de lágrimas—, si tú solo ibas a ser el *boy* de mi despedida —añado con desprecio—, si no sentías nada por mí.

Sé que eso le ha dolido. Lo noto en su expresión, en sus labios apretados. Pero permanece impasible y sé que no va a replicar. Va a dejarme marchar, sin hacer nada, sin luchar, porque nunca he significado nada para él.

Me doy media vuelta y cruzo el filtro sin mirar atrás. No quiero volver a verlo nunca jamás. Pestañeo con fuerza para contener las lágrimas. En lo más profundo de mi ser, me gustaría saber si él sigue mirándome o si se ha marchado sin importarle lo más mínimo, pero no pienso demostrar esa debilidad, no pienso dejarle ver lo vulnerable que soy, lo mucho que él me importa y cuánto me duele lo que me ha dicho.

En cambio, pienso volver a mi vida y enterrar lo que ha pasado estas semanas en lo más hondo de mi corazón y no dejarlo salir nunca.

Capítulo 21

De vuelta a España

Casi dos días después aterrizo en Valencia, extenuada, sin haber dormido apenas, con unas ojeras que me llegan hasta el suelo y los ojos y la nariz enrojecidos a causa del llanto. He malcomido en los aviones, he llorado como no lo había hecho en la vida y me siento hundida.

Ojalá nunca hubiera emprendido este viaje.

Estoy preocupada por mi madre y, sin embargo, no ha sido ella la persona que ha ocupado mis pensamientos desde que me subí a bordo del primer avión. No puedo sacar a Roberto de mi cabeza. Mi mente reproduce nuestros besos y sus caricias y no puedo evitar que me invada un inmenso vacío al pensar que no volveré a sentirlos.

Recojo la maleta y cargo con ella a duras penas por la terminal de llegadas.

—¡¡Eli!!

Me giro al escuchar que alguien grita mi nombre. ¿Me están llamando?

—¡¡Eli!!

No localizo de dónde viene el grito, pero reconocería esa voz en cualquier parte.

—¿Pilu?

Entre la multitud de gente que hay esperando, vislumbro a mi amiga, que viene corriendo hacia mí.

Cuando me alcanza, suelto el equipaje, me abrazo a ella y me echo a llorar. Ella me abraza y me acaricia el pelo.

—Tranquila, Eli, tu madre está estable y todo va a ir bien.

Eso me consuela. Por desgracia, no es el único motivo por el que estoy llorando, aunque de eso no tengo intención de hablar con Piluca, al menos, de momento. Trago saliva y me seco las lágrimas, apartándome de mi amiga.

—Pilu, todo es un desastre...

—No te pongas en plan catastrófico —me dice al tiempo que coge mi maleta y echa a andar—, te llevo a casa para que puedas darte una ducha y recomponerte un poco y luego te acerco al hospital.

—¿Dónde está ingresada? —la interpelo.

—En la nueva Fe.

Caminamos hacia el aparcamiento de empleados, donde tiene aparcado su coche, y, entonces, me doy cuenta de lo extraño que es que hayamos coincidido.

Es cierto que Pilu trabaja en el aeropuerto, pero me parece demasiada casualidad que estuviera allí y, concretamente en la zona de llegadas, justo cuando yo he aterrizado.

—¿Cómo sabías que llegaba ahora?

Ella abre el coche y se dispone a cargar mi equipaje en el maletero, pero no me responde.

—Pilu, ¿cómo lo sabías? No le dije a Beltrán en qué vuelos volvía...

No, pero sí a Roberto.

Su mirada turbada es todo lo que necesito como respuesta. Ha hablado con él. Me alegro de que lo haya hecho y de que haya venido a recogerme, porque creo que no llevaba suficiente dinero encima ni para volver a casa en metro, pero, en mi interior, me cabrea que hayan hablado. Seguro que han aprovechado para fijar la fecha para su cita.

Nos subimos al coche y Pilu conduce en silencio.

—Lo siento, Eli —me dice con voz queda.

—¿Qué es lo que sientes? ¿Haber llevado marihuana en el equipaje? ¿Haber organizado mi despedida de soltera en función de tus intereses amorosos?

«¿O haber coqueteado por WhatsApp con Roberto?», esto último me lo guardo para mí.

—Todo.

—Joder, Pilu, me quedé allí sola, tirada, sin dinero, ¿qué pretendías que hiciera? ¿Es que no podías tener cabeza por una vez en tu vida?

—Eh, no te pongas ahora en ese plan —me espeta—. Lo del dinero fue culpa de tu madre y, por lo que sé, no me parece que hayas estado muy sola en este viaje.

—Ya sabes a lo que me refiero... —bufo.

—Vale, tienes razón —admite—. Cuando me enteré

de que Roberto se iba a Nueva Zelanda pensé que podría matar dos pájaros de un tiro. Tú por fin harías el viaje de tus sueños y yo...

—Tú tendrías el polvo de tus sueños —termino por ella.

Resulta tan surrealista que, por un momento, el enfado que siento se evapora y ambas soltamos una carcajada.

Nos detenemos en un semáforo y Pilu se gira y me pone la mano sobre el brazo y me mira con cara lastimera.

—¿Me perdonas?

—Te perdono.

—Bien —replica satisfecha al tiempo que asiente con la cabeza—. Ahora, vamos a que te adecentes y vayas a ver a tu madre. Tú y yo tenemos que hablar largo y tendido de varias cosas —dice, enarcando las cejas—, pero lo primero es lo primero y entiendo que mientras no veas a tu madre y a Beltrán no vas a querer ni oír hablar de Roberto.

—No hay nada de lo que hablar.

—Yo creo que sí lo hay.

—Para nada.

—No me jodas, Eli. Te conozco. Y lo conozco a él, maldita sea. No me vais a negar que ha pasado algo en ese viaje.

Me quedo callada. Ojalá nunca hubiera pasado nada.

—Estaba destrozado cuando me llamó.

¿Destrozado? ¿Él? Lo dudo mucho.

—No me hagas reír, Pilu.

—Bueno, dejemos el tema de momento... Cuando hayas visto a tu madre y estés más tranquila ya sabes dónde me tienes.

—No tengo nada de qué hablar. Lo digo en serio. Voy a retomar mi vida donde la deje antes de marcharme a este viaje inesperado. Y tú puedes hacer lo mismo –añado.

—¿Qué quieres decir?

—Que si quieres tirarte a Roberto culo prieto que lo hagas. Entre nosotros no hay nada, ni lo ha habido nunca.

«Al menos, para él», pienso con tristeza.

—¿Estás convencida?

—Nunca he estado más convencida de algo en toda mi vida –respondo, para zanjar la cuestión.

Dos horas más tarde camino por el pasillo del segundo piso del hospital. He llamado a Beltrán por teléfono cuando he llegado a casa y me ha informado de que ya no estaba en la UCI y que la habían trasladado a planta. Eso es buena señal.

Nuestra conversación ha sido un poco tensa y tengo miedo de nuestro encuentro, pero lo primero es ir a ver a mi madre. Antes de llegar a la habitación, lo veo. Está fuera, hablando por el móvil. Tan impecable como siempre: con su afeitado perfecto, su pelo bien peinado y bien vestido.

«Tan diferente a Roberto».

Me detengo a unos metros de distancia y, cuando me ve, cuelga el teléfono y se acerca a mí.

—Eli...

—Beltrán...

Estoy tan tensa que no me atrevo ni a moverme, pero él camina hacia donde estoy y me da un beso en la mejilla. Luego me mira de arriba abajo y arruga el labio en un gesto de desagrado.

—¿Tenías que venir así vestida para ver a tu madre?

Llevo unos vaqueros, unas zapatillas de deporte y una de mis sudaderas de Harry Potter. Lo cierto es que llevo tantos días poniéndome este tipo de ropa que no he pensado en ponerme algo más arreglado cuando he salido de la ducha.

—A mi madre le ha dado un infarto, ¿crees que le importará mucho la ropa que llevo puesta? A lo mejor por una vez en su vida simplemente se alegra de ver a su hija.

Beltrán se queda atónito ante mi brusca respuesta.

—A lo mejor tú podías haber hecho lo mismo. ¿Siempre tienes que criticarme? ¿Te digo yo algo porque vayas siempre vestido en plan de señorito andaluz? —continúo.

—¿Qué cojones te pasa, Eli? Desde que te marchaste a ese maldito viaje pareces otra persona.

—A lo mejor es que parezco la persona que en realidad soy.

Beltrán se acerca a mí y me coge de la mano.

—Vale, tranquila, lo entiendo. Estás alterada por lo que ha pasado con tu madre. Vamos dentro, hablaremos cuando estés más tranquila.

Suelto mi mano de la suya.

—Quiero entrar sola, Beltrán.

—Está bien, te espero en la cafetería —me dice, tratando de mantener la calma—. Ven cuando termines y podremos hablar de todo.

—¿De la boda?

—Entre otras cosas...

Entro en la habitación y asomo la cabeza por la esquina. Tengo miedo de ver a mi madre porque no sé muy bien qué esperar. Cuando lo hago, casi no la reconozco. Mi madre, que normalmente es la viva imagen de la perfección está ahora durmiendo y su aspecto demacrado me encoge el corazón. Tiene la tez pálida y ver la vía que tiene en la mano hace que me dé cuenta de lo frágil que es en realidad, aunque ella trate de parecer siempre invencible.

Me siento en el sofá que hay al lado de su cama y le tomo la otra mano, acariciándosela con suavidad. Puede que a veces la deteste. Puede que se haya portado mal conmigo, pero es mi madre y, al menos, todavía tengo la oportunidad de hablar con ella y arreglar las cosas. No me lo habría perdonado si le hubiera pasado algo.

—Eli...

El tono de mi madre, que suele ser firme y enérgico, no es más que un hilo de voz.

—Tranquila, mamá, ya ha pasado todo.

—Lo... lo siento... lo siento tanto... —Mi madre se calla. Noto que hablar le supone un esfuerzo. Todavía está floja de la operación.

—Shhh —digo mientras me inclino sobre ella para darle un beso en la frente—. Te perdono, mamá.

—Pero... pero lo que yo hice...

—Olvídalo —la interrumpo—. No te preocupes por eso. Ahora lo que tenemos que hacer es centrarnos en tu recuperación.

Mi madre me mira con cariño, como no me había mirado en años, quizás desde que perdimos a mi padre. Me quedo a su lado hasta que se duerme de nuevo y, entonces, bajo a la cafetería.

El reencuentro con mi madre ha sido sencillo, pero temo que la charla con Beltrán no lo va a ser tanto.

Lo veo sentado en una mesa un poco apartada. Está jugueteando con el móvil y bebiéndose una Coca Cola. Me acerco a la barra y pido un café con leche. Me siento al lado de Beltrán y doy un trago a la bebida sin poder evitar acordarme de él. Aprieto los labios para evitar que me embargue la emoción.

—¿Café? —me pregunta sorprendido Beltrán—. Por lo visto sí que han cambiado mucho las cosas desde que te fuiste.

—En realidad, las cosas cambiaron cuando te fuiste tú, Beltrán —le respondo con el ceño fruncido.

—Ya te lo expliqué por teléfono, Eli, se me estropeo el móvil.

—Por favor, sé que piensas que soy una ingenua, pero no me tomes por idiota.

—Yo no te tomo por...

—¡Claro que lo haces! Lo llevas haciendo mucho tiempo —le espeto—. Y no es solo eso. Es que todo lo que yo hago te disgusta. Te molesta la ropa que me pongo, las cosas que me gustan... cada idea mía para la boda te irritaba...

—Vale, es cierto que no estamos en nuestro mejor momento. La boda nos ha distanciado —admite—, pero podemos arreglar las cosas.

Sacudo la cabeza, pensando en todo lo que ha pasado durante mi viaje. Pensando en lo que siento por Roberto.

—No lo creo.

—Eli, llevamos juntos mucho tiempo, la boda está a la vuelta de la esquina, ¿quieres tirarlo todo por la borda?

—No lo entiendes... —Agacho la cabeza, avergonzada por todo lo que ha pasado.

Beltrán me coge de la barbilla, para obligarme a mirarlo.

—Te entiendo. Han pasado... cosas... en nuestros viajes, es por eso, ¿verdad?

Asiento con la cabeza y veo como aprieta los puños conteniendo la rabia.

—Olvidémoslo.

—¿Qué?

—Que olvidemos lo que ha pasado estas semanas. No ha significado nada. Solo ha sido...

—¿Sexo? —pregunto con la boca pequeña y veo que él no lo niega.

Las palabras de Roberto resuenan en mi cabeza: «Has vivido tu pequeña aventura, te has divertido conmigo y ahora volverás a tu vida».

¿Puedo borrar todo lo que he vivido los últimos días? ¿Puedo olvidar lo que he sentido? Lo que siento. ¿Puedo perdonar a Beltrán por lo que ha hecho? Y, aunque lo perdonase, ¿quiero volver con él?

—Eli, yo...de verdad que no significó nada.

Contengo la respiración al escucharle confirmar que me ha sido infiel y no puedo evitar que me duela, pese a haber hecho yo lo mismo.

—¿Por qué no me llamaste al llegar? ¿De verdad se te estropeo el móvil?

Beltrán desvía la mirada y sé que su respuesta no va a gustarme.

—Estaba agobiado, ¿vale? Quería desconectar... te mentí, no te llamé porque no quise.

—No lo entiendo.

—Quería sentirme soltero otra vez, no tener que dar explicaciones a nadie. Divertirme con los chicos como lo hacía antes.

Lo estudio con la mirada y empiezo a comprender que durante todos estos años de noviazgo he idealizado a Beltrán y no he visto como era en realidad. Es un maldito inmaduro.

—Así que te entró el pánico y decidiste ignorar todos mis mensajes y liarte con la primera que se te cruzó por el camino, ¿me equivoco?

No lo admite, pero tampoco lo niega.

Entonces comprendo que no quiero saber más, no quiero que me dé detalles de cuándo, dónde y con quién... no quiero saberlo.

Levanto la mano para que se calle.

—Lo... lo mío tampoco significó nada —miento.

Le miento a él, pero, sobre todo, me miento a mí misma porque lo significó TODO. Y lo sé, aunque me lo vaya a guardar en lo más profundo de mi corazón.

Noto que Beltrán se remueve en su asiento. No le ha gustado lo que le acabo de decir. Se pasa la mano por el pelo, agobiado.

–Lo cierto es que esperaba que me dijeras que no había pasado nada entre tú y ese tipo –gruñe–, pero no importa –añade, tratando de suavizar su tono–, supongo que en el fondo me lo merezco.

«¡Pues claro que te lo mereces!», quiero gritarle, pero no lo hago.

Ojalá no hubiera pasado nada. Ojalá pudiera retroceder en el tiempo. Ojalá nunca hubiera conocido a Roberto, porque así seguiría engañándome al pensar que lo que siento por Beltrán es amor.

Él acerca su silla a mí y me pasa un brazo por los hombros.

–Si puedes perdonarme, Eli, yo haré lo mismo.

¿Puedo perdonarle? Tal vez. ¿Perdonarme a mí misma por lo que estoy a punto de responderle? No lo creo.

Capítulo 22

El cumple de Pilu

Dicen que hay dos tipos de dolor, el que te lastima y el que te cambia. Ahora mismo, yo siento ambos. Así, precisamente, es como yo me siento. Dolorida y cambiada. Y es que los grandes cambios siempre vienen acompañados de una fuerte sacudida, de esas que te remueven por dentro.

Sé que cometí la mayor locura de mi vida, aunque también sé que es lo mejor que pude hacer. A lo largo de nuestra existencia, conocemos a muchas personas, algunas no te dejan huella, pero, de repente, llega una que te cambia la vida para siempre. Que la pone patas arriba.

Sé que Roberto es esa persona.

Lo sé porque lo siento en mi interior. Es algo que me explota en el pecho y no puedo evitar que me duela.

Y duele. Mucho.

Duele porque sé que lo que pasó entre nosotros nunca podrá llegar a ser nada más. Yo no he significado nada para Roberto. Me lo dejó bien claro cuando nos despedimos. No será más que un recuerdo en mi mente y en mi corazón. Uno que atesoraré y recordaré cuando sea una anciana. Sé que no voy a olvidarme de él, porque lo quiero como no he querido a nadie, pero también sé que debo regresar a mi vida.

Debo estar junto a mi madre porque me necesita, y lo que menos bien le haría a su maltrecho corazón ahora es un disgusto.

Lo mejor que puedo hacer es retomar mi vida donde la dejé.

Y eso es lo que estoy haciendo, aunque no está siendo fácil.

Por eso voy a seguir adelante con la boda, por ella.

Retomar mi relación con Beltrán tal y como la dejamos antes de que ambos nos fuésemos de viaje está siendo complicado. Los dos estamos recelosos y no es fácil, pero vamos poco a poco.

Tengo miedo de acostarme con él. Miedo, porque, tengo la certeza, de que cuando suceda, no será como con Roberto. No puede serlo. Miedo porque sé que no soy lo suficientemente valiente como para anular la boda aun sabiendo que es un tremendo error. Por eso, aparte de unos pocos besos, no hemos pasado de ahí, no me siento capaz y lo cierto es que Beltrán no me ha presionado.

Más que una pareja de enamorados, parecemos dos amigos.

En un momento dado, nos planteamos aplazar la boda, al fin y al cabo, mi madre todavía no está recuperada con lo que a nadie le habría extrañado, pero finalmente decidimos mantener la fecha oficial. Había demasiadas cosas organizadas ya y posponerlo solo supondría un quebradero de cabeza más.

Además, tengo el presentimiento de que, si retrasásemos nuestro compromiso, quizás este no llegase nunca a formalizarse, así que los dos hemos estado de acuerdo en que todo sea tal y como estaba previsto.

El espectáculo debe continuar.

Un par de semanas antes del gran día, Beltrán y yo llegamos a casa de Pilu. Él lo hace a regañadientes. Sé que los dos se detestan, pero no quería venir sola porque no conozco a la mayoría de los invitados y, desde que regresé y decidimos no anular la boda, está haciendo un esfuerzo para que las cosas vayan mejor y eso incluye salir no solo con sus amigos sino también con los míos.

Pilu ha organizado una fiesta en su casa. Nos abre la puerta y sonríe al verme y, luego, hace una mueca al detectar a Beltrán detrás de mí.

—¿En serio, Eli? ¿Te lo has traído a mi cumpleaños? No me jodas —dice con una mueca de asco en voz alta, sin intentar ocultar su disgusto ni lo más mínimo.

—Más te vale que seas amable con él. Lo ha hecho con la mejor de las intenciones —le advierto en un susurro.

—¿Qué intención era esa? ¿Joderme la fiesta?

—Basta ya, Pilu —siseo, disgustada—. Lo está haciendo por mí.

Mi amiga pone los ojos en blanco y nos deja atrás, entremezclándose con el resto de invitados. Veo que se acerca a una de las mesas que tienen comida y bebida y que se sirve una copa.

Beltrán me coge del brazo, en un gesto cariñoso, para tratar de tranquilizarme.

—¿Quizás no ha sido buena idea que viniera?

Estoy a punto de responderle que por supuesto que ha sido buena idea cuando lo veo. Ahí plantado, apoyado en una pared con una copa de vino en la mano. Me sorprende verlo afeitado. Lleva esos vaqueros que tan bien conozco y una sencilla camisa blanca. Su pelo sigue igual de largo y se nota que todavía lo tiene húmedo. Su mirada está perdida, hasta que, de pronto, me detecta y sus hipnóticos ojos azules conectan con los míos y hacen que todas las alarmas de mi cuerpo salten.

—Mierda —digo para mí, girando la cabeza y rompiendo la conexión.

Por fortuna, Beltrán no se percata y yo trato de hacer como si no lo hubiera visto, pero es difícil mantener la calma ahora que sé que está aquí.

No había vuelto a saber nada de Roberto desde que nos despedimos en Nueva Zelanda y, aunque no he dejado de pensar en él ni un solo día, me había autoconvencido de que si no volvía a verlo, conseguiría olvidarlo.

Poso mis ojos en él con disimulo, y casi espero que se acerque a mí para pedirme perdón, pero sé que es una fantasía.

De reojo, veo como sale del comedor con Piluca y

siento una punzada de celos en mi interior. Claro, por eso está aquí, por ella. Supongo que hoy mi amiga tendrá al fin lo que quiere.

—Voy un momento al servicio —me excuso con mi prometido. De repente, siento que se me ha revuelto el estómago.

Cruzo el estrecho y oscuro pasillo y me detengo frente a la puerta del baño, cuando oigo las voces de ambos. Sin poder resistirme, me acerco a la esquina del corredor y me quedo parada, escuchando desde las sombras su conversación.

—Pero... ¡Roberto! ¿Te has vuelto loco?

El chillido ilusionado de mi amiga me descoloca y asomo la cabeza por la esquina del pasillo. Por suerte, Roberto está de espaldas a mí y no puede verme y, Piluca, está tan concentrada en algo que él le ha dado que no me ve.

Entrecierro los ojos para discernir lo que es y me tapo la boca con las manos para ahogar un grito al ver que lo que le está dando a Pilu es un anillo. ¿Un anillo de compromiso?

Joder, no puede ser verdad. Me dijo que no creía en el matrimonio. Que las relaciones largas estaban abocadas al fracaso.

Siento que empiezo a marearme.

Noto que ya no puedo contener las náuseas y salgo corriendo hacia el baño. A duras penas logro aguantar las arcadas hasta levantar la tapa del váter.

Escucho unos pasos apresurados que se dirigen hacia mí y me giro para encontrarme a Roberto y a Pilu bajo el marco de la puerta.

—Dejadme tranquila —les suelto de mala manera entre espasmos.

Pilu, que me conoce, es más inteligente y se da media vuelta, pero Roberto es más insistente y se acerca.

—Vete.

Él no me hace caso y, sin mediar palabra, me aparta el pelo de la cara al tiempo que me sostiene la cabeza mientras vomito.

Dos minutos más tarde me pongo en pie y lo aparto. No soporto tenerlo tan cerca y pensar que no siente nada por mí. Siento que algo se me rompe por dentro, pero no pienso dejar que él lo note. Me lavo la cara y la boca e intento salir del baño, cosa que Roberto me impide con su imponente presencia.

Me sujeta del brazo para evitar que me aparte de él.

—¿Estás bien?

Lo miro con rabia. Por supuesto que no estoy bien. ¿Cómo podría estarlo después de lo que he visto?

—Has venido con tu prometido.

—¿Qué esperabas? ¿Qué no siguiera con mi vida? Tú mismo me lo dijiste.

—Esperaba... —se calla por un momento, su cara languidece y se lo piensa—, no sé qué esperaba —admite.

—Me dijiste que lo nuestro no significaba nada y, después de lo que acabo de ver, me ha quedado muy claro.

Me mira, confuso.

—¿Lo que acabas de ver? ¿A qué te refieres?

—Te he visto con Pilu, Roberto, no hace falta que me mientas.

—¿Con Pilu? Sí, es su cumpleaños, es lógico que me hayas visto con ella —replica.

—Has venido por algo más, reconócelo —le digo, ya, entre lágrimas.

—¡Claro que he venido por algo más! —brama, cabreado—. He venido por ti, maldita sea.

Niego con la cabeza. Yo sé muy bien lo que he visto. Yo no significo nada para él.

—No me jodas, Eli —insiste—. Sabes perfectamente que la única persona por la que he venido hoy a esta fiesta es por ti, porque sabía que estarías aquí.

—No me mientas, Roberto. Sé muy bien que nunca sentiste nada por mí.

—No, Eli, estás equivocada.

Las lágrimas me caen por la cara. Lloro, desconsolada, pero trato de controlarme.

—La única persona por la que he sentido algo en toda mi vida es por ti. Y me asusté. Tuve miedo. Miedo de pasar el resto de mi vida contigo y hacerte una infeliz.

—Puedes irle a otra con tus cuentos, Roberto —replico sacudiendo mi brazo para soltarme y secándome los ojos con la mano.

—Joder, la cague, ¿vale? Jodí lo que había entre nosotros, pero tienes que creerme.

—No te creo —respondo, tratando de parecer segura—. Lo único que pretendías demostrar es que también te podías ligar a la chica que estaba a punto de casarse. Necesitabas satisfacer tu ego y demostrar que podías conquistarme.

Trato de alejarme, porque no quiero seguir manteniendo esta conversación, pero él me bloquea el paso.

—Fui un idiota, princesa —susurra.

—Lo fuiste —siseo con rabia— y, ahora deja que me vaya.

—No vas a marcharte sin dejar que me explique.

—Por supuesto que voy a hacerlo —le respondo, dándole un empujón y apartándome de su lado.

Salgo corriendo hacia el salón. Después de lo que he visto, no quiero, ni puedo, oír nada más.

Él sale detrás de mí, pero no llega a alcanzarme, pues cuando lo hace, yo estoy entre los brazos de Beltrán.

—¿Puedes llevarme a casa?

—¿Qué ha pasado?

Yo no le respondo, pero Roberto, que me ha seguido, se queda parado a menos de un metro de nosotros. Nos mira con rabia. Por lo visto no piensa rendirse.

—Eli, tienes que escucharme... —suplica.

Beltrán se separa de mí con brusquedad y se encara con él. Puedo ver la ira en su rostro.

—Déjanos en paz. Ya has hecho bastante, ¿no crees? —le insta, belicoso.

—¡Ja! —La irónica carcajada de Roberto lo descoloca por completo—. Esto me lo dice el tipo que por lo visto sí sabe hacerla feliz.

Le pongo la mano en el hombro a Beltrán para tranquilizarlo e intervengo antes de que la situación se nos vaya de las manos.

—Beltrán me hace muy feliz —replico, tajante—. Nos casamos en quince días.

—El matrimonio no equivale a felicidad y lo sabes.

—¿No? Pues me extraña que vayas repartiendo anillos de compromiso por ahí si ese es tu pensamiento.

—¿Qué? —Me mira, descolocado—. ¿De qué cojones hablas?

—De nada —musito en voz baja antes de elevar de nuevo el tono y dirigirme a mi prometido con voz firme—. ¿Podemos irnos ya, Beltrán?

Él se gira, me coge de la mano con fiereza y, sin despedirnos siquiera de Piluca, salimos de su casa. Una vez que estamos en el ascensor, su expresión hacia mí cambia. Está serio y taciturno.

Salimos del portal en silencio y caminamos hacia su coche. Cuando nos subimos, Beltrán enciende el motor, pero antes de ponernos en marcha, se gira hacia mí y me mira desconcertado.

—Estás enamorada de él, ¿verdad?

Lo dice sin rastro de enfado o rencor. Su tono de voz es calmado y melancólico. Yo me tapo la cara con las manos para ocultar mi vergüenza y mi llanto.

—Podemos anular la boda.

—No... —Me seco las lágrimas y continúo, tratando de mostrar firmeza y convicción—. No quiero anularla. Lo nuestro funciona, Beltrán.

—¿Funcionar? No me hagas reír, Eli. Muchas cosas han quedado claras desde que nos fuimos de viaje y una de ellas es que nuestra relación ha funcionado porque tú has tratado de ser alguien que no eras para satisfacerme. Te has adaptado a mi modo de ser y ahora... ¡ahora estamos a punto de cometer la mayor cagada de nuestra vida!

Quiero decirle que nada de eso es verdad, pero no quiero mentirle. No quiero mentirme a mí misma, así que permanezco callada, porque sé que tiene razón.

—Te quiero, y seguir adelante con esto sería un error. Un tremendo error, porque estás enamorada de otra persona y yo no estoy enamorado de ti.

Sus últimas palabras son como un bofetón de realidad. Algo que siempre he querido negar y, en el fondo, he sabido desde el principio.

—Estuve enamorado de ti —continúa—, pero sería injusto decirte que sigo estándolo. Te quiero, estoy a gusto contigo y sé que podría ser razonablemente feliz a tu lado, porque nos entendemos bien, pero no estoy enamorado de ti, hace mucho tiempo que lo sé, pero no había querido admitirlo —repite.

Me imagino casada con Beltrán y las palabras de Roberto resuenan en mi cabeza: «El matrimonio no equivale a la felicidad».

—Continuar con esto no sería más que alimentar una farsa.

Asiento con la cabeza, el principal motivo por el que quise seguir adelante fue por no causarle más tensiones ni dolor a mi madre, pero en nuestro interior, los dos sabemos desde que nos reencontramos que solo hemos seguido con la boda por mantener las apariencias.

—Tienes razón. Me convertí en alguien que no era para que te fijases en mí, pero una no puede pasarse la vida fingiendo ser alguien que no es.

Beltrán me limpia con su mano las lágrimas que me caen por las mejillas.

—Ese maldito viaje a las antípodas nos ha abierto los ojos.

—Me parece que tu despedida de soltero a Tailandia también ha tenido mucho que ver... —puntualizo.

—Debí llamarte —se lamenta—, debí...

Le pongo el dedo índice sobre los labios para que se calle.

—Debiste hacer muchas cosas y no hacer otras tantas, igual que yo, pero es mejor así.

—Supongo.

—Lo es. Mejor darnos cuenta antes de la boda que cuando hubiera sido tarde... —Y al decir esto, me imagino nuestro matrimonio siendo algo parecido al de los padres de Roberto. A Beltrán siéndome infiel y, a mí, haciendo como si nada, fingiendo que nuestra relación es algo que no es. Y me horrorizo al pensarlo, porque yo no quiero ser esa clase de mujer.

Tras un silencio incómodo, Beltrán vuelve a hablar.

—Nos hemos hecho mucho daño. No tiene sentido seguir adelante solo por el qué dirán.

No puedo estar más de acuerdo con él, pero faltan dos semanas para la boda, anularlo todo me abruma, por no hablar de decírselo a mi madre. Tengo miedo de que el impacto de la noticia afecte negativamente a su salud.

Beltrán mete primera y saca el coche del aparcamiento. No hablamos en todo el trayecto.

—Yo me ocuparé de todo, ¿de acuerdo? De la boda, de los invitados, del piso... Hablar con doña Elisa ya supone demasiada presión —me dice con una media sonrisa cuando nos detenemos frente a mi portal.

—Gracias —replico. El mero hecho de enfrentarme a mi madre me preocupa más que haber terminado mi relación, pero por una vez en la vida he de ser valiente y afrontar las cosas–. Te lo agradezco, pero no es necesario. Habla con tus padres y comunícalo a tu familia que yo haré lo mismo por mi parte. Bastante tendrás tú con el tema del piso, así que yo me ocuparé del banquete y de todo lo demás. Es hora de tomar las riendas de mi vida

—¿Estás segura? No me importa hacerme cargo, al fin y al cabo, yo tengo gran parte de culpa.

Niego con la cabeza. Puede que haya sido un cabrón, pero la realidad es que no ha sido culpa suya. La culpa ha sido mía por no haberme respetado lo suficiente en nuestra relación, si lo hubiera hecho, quizás su comportamiento habría sido diferente. Abro la puerta y me dispongo a bajar del vehículo.

—Eli...

—¿Sí?

—Lo siento mucho.

Lo miro con tristeza. Sé que siente lo que hizo. Sé que siente que las cosas terminen así. Han sido muchos años juntos y, a pesar de todo, podría decirse que éramos felices juntos. O que lo fuimos.

—Yo también.

Beltrán se inclina hacia mí y me da un beso en la mejilla. El roce de sus labios con mi piel no me provoca nada y, en ese momento, sé, con certeza, que estamos haciendo lo correcto.

Capítulo 23

¡Ay, mi madre!

A la mañana siguiente me despierto temprano. Apenas he podido dormir entre la preocupación de tener que decirle a mi madre que Beltrán y yo hemos roto y el desasosiego que me produce pensar en Roberto y lo que vi anoche.

Voy a la cocina y me la encuentro sentada en la mesa, leyendo el periódico con tranquilidad. Aunque todavía está convaleciente, supongo que tiene demasiado interiorizado su hábito de madrugar como para quedarse en la cama remoloneando.

Voy directa a la cafetera y veo que enarca las cejas, sorprendida, al ver que no voy a tomar mi habitual vaso de leche con Cola Cao.

—¿Quieres uno? —le pregunto entre bostezos señalando la máquina.

—No —niega con la cabeza al tiempo que levanta su taza de té—. El café siempre fue más del gusto de tu padre. Y del mío, claro –añade en alusión al negocio familiar y a mi abuelo.

La observo con detenimiento:

–Tienes mala cara, ¿te encuentras bien?

–Debería ser yo la que me preocupase por tu estado de salud, que para eso soy tu madre.

Esta afirmación hace que tuerza el morro. Ya podía haberse preocupado por mí cuando estaba en Nueva Zelanda. Si no me hubiera dejado sin dinero, no habría terminado viajando con Roberto y ahora no estaría hundida en la miseria.

Supongo que se me nota en la cara, porque se apresura a disculparse.

–Eli, ya te lo dije cuando viniste al hospital, pero estoy muy arrepentida de lo que pasó...

–De lo que hiciste, mamá, de lo que hiciste –acuso, sin poder callármelo.

–Tienes razón –suspira–, ahora lo veo todo distinto, pero en aquel momento solo quise evitar que tuvieras problemas con Beltrán. Pensé que tu viaje le molestaría y que si no tenías dinero volverías a casa...

–Mamá –le pregunto, tratando de pensar cómo darle la noticia–, ¿tú crees que debería casarme con una persona a la que le parece mal que yo me vaya de viaje con una amiga y que, sin embargo, se va de viaje con sus amigotes y no es capaz ni de mandarme un mensaje en días?

No me responde, pero agacha la mirada y veo tristeza en sus ojos.

–¿Tan importante era esa boda para ti?

Cojo la taza y me siento frente a ella. El aroma del café, me recuerda, de un modo doloroso, a mi compañero de viaje.

—Me sorprendí mucho cuando empezaste a salir con Beltrán, ¿sabes? —dice de pronto mi madre—. Era lo que yo siempre había querido para ti. Un chico guapo, con estudios y de buena familia, ¿qué más podía pedir? Y, sin embargo —sonríe con añoranza—, me resultaba increíble que ese fuera el tipo de hombre que tú quisieras en tu vida.

Doy un sorbo a mi café y la miro con extrañeza.

—Sí, Eli, te conozco más de lo que crees. Eres una romántica, como lo era tu padre —suspira—, siempre con la cabeza metida en los libros. No te importan las apariencias, ni mucho menos eres una chica a la que le guste ir especialmente arreglada ni a la que le guste salir. Tú prefieres quedarte en casa leyendo que ir al último local de moda.

En eso tiene razón.

—Tú padre era igual, así que pensé que, si él se había enamorado de mí y había funcionado, ¿por qué no habría de hacerlo contigo y con Beltrán? Nosotros éramos muy distintos y, a pesar de todo, nos queríamos. Lo que pasa es que, vuestra relación no es como lo fue la nuestra.

—Era —puntualizo.

—¿Cómo que «era»? ¿Qué quieres decir?

—Que nuestra relación no era como lo fue la vuestra. Hemos anulado la boda, mamá, hemos roto.

Entonces, para mi sorpresa, mi madre hace algo que yo nunca hubiera esperado después de hacerle semejante anuncio, se levanta de su sitio, se acerca a mí y me abraza.

—Lo siento mucho, cariño —me susurra mientras me acaricia el pelo con un cariño con él que casi no recuerdo que me haya tratado nunca—. Lo siento de veras.

Dejo que mi madre me estreche entre sus brazos y suelto algunas lágrimas. Lágrimas por la tensión acumulada en este tiempo y por el alivio que me produce su reacción.

—Creí que te enfadarías. Tenía miedo de que la noticia te afectase.

—Supongo que lo habría hecho antes del infarto, pero ahora veo las cosas de un modo distinto.

—¿Cómo las ves?

—Como cuando tu padre estaba aquí —replica, secándome una lágrima con la mano—. Me costó mucho superar su fallecimiento... y tú me recordabas tanto a él... Quizás por eso me he empeñado en hacerte ser alguien que no eras. Me resultaba demasiado duro verlo reflejado en ti cada día y lo único que he conseguido es alejarte de mí.

—No pasa nada, mamá —murmuro mientras me agarro a ella, abrazándola con fuerza, como no hacía desde que era una niña y comprendiendo, al fin, muchas cosas.

Un par de minutos más tarde me suelta, se enjuga alguna que otra lágrima que ella también ha derramado, y trata de recomponerse. Al fin y al cabo, es doña Elisa, y no está acostumbrada a tener estos momentos de debilidad. Da un sorbo a su té y, con rostro serio, me pregunta:

—¿Beltrán te ha sido infiel?

Esa es mi madre. Directa al grano. La delicadeza nunca ha sido una de sus virtudes.

Asiento con la cabeza.

—¡Cuando lo vea, me va a oír! —exclama, amenazante—. ¿Quién se ha creído que es?

—Déjalo, mamá —la interrumpo poniéndole la mano sobre el brazo para tratar de calmarla—. Yo tampoco he sido un ángel.

Me mira, incrédula. Supongo que, conociéndome, resulta difícil de creer.

—Y, en cualquier caso —añado—, no ha sido por eso. Ya no éramos felices, lo que ha pasado solo ha sido una consecuencia del estado en el que nuestra relación se encontraba.

—¿Lo dices de verdad?

—Sí. Beltrán me quería, pero no estaba enamorado de mí. Le incomodaban mis gustos, detestaba cómo me vestía y siempre tenía que forzarme a su lado. Mientras fingía ser una chica de las que a él le gustan todo iba bien, pero en cuanto mi personalidad salía a la luz... bueno, es obvio que no le gustaba.

—Supongo que yo no he contribuido mucho —admite a regañadientes—. El hecho de que yo te forzara a hacer las cosas a mi manera solo ha hecho que deteriorar nuestra relación y hacerte desgraciada.

No contesto, no puedo negarlo.

—Lo siento, princesa...

Escuchar a mi madre llamarme de ese modo me descoloca.

—Así es como te llamaba siempre tu padre —recuerda.

¿Cómo he podido olvidarlo? Pensar que Roberto me llamaba igual, parece cosa del destino.

—¿Estás segura de la decisión que habéis tomado? —insiste.

—Lo estoy, mamá. Lo importante es que me he dado cuenta antes de que fuera demasiado tarde.

Mi madre me escudriña con la mirada y aprieta los labios, como si no estuviera convencida del todo con lo que le cuento.

—Entonces, ¿por qué pareces estar tan triste si estás convencida de que has tomado la decisión correcta?

Porque estoy enamorada de Roberto. Porque en apenas unos días he sentido cosas que no había sentido en años. Porque sé que lo he perdido para siempre.

—Solo es cansancio —miento.

No parece satisfecha con la respuesta, pero, por una vez en su vida, decide no entrometerse y lo deja pasar.

Han pasado ya casi dos meses desde que volví de Nueva Zelanda y, a excepción de mi vida amorosa, el resto de aspectos de mi existencia parecen estar más o menos en orden. Sigo con mi trabajo como lectora y correctora en la editorial y, además, ayudo a mi madre en el negocio.

Los médicos le dijeron que tenía que bajar el ritmo de trabajo y relajarse, así que le propuse que me dejase ayudarla. Fue bastante reacia, porque no quería forzarme a trabajar en algo que no me gustase, pero cuando le sugerí convertir los locales en cafeterías-librerías accedió. Eso era algo que sí me iba a llenar, algo que me había rondado la cabeza durante años y nunca me había atrevido a proponerle, pero a partir de ahora, estaba decidida a no dejar que el miedo o el conformismo controlasen mi vida.

El nuevo giro que ha dado la empresa de mi madre me mantiene bastante ocupada y, estoy tan cansada cuando llego a casa, que caigo rendida en la cama sin mucho tiempo para pensar en nada, lo que me viene muy bien. De hecho, tengo tanto trabajo que tuve que dejar las clases en la academia, aunque no he dejado la editorial, eso es algo que me gusta demasiado.

Por otro lado, mi vida social es prácticamente nula. No he querido hablar con Piluca desde el día de su cumpleaños y, aunque ella no para de llamarme y de mandarme mensajes diciendo que no sabe lo que me pasa, yo me mantengo firme. Sé que le dije que no sentía nada por Roberto y que era todo suyo, así que no puedo extrañarme de que aprovechase su oportunidad, pero es inevitable sentirme traicionada. Pensar que están juntos duele demasiado.

Me refugio en los libros y en mi nuevo trabajo, y así van pasando los días. Hasta que una tarde, mi amiga se planta en mi casa. Va vestida con el uniforme de trabajo, así que intuyo que acaba de volver de una línea.

—¿Piensas dejarme aquí fuera? —pregunta después de haber llamado tres o cuatro veces con insistencia.

Yo la observo desde la mirilla, tratando de decidir qué hacer. Estoy dolida, pero, al fin y al cabo, ella se fijó en Roberto antes que yo. No puedo culparla por sentir algo por él, ¿verdad? Lo raro sería no sentir algo por un hombre como Roberto.

A regañadientes, me digo a mí misma que tendré que aceptarlo, así que abro la puerta.

—¿Se puede saber qué te ha dado? —inquiere con los brazos en jarra y el ceño fruncido—, llevo llamándote y enviándote mensajes desde el día de mi cumpleaños.

—Lo siento, Pilu, yo…

—Vale, vale, no te preocupes —dice entrando en casa sin esperar a que la haga pasar y dándome un abrazo—, lo sé todo.

¿Qué lo sabe? ¿Qué es lo que le ha contado Roberto exactamente?

—Beltrán me llamó para decirme que se cancelaba la boda al día siguiente de mi cumpleaños. Ahora entiendo el motivo por el que estabas tan disgustada esa noche cuando vomitaste en el baño… pero, ¿por qué no me has respondido a las llamadas y a los mensajes? Joder, Eli, soy tu mejor amiga, no tenías que pasar por esto sola. Yo hubiera estado ahí para apoyarte.

¿En serio cree que todo esto es por Beltrán? Aliviada de que no se haya dado cuenta de que estaba enfadada con ella, pasamos al salón. Deja su bolso sobre el sofá, pero se queda de pie.

—Voy un segundo al baño, el último vuelo ha sido tan movidito que no he tenido tiempo ni de parar un segundo. ¿Me preparas un café? —pide entre bostezos—, el madrugón de hoy me está matando.

—Claro, café para dos.

—¿Desde cuándo tomas café tú? —inquiere, sorprendida.

—Supongo que desde que trabajo en las cafeterías

he aprendido a valorar sus cualidades —miento. No me apetece tener que explicarle que su querido ingeniero es el causante del cambio en mis costumbres.

Desaparece por el pasillo y yo enciendo la cafetera y preparo dos tazas. Las coloco en una bandeja de madera y la llevo a la mesita del salón y me siento, esperando que vuelva.

Veo que el bolso lo ha dejado abierto y el móvil sobresale, entonces, decido hacer algo que sé que está mal.

Pero que muy mal. Y sería la segunda vez que lo hago.

Me levanto y asomo la cabeza al pasillo para cerciorarme de que todavía no ha salido del baño, así que meto la mano en el bolso y cojo su teléfono. Sé que Pilu no le pone código de desbloqueo porque le molesta tener que estar introduciendo el número cada vez, por lo que me doy prisa y entro en sus conversaciones de WhatsApp. Busco la que tiene con Roberto —al que tiene memorizado en su móvil como culo prieto— y me remonto al día que él le escribió desde Nueva Zelanda para decirle que yo me había quedado sin móvil.

¡Hola, Pilu!
Tu amiguita Elisa se ha quedado hoy sin móvil.
Me pide que se lo comuniques a su madre y al tal Beltrán... ahora no solo no tiene dinero, sino que está incomunicada... la verdad es que a la princesita no se lo han puesto nada fácil en este viaje entre el uno y la otra.

Por cierto, ¿qué tal tu regreso a España?
No se te puede sacar de casa, ¿eh? Siempre terminas metida en algún jaleo. Eres única.
¿Nos vemos cuando vuelva?

Cojo aire y me preparo para seguir leyendo el resto de la conversación. Tengo miedo de lo que pueda llegar a encontrarme. Pilu no le respondió hasta unas horas más tarde.

¡Culo prieto! ¿Cómo lo estáis pasando? Espero que estés cuidando de ella.

Me alucina la poca vergüenza con la que Pilu se dirige a él.

Hablaré con Beltrán, aunque no me hace ninguna ilusión... ese tío es un pijo insufrible que me detesta. Ya verás la gracia que le hace cuando le dé la buena nueva.
En fin... ¡todo sea por mi amiga!
Claro, nos vemos cuando volváis. Tenéis que contarme ese viaje con todo lujo de detalles, ¡pensar que podría estar ahí con vosotros ahora pasándolo en grande!

La conversación se corta ahí y, aunque se nota que los dos tienen *feeling* me extraña que no haya más coqueteo por parte de Pilu ni más insinuaciones por parte de él. ¿He estado equivocada y no hay nada entre ellos?

Unos taconeos me advierten de que mi amiga está a punto de entrar, así que cierro la aplicación, dejo el móvil en su sitio y me concentro en ponerme dos cucharadas de azúcar y remover el café, tratando de disimular mi sentimiento de culpabilidad.

Pilu se sienta a mi lado, se prepara su taza, se bebe el café de golpe y, sin rodeos, me suelta:

—Ahora vas a contarme de una vez por todas que es lo que hay entre Roberto y tú.

Me retuerzo las manos, nerviosa. No esperaba que fuese tan directa, pero estaba claro que sabía que había algo más, es demasiado intuitiva.

—No hay nada entre nosotros. —Y, tristemente, es cierto. Ya no hay nada.

—No me mientas, Elisa —me recrimina utilizando mi nombre completo como hace cuando se enfada conmigo—. Hice como que me lo tragaba cuando me lo dijiste, pero permíteme que te diga que sé que entre vosotros hay algo...

—No hay nada, créeme. Yo no me entrometería en lo vuestro.

No puedo ni quiero romper mi amistad con Pilu, si ellos quieren estar juntos yo no puedo hacer nada para evitarlo, así que, ¿para qué complicarlo todo contándole lo que pasó? Tengo que aceptarlo y seguir adelante con mi vida.

—¿Entre nosotros? ¿Qué me estás contando?

—Que si lo que te preocupa es que pasase algo entre nosotros en el viaje que puedes estar tranquila. Roberto es todo tuyo.

—¿Todo mío? —Suelta una carcajada—. ¿Te has fumado algo, Eli?

—Me parece que eso es más propio de ti, ¿no crees?

Doña Me Voy a Nueva Zelanda y Llevo María en el Bolso –replico, cabreada.

–Oye, oye, sin ofender.

–Es la pura verdad.

–Puede que eso sea verdad, pero me estás mintiendo en lo que respecta a Roberto.

–¡Puedes quedarte con tu culo prieto! ¡Es todo tuyo!

Se pone de pie de un salto y puedo ver en sus ojos que está enfadada.

–Llevo dos meses sin saber nada de ti. Pensaba que era porque estabas afectada por tu ruptura con Beltrán y porque estabas angustiada por la salud de tu madre, por eso te di espacio. Pero ahora veo que no es por eso. Es por Roberto, ¿verdad? Pues me vas a escuchar y vas a dejar de boicotear tu propia felicidad.

–Yo no boico...

–¡Chitón! –se lleva el dedo índice a la boca en un gesto que indica que me calle. Y está tan alterada que no me atrevo a discutírselo–. El día que llegaste de Nueva Zelanda supe que sentías algo por él, pero tú decidiste que era mejor mentirme a mí, mentirte a ti misma y mentirle a todo el mundo y seguir con la maldita boda.

Pilu está fuera de sí y sé que es mejor no interrumpirla.

–Puedes decirme lo que quieras, pero sé que algo pasó en mi cumpleaños entre vosotros. Algo que te hizo tener la suficiente cordura como para cancelar la boda, ¿me equivoco?

–No, no te equivocas –le confieso con la boca pequeña–. Pero, créeme cuando te digo que no me importa que estéis juntos.

–¿Qué no te importa que estemos juntos? –Me mira como si estuviese loca.

–Sé que él te gusta desde hace mucho, Pilu, lo entiendo. No estoy enfadada.

–Yo sí que estoy enfadada, maldita sea, ¿de dónde diantres te has sacado que yo estoy liada con Roberto? ¿Qué clase de amiga crees que soy?

–¿No estáis...?

–No –replica tajante sin dejarme ni terminar la frase–. Joder, Eli, que soy tu mejor amiga. Me dijiste que no había nada entre vosotros, pero se te veía en la cara que estabas loca por él. No estoy ciega, te conozco.

–Entonces, ¿por qué te dio un anillo? –Estoy confusa. ¿Me imaginé lo que vi?

La puerta de la entrada se abre de pronto y la voz de mi madre interrumpe nuestra conversación, dejando la pregunta en el aire.

–Ya estoy en casa –canturrea. Desde luego, mi madre parece otra persona.

Entra en el comedor con una sonrisa de oreja a oreja. Apenas hace un par de días que ha vuelto a estar a pleno rendimiento en el trabajo y se nota que le sienta bien. Se deja caer en el sofá, entre nosotras, y se descalza, poniendo los pies sobre la mesa, en un gesto que antes habría considerado de muy mala educación.

Pilu me mira sorprendida. Definitivamente mi madre ha evolucionado como si de un Pokemon se tratase.

–¿Cómo ha ido el día, mamá?

—Ha estado de lo más interesante. He ido a revisar la cafetería de la calle Sorní. Quería ver qué tal había quedado el rincón de la librería. Ya sé que esa parte del negocio es tu responsabilidad —se disculpa por entrometerse—, pero no puedo evitar querer controlarlo todo.

—¿Qué tiene eso de interesante, doña Elisa? —dice Pilu metiéndose en la conversación con brusquedad, pero, eso sí, hablándole a mi madre de usted, que ella lo de que la tuteen no lo lleva bien.

—¡Oh, sí! Es un cliente que tenemos. Al parecer suele ir a ese local con asiduidad, las camareras están locas con él. Trabaja en una compañía aérea y va a turnos, pero cuando libra, le gusta ir a tomarse un café, a las pobres se les cae la baba y, ¡no es para menos! ¡Menudo pibón!

—¡Mamá! —exclamo, escandalizada por sus palabras.

—¿Qué pasa, hija? Soy viuda, pero no ciega.

—¿Desde cuándo va usted fijándose en jovencitos, doña Elisa? —pregunta Pilu a la que la situación parece divertirle.

Mi madre se gira hacia ella:

—Te habría encantado, Piluca, con unos preciosos ojos azules y ¡qué culo tenía!

La alusión a su trasero hace que algo haga clic en mi cerebro.

—Has dicho que era piloto, ¿no, mamá?

—No, es ingeniero aeronáutico o algo así.

Contengo la respiración, pues son demasiadas coincidencias.

—Por lo visto tiene espíritu de trotamundos y viene en sus días libres con el portátil a escribir, al parecer tiene un blog de viajes.

Un ingeniero tío bueno al que le gusta viajar. Y con culazo. No creo que haya dos en Valencia.

—Me parece, doña Elisa —incide Piluca que parece haber llegado a la misma conclusión que yo— que su hija y yo conocemos a ese adonis.

—No me digas.

—Sí —afirma con aire sabelotodo.

Yo la miro fijamente y con intención. No hay necesidad alguna de hablar de esto con mi madre.

—Sí —repite—. No sé si recuerda que su hija se quedó tirada en Nueva Zelanda sin acceso a sus tarjetas de crédito y que recorrió el país de la mano de un hombre que no era su prometido...

—¡Piluca!

Por Dios, que se calle ya. Mi madre ha cambiado, pero tampoco hay que forzar la máquina. Sin embargo, ella no dice nada y parece expectante.

—...pues ese tipo no era ni más ni menos que su cliente. Y, para más inri —continúa—, Eli se ha enamorado de él y por no sé qué estúpida razón cree que yo tengo algo con él y ha decidido apartarlo de su lado.

Pilu se cruza de brazos, satisfecha, y mi madre se gira hacia mí con expresión circunspecta.

—¿Es eso verdad, Elisa? —dice con tono adusto.

—¿Qué importa eso?

—¡La madre que te parió! —bufa Piluca fuera de sí—, mis disculpas por la parte que le toca —murmura girándose a mi madre–. ¿Qué si importa? ¿Qué si importa? ¡Roberto está loco por ti! ¿Cómo no va a importar?

Los ojos de mi madre van de la una a la otra, como si estuviera viendo un partido de tenis.

–Roberto no siente nada por mí –refuto convencida–. Han pasado casi dos meses desde la última vez que lo vi y no he vuelto a saber nada de él desde entonces. ¿No crees que me habría llamado o habría venido a buscarme si fuera así?

–No, si cree que te has casado.

Me tapo la boca con las manos y contengo la respiración, ¿es posible que no se haya enterado de que he anulado la boda? Tendría sentido.

–Tú... ¿no le has dicho nada?

–No hemos hablado desde el día de mi cumpleaños, Eli. El único motivo por el que vino fuiste tú. Quería verte. No es que seamos íntimos, aunque hayamos... bueno, ya sabes...

Mi madre está perpleja, aunque dudo mucho que nada de lo que Piluca haga la sorprenda. Se gira hacia mí.

–¿Ella y él? –me pregunta señalándola con la cabeza.

–No fue nada, doña Elisa. Una fiesta de la empresa, ya sabe cómo son estas cosas.

–No, no lo sé –dice mi madre negando con la cabeza. Obviamente, tiene un concepto del entorno laboral muy diferente al de mi amiga.

Mientras ellas se enzarzan en una discusión sobre las relaciones amorosas en el trabajo yo me quedo ahí, sentada, mirando al infinito, sin poder reaccionar.

¿Es posible que él sí que sienta algo por mí? Tanto si lo siente como si no, tengo que saberlo por mí misma, necesito escucharlo de su boca y tengo que decirle lo que siento yo. Aunque vaya a rechazarme, tengo que intentarlo.

Sin decir ni mu, me pongo de pie, voy corriendo hasta el recibidor, cojo mi bolso y abro la puerta de casa dejando a mi madre y a Pilu perplejas. Se callan al instante al ver que estoy a punto de marcharme.

—¿Adónde vas? —inquieren al unísono.

—Voy a hablar con él. Si es que sigue allí, claro.

—¿Así vestida? —pregunta Pilu escudriñándome de arriba abajo—. ¡Arréglate un poco!

Hoy no pensaba salir de casa, estaba poniéndome al día con los informes de lectura y demás trabajos para la editorial así que voy sin maquillar, con el pelo recogido en una coleta y vestida con unos pantalones cortos, unas zapatillas de deportes y una camiseta de las mías.

—Déjala que vaya como quiera —interfiere mi madre—. Si la quiere, tiene que quererla tal y como ella es.

Escuchar esas palabras de alguien que se ha pasado media vida tratando de que sea otra persona me llega al corazón, así que me acerco a ella y le doy un fuerte abrazo.

—Te quiero, mamá.

Ella me aprieta con fuerza, pega su mejilla a la mía y me susurra al oído:

—Anda, vete a buscar tu final feliz.

Capítulo 24

El anillo único

Doy un sorbo a mi café. La verdad es que me encanta el café que hacen en este sitio. Y las camareras son muy amables. Aunque, la verdad, me incomoda tanta miradita. ¡En especial las que lanzan a mi culo! En otra época me habría aprovechado de las circunstancias, pero ahora... ahora no puedo pensar en otra cosa que no sea en ella. ¡Hay que joderse!

Menos mal que el trabajo ocupa gran parte de mi jornada y me impide darle vueltas a la cabeza. Entre eso y el blog de viajes que he empezado a escribir me mantengo ocupado. Eso es lo que me salva, porque en cuanto me relajo, no puedo evitar que los recuerdos inunden mi mente.

Ahora mismo, por ejemplo, podría reproducir con total exactitud lo que sentí cuando me separé de ella en Christchurch. Es como una película que se proyecta ante mí.

En cuanto veo cruzar a Eli el filtro de seguridad y la pierdo de vista entre la multitud que entra en la zona de embarque me siento un farsante, un imbécil, un CABRÓN. Así, con mayúsculas.

Meto la mano en el bolsillo izquierdo de la chaqueta y aprieto con rabia la diminuta caja en la que guardo el anillo que le compré en la joyería de Jens Hansen. Ella ni siquiera se percató de lo que yo hacía. Pensaba que simplemente estaba de conversación con el dependiente.

Lo cierto es que no sé muy bien el motivo por el que lo adquirí. Fue un impulso.

Está claro que no se lo iba a dar como anillo de compromiso, apenas hacía unos días que la conocía y ni siquiera estaba seguro de que ella sintiese algo por mí, pero, desde el momento en el que la vi sonrojarse al mirarme el culo en el aeropuerto supe que era alguien especial.

Cada día que pasaba a su lado me convencía más de ello. Le hice creer que había perdido el anillo del maldito Beltrán porque creía (y creo) que no la va a hacer feliz, pero ¿quién soy yo para decirle cómo ha de ser su vida? Por eso se lo he devuelto. Al fin y al cabo, lo que ella necesita es que la gente deje de dirigir su vida. Necesita tomar las riendas de su futuro y decidir por ella misma, por eso no le he confesado lo que siento por ella.

Si lo hubiera hecho, yo habría estado haciendo lo mismo, atándola a mí.

Por eso y porque soy un jodido cobarde.

Acabo de apartar de mi lado a la única persona

que me ha importado de verdad. La única persona que ha hecho que algo se removiera en mi interior en tan solo unos pocos días. La única con la que, quizás, podría haber compartido algo más que una aventura de una noche.

¿La he apartado de mi lado por su bien? ¿O por el mío? ¿Por mantener en pie una estúpida promesa?

«Soy un gilipollas», me digo mientras regreso a la caravana y la pongo en marcha para seguir el viaje. Un viaje que, sin ella, va a resultar vacío y vano.

Conduzco por la carretera y de vez en cuando miro de reojo al asiento del copiloto, creyendo que voy a ver su melena rubia y sus orejas élficas, pero se ha ido. Se acabaron las bromas sobre princesas y se acabaron sus sudaderas frikis. Se acabaron las noches de dormir abrazado a su menudo cuerpo, de despertarla con un café o de intentar ponerla nerviosa saliendo medio desnudo de la ducha.

Doy un golpe al volante, cabreado, y siento que me va a estallar el pecho.

Joder, yo no soy de esos que lloran. Y, sin embargo, ahora mismo podría ponerme a sollozar como ella lo hacía. Como un niño.

Aprieto las manos mientras conduzco, tratando de contenerme. Al final, busco un lugar donde detenerme, porque no puedo conducir así. Tengo la visión nublada por las lágrimas.

—Eres un maldito capullo, Roberto —murmuro—. Un maldito capullo.

He dejado tirada a Elisa cuando más me necesitaba. Su madre ha sufrido un infarto y la he dejado sola en un aeropuerto, con casi cuarenta y ocho horas de vuelo por delante, cuando podría haberla acompañado, haber estado a su lado y haberla consolado.

—Sí, sí que lo soy —me respondo a mí mismo.

Pero al mismo tiempo, soy tan cobarde que no voy a intentar recuperarla. No voy a ir a buscarla. No voy a decirle lo que siento. Que la quiero. Voy a fingir que nunca me ha importado y que lo único que quería era acostarme con ella.

Joder, me siento tan culpable.

Descuelgo el teléfono para llamar a Piluca. No sé ni qué hora es, ni lo que van a cobrarme por la llamada, pero no quiero que esté sola cuando llegue a Valencia. Al menos le debo eso.

Me quedo unos días más en Nueva Zelanda, pero los paisajes ya no me resultan tan impactantes, la fotografía no me llena y los deportes de riesgo no consiguen hacerme sentir nada. Es como si me hubiera quedado vacío, pero, en el fondo, ¿qué más me da? Mi vida siempre ha estado vacía.

«Sí, Roberto, pero habías encontrado a alguien que la llenaba».

Mi maldita conciencia no deja de soltarme sermones y yo me esfuerzo por ignorarlos. Me digo a mi mismo que esto no es más que un capricho. Que quiero estar con ella por el simple hecho de que no puedo. Que lo que siento no es amor.

Odio sentirme como el jodido protagonista de una comedia romántica. Sobre todo, porque en este caso, yo no voy a tener mi final feliz. Pilu ya me ha dicho que la boda sigue adelante. Me cuesta creer que vaya a casarse con el impresentable de su novio, me hierve la sangre solo de pensarlo, pero más me vale asumirlo. He sido un ingenuo por pensar que entre ella y yo podría haber algo más. Por pensar que el vínculo que se creó entre nosotros era algo parecido al amor.

Me meto la mano en el bolsillo y acaricio la caja de la alianza que compré en la tienda de Jens Hansen. Supongo que se me fue la cabeza. Fue un impulso, pero cuando vi aquel anillo... pensé... no sé muy bien qué pensé, pero sabía que tenía que ser para ella. Me gasté una fortuna comprándolo y, todavía me cuesta creer que no se percatase de lo que estaba haciendo.

No es que pensara pedirle matrimonio ni prometerle amor eterno, pero sentí que esa joya me llamaba. Buscaba a su dueña y esa solo podía ser ella, así que lo compré.

Lo saco de la caja y lo sostengo con el dedo índice y pulgar. Hay algo mágico en ese anillo, algo que me dice que no me dé por vencido, que luche, que todavía no se ha casado, que aún hay tiempo. Las palabras de mi padre resuenan en mi cabeza, pero algo en mi interior me susurra que es imposible que sea infeliz estando a su lado, que es justo lo contrario, que voy a ser un desgraciado si no la tengo conmigo.

Solo de imaginarla en la cama con ese tal Beltrán... me hierve la sangre.

«A la mierda, Roberto, llevas todo el viaje diciéndole a ella que se lance a la piscina, que se deje llevar... a lo mejor es hora de que lo hagas tú», me dice mi conciencia.

El Pepito Grillo que llevo en mi interior se ve muy seguro de sí mismo, pero yo tengo un miedo atroz a que después de dar el salto, me encuentre con que no hay agua y darme de bruces contra el suelo, pero, aún así, cojo el teléfono y, cuando estoy en una zona con internet, le mando un mensaje a Piluca.

«Tu corazón es libre, Roberto», me repito una y otra vez, emulando a William Wallace, «ten valor para hacerle caso».

«En qué mala hora le dije nada», pienso mientras doy un sorbo al café.

Si lo llego a saber me pido una excedencia y me quedo en Nueva Zelanda. Gran idea la de Piluca de invitarme a su cumpleaños. ¡Joder! Me aseguró que vendría ella sola. Me dijo que Beltrán no la soportaba y que no iría, que tendría la oportunidad de hablar con ella con calma. Acertó de pleno. Menudo éxito de noche. Apuesto a que ahora me detesta.

Bah. Qué importa ahora. Probablemente ya sean marido y mujer y estén de viaje en alguna isla paradisíaca.

Trato de concentrarme en el texto que estoy escribiendo para subirlo hoy a la red. Apuro el café que me queda en la taza y le hago un gesto a la camarera para que me traiga otro. Se pone a ello con una sonrisa coqueta. Yo ni levanto la vista del teclado cuando deja la bebida sobre la mesa y sigo a lo mío. Entonces, escucho abrirse la puerta del local y miro de reojo a ver quién entra.

¡Joder!

Mis ojos se encuentran con los de ella y de pronto el mundo se me viene encima. ¿Qué hace aquí? Veo que se acerca hacia donde estoy sentado y, por primera vez en mi vida, me pongo nervioso y, en un gesto involuntario, me meto la mano en el bolsillo y jugueteo con el anillo.

Sí, ese maldito anillo del que parezco incapaz de separarme desde que lo compré. Soy como el jodido Gollum. Me he aferrado a él de una manera estúpida, como si al tenerlo todavía tuviera un pedacito de ella conmigo. Lo que tendría que haber hecho es ir a venderlo a alguna joyería, seguro que me lo habrían pagado bien, pero no, en vez de eso lo llevo en el bolsillo las veinticuatro horas del día.

Se acerca a mí y yo me quedo donde estoy. No me levanto. Quiero hacer ver que no me importa. Esto solo va a ser una conversación por compromiso.

—Hola, princesa —la saludo, en plan conquistador, para que no perciba mi debilidad.

—Roberto...

Ella no aparta sus ojos de mí, pero no dice nada más. ¿Por qué cojones no dice nada más?

—Creí que estarías de luna de miel por estas fechas —comento como quien no quiere la cosa, apartando la vista y haciendo como que escribo. Prefiero no mirarla o tal vez cometa alguna locura como levantarme, tomarla del cuello y besar esa boca.

—No... Estoy ayudando a mi madre con el negocio, estoy bastante liada con el trabajo —me explica.

—Vaya, vaya, así que al final hiciste las paces con

ella. –¿Cómo no iba a hacerlas? Seguro que está encantada de que se haya casado con alguien como Beltrán.

–Está bastante recuperada, pero no puede trabajar como lo hacía antes, así que he tenido que involucrarme en la empresa.

–¡Por lo visto has tomado las riendas de tu vida y haces lo que te gusta, eh! –exclamo, irónico. Me mata pensar que va a vivir el resto de su vida atada a dos personas que la van a llevar por un camino que no es el que ella hubiera elegido. ¿Desde cuando le interesa a ella el negocio de su madre? Creía que lo que le gustaban eran los libros.

–Pues sí, hago lo que me gusta –replica con un mohín y percibo en su voz que se ha molestado–. Por si no lo sabías, esta es una de nuestras cafeterías y los nuevos rincones con librería son idea mía –me espeta con rabia.

Menuda cagada. Soy un bocazas. Veo que hace ademán de marcharse, así que me pongo de pie, estiro el brazo y la cojo, para retenerla.

–Espera, Eli –le pido mientras sujeto con firmeza su mano izquierda–, lo siento.

Ella se detiene y, entonces me percato de que no lleva alianza. Miro su otra mano. Tampoco lleva el anillo de compromiso. Aquel maldito anillo que fingí perder en Tongariro.

–¿No te has casado? –pregunto, conteniendo la respiración.

Agacha la mirada.

–No…

La atraigo hacia mí, ajeno a las miradas cotillas de las camareras. Ahora mismo no hay nada que me importe, a excepción de ella. Está preciosa. Con el pelo recogido, dejando a la vista esas orejas élficas que me vuelven loco. Con unos sencillos pantalones cortos y una camiseta de las que a ella le gustan. Sonrío al leer lo que pone.

—Así que, ¿Harry Potter hubiera muerto en el primer libro de no ser por Hermione?

—No habría durado ni dos días —me responde sin mirarme a la cara.

—No sé si yo duraré mucho más sin ti.

—¿Qué? ¿A qué te refieres?

La cojo de la barbilla, para poder mirarla a los ojos. Aunque yo no puedo apartar los míos de su boca. Joder, ahora mismo lo único que quiero es devorar sus labios, pero me contengo. Es insoportable tenerla tan cerca y no poder besarla.

—Me refiero a que nada de lo que te dije en Christchurch era cierto. Fui un gilipollas apartándote de mi lado. Necesito estar contigo —confieso con voz ronca—, necesito besarte, necesito...

No sé qué me pasa, pero los nervios me juegan una mala pasada y, el anillo, con el que no he dejado de juguetear con la mano que tengo libre desde que ella ha entrado por la puerta, se me cae del bolsillo y rueda por la cafetería.

—Mierda —mascullo al tiempo que la suelto y me agacho a buscarlo por debajo de las mesas. Ese anillo vale una pasta. Cuando me incorporo, ella me observa entre divertida y ansiosa.

—¿Qué es eso? —pregunta, señalándolo.

—Un anillo.

—Eso es evidente, Roberto —replica, condescendiente.

—Es el anillo único.

Me doy cuenta de que la respuesta parece un sinsentido, pero estoy seguro de que ella lo va a entender. Tiene que entenderlo. Se lo ofrezco para que lo vea.

—¿Es... es el de la tienda de Jensen? —Le tiembla la voz.

Asiento con la cabeza, pero no digo nada, el anillo lo dice todo.

—La inscripción está en élfico.

—Lo sé.

—¿Por qué lo compraste?

Me paso una mano por el pelo, ¿cómo explicar algo que, en el fondo, ni yo mismo entiendo? Supongo que eso es el amor.

—Un impulso.

Frunce el ceño mientras sostiene la pieza entre los dedos índice y pulgar y la examina con detenimiento.

—Un impulso de 1.800 euros, Roberto —puntualiza con retintín. Luego gira la cabeza a su alrededor, como buscando a alguien—. No estarás esperando a... a otra persona, ¿verdad?

—¡Joder, Eli, claro que no! —Este anillo solo tiene una dueña.

—Y entonces —noto que está confundida—, ¿por qué vas por ahí con un anillo que vale semejante fortuna en el bolsillo?

Me encojo de hombros. Sé que parezco gilipollas y que todo esto es un puñetero despropósito.

—Me recordaba a ti.

Enarca las cejas y sé que no me cree. O que no quiere creerme. Pero tiene que hacerlo.

—La cagué, ¿vale? Metí la pata hasta el fondo. Nunca debí haber dejado que volvieras sola, me estoy volviendo loco desde entonces. No puedo parar de pensar en ti. No puedo dormir por las noches...

Me acerco a ella y la agarro de nuevo por la cintura. Joder, cómo he echado de menos poder recorrer su cuerpo con mis manos. Solo rozarla y siento que se activa cada terminación de mi ser. Le paso la mano por la espalda, atrayéndola hacia mí.

—Sé que te dije que las relaciones largas no funcionan, pero, quizás... quizás contigo sea diferente. —Ya no puedo contenerme. Acerco mi boca a la suya, en un intento desesperado de que mis besos sean más convincentes que mis palabras y me detengo a apenas un par de centímetros de sus labios—. ¿Puedo besarte, princesa? —pregunto con voz ahogada.

Le quito el anillo de entre los dedos y se lo coloco con delicadeza en el dedo anular.

Eli se mira la mano y noto que se revuelve, inquieta y, espero, conmovida.

Entonces, se pone de puntillas, me rodea el cuello con los brazos y sus suaves labios rozan los míos en un cálido beso que me da la respuesta a mi pregunta y el impulso para seguir avanzando.

Mi boca devora la suya y nuestras lenguas se enredan, ansiosas, por encontrarse. Nos besamos con desesperación, estrechándonos con fuerza, ajenos a todo aquello que nos rodea.

No soy consciente del murmullo de la gente que está sentada en las mesas cercanas ni de los aplausos de las dependientas hasta que Eli se separa de mí con brusquedad y se tapa la cara con las manos. Aunque trata de ocultarlo, puedo ver el color carmín de sus mejillas y las lágrimas en sus ojos.

–¿Estás bien, princesa? –pregunto, asombrado por la expectación que hemos creado.

–Rober... –musita entre dientes al tiempo que mira de soslayo a las dependientas–, ahora trabajo aquí. Se supone que soy su jefa, ¿qué van a pensar?

–Creía que ya no te importaba lo que los demás opinaran de ti... –le digo, acariciándole la mejilla.

Se gira, aún sonrojada, y mira a su alrededor con una sonrisa en los labios.

La gente nos observa, expectante y por el hilo musical del local suena *No puedo vivir sin ti*. Yo siento que me va a explotar el corazón, porque nunca he experimentado algo parecido hasta hoy. Porque no puedo sacármela de dentro. Porque, como dice la canción, debería haberme cansado de ella y de sus rarezas, pero no hay manera.

–Qué digan lo que quieran –musita entrecerrando los ojos y acercando su boca a la mía para besarme de nuevo–, te quiero.

–Yo te quiero más.

Epílogo

Seis años más tarde

El traqueteo de la caravana sobre la carretera llena de baches hace que interrumpa mi placido descanso y me despierte. Abro los ojos y me desperezo, somnolienta.

Roberto me mira y sonríe.

—Menuda siesta te has pegado, Bella Durmiente —dice, risueño—. La verdad es que no logro comprender cómo eres capaz de conciliar el sueño con el escándalo que están armando estas dos.

Me giro hacia los asientos traseros y observo a las dos niñas que cantan a voz en grito la banda sonora de todas las películas Disney.

—No han parado ni un momento —me informa—, me va a estallar la cabeza.

—No te quejes tanto. A buen seguro no las has mandado callar ni una sola vez, son tus consentidas.

Se encoge de hombros. No puede negarlo.

—Las tres sois mis consentidas, princesa —me asegura mientras desvía un momento la vista de la carretera para inclinarse sobre mí y darme un fugaz beso.

Se me ilumina la cara al sentir el roce de sus labios y un hormigueo recorre mi estómago cuando posa una mano sobre mi muslo.

—¿Crees que esta noche se dormirán pronto? —pregunto en voz baja, para que no me escuchen.

—Después de dos días con *jet lag*, yo creo que hoy caerán rendidas.

—¡Espero que lo hagan antes que yo! —exclamo—. Estoy muerta. Tú y tus *trekkings* acabaréis un día conmigo.

—Pero si hoy ha sido un paseíto de nada. —Se ríe, socarrón—. Las niñas no se han quejado ni una sola vez.

Miro una vez más a mis gemelas. Lo cierto es que no parecen en absoluto cansadas. Tienen tanta energía que me van a matar. ¿Cómo es posible que con cuatro años tengan más resistencia que su madre? Me asombra que tanto Carlota como Jimena hayan aguantado a pie todo el camino.

Me quedo encandilada observándolas. Son idénticas, al menos en lo que a su aspecto se refiere. Las dos tienen los ojos azules de su padre y su ímpetu. Son incansables, pero, claro, a eso las hemos acostumbrado.

Desde que nacieron, nos las hemos llevado de viaje con nosotros por todo el mundo, en contra de todos aquellos —sí, incluida mi madre— que nos decían que eran muy pequeñas para semejantes trotes. Nos hemos propuesto descubrir con ellas nuevas culturas y gentes. Roberto ya ni se acuerda de lo que es viajar solo, pero sé que tampoco lo echa de menos.

Este año hemos venido de vacaciones a Canadá y estamos recorriendo el país en caravana, como en aquel primer viaje en el que nos conocimos y que nos cambió a los dos la vida. Suele decirse que el que vuelve de un viaje no es el mismo que el que se fue y... no podría haber sido más cierto en nuestro caso.

Tras ayudar a mi madre un par de años en el negocio, decidió contratar una asistente para poder bajar su ritmo de trabajo y permitirme a mí dedicarme a lo que de verdad me gustaba: los libros.

Con el dinero que ahorré trabajando con ella, monté una pequeña editorial que a día de hoy funciona de maravilla.

Roberto, por su parte, continuó con su trabajo como ingeniero, que le apasiona y que nos permite tener la oportunidad de recorrer el mundo. También siguió con su blog de viajes, ahora reconvertido en un blog de viajes con niños. Ha tenido tanto éxito que nos estamos planteando hacer una recopilación de los textos y publicar un libro.

Y luego están ellas, las niñas. Ellas sí que nos cambiaron la vida. Mucho más que el matrimonio que, a pesar de los miedos de Roberto, no resultó ser mucho más que firmar un pedazo de papel. Y es que, mucho antes de casarnos, nosotros ya nos habíamos comprometido. Lo hicimos en el mismo instante en el que deslizó el anillo único por mi dedo.

Inconscientemente, lo acaricio, y esbozo una sonrisa al pensar en su inscripción, que no puede ser más cierta.

«Un anillo para mostrar nuestro amor, un anillo para comprometernos, un anillo para sellar nuestra promesa, y unirnos para siempre».

AGRADECIMIENTOS

Si hay una persona a la que he de estarle agradecida esa es mi editora: Elisa, que creyó en esta novela desde que le hablé de ella paseando por el Retiro en la Feria del Libro de Madrid del año pasado. Gracias por darme tiempo y por seguir confiando ciegamente en mis historias, ¡incluso si son tan locas y frikis como esta!

Tampoco puedo olvidarme de mi madre, mi lectora cero y correctora desde que comencé mi andadura como escritora. Gracias por no dejarte llevar por el amor de madre y ser crítica cuando has de serlo para que el resultado sea el deseado, por cuidar de mis princesas para darme las horas necesarias para escribir y por estar siempre ahí. Te quiero.

Gracias también a Carlos, mi marido, la otra pieza de este equipo que formamos. Por ser siempre un apoyo, incluso cuando estoy insoportable, por creer en mí y ser mi mayor fan. Somos uno.

Gracias a María Cabal y a María Gardey, por ser mis lectoras cero, siempre sinceras conmigo, y gracias por el entusiasmo con el que recibieron a mis chicos y su viaje por Nueva Zelanda.

ÚLTIMOS TÍTULOS PUBLICADOS EN HQN

Bajo la luna azul de María José Tirado

Los trenes del azúcar de Mayelen Fouler

Secretos por descubrir de Sherryl Woods

Pasó accidentalmente de Jill Shalvis

El juego del ahorcado de Lis Haley

El indómito escocés de Julia London

Demasiado bueno para ser verdad de Susan Mallery

Contigo lo quiero todo de Olga Salar

Atardecer en central Park de Sarah Morgan

Lo mejor de mi amor de Susan Mallery

Nada más verte de Isabel Keats

La máscara del traidor de Amber Lake

Mapa del corazón de Susan Wiggs

Nada más que tú de Brenda Novak

Corazones de plata de Josephine Lys

Acércate más de Megan Hart

www.ingramcontent.com/pod-product-compliance
Lightning Source LLC
LaVergne TN
LVHW091623070526
838199LV00044B/913